LITIO

IMANOL CANEYADA

LITIO

Planeta

Para Adriana porque,
como cantan Calle 13 y Silvio Rodríguez,
ya nadie será feliz a costa del despojo,
gracias a ti y a tus ojos.

La violencia minera se somatiza; se territorializa; se institucionaliza. Se crea una cultura, una civilización de la guerra y de la muerte.

HORACIO MACHADO

Aquí pasa, señores, que me juego la muerte.

JUAN GELMAN

Al golpe cadencioso de las hachas

1

Nada es como antes: una empresa, un nombre, un rostro, una ciudad.

Todo nacional.

Ahora las órdenes llegan por intrincados cibercaminos desde Londres, pasando por Toronto y Montreal, o viceversa, cómo saberlo. Una cadena anónima, fría, que dispone de la voluntad, el tiempo y las fuerzas de Guy Chamberlain.

Besos mecánicos en los rostros de la señora Chamberlain y de las niñas Chamberlain, quince y diecisiete años. Tres condescendientes seres para un fantasma que, cuando está en casa —casi nunca—, deambula como un exiliado. Cuando no está, levita en el mundo sin entender casi nada.

Guy Chamberlain, geólogo de minas, está a punto de salir rumbo al Aeropuerto Internacional de Montreal Pierre Elliot Trudeau. Destino: el Aeropuerto Internacional Benito Juárez de la Ciudad de México. Aprovechó el puente de la Independencia mexicana para pasar unos días con su familia.

La criada —haitiana, negra, gorda, insolente y vieja— hace dos décadas que le sirve el mismo desayuno: *fèves au sirop d'érable et jambon*. Un acto patriótico. Una bomba para la hipertensión, los triglicéridos y la arterosclerosis del señor Chamberlain. Veneno puro, según los criterios saludables de

9

la señora Chamberlain. Mildred Chamberlain pesa sesenta kilos, todas las madrugadas corre ocho kilómetros, practica yoga. Guy Chamberlain, ciento diez. La criada haitiana ronda los noventa: arrastra su volumen planetario con la cafetera francesa en una mano.

—*Un autre café, Monsieur?*

—*S'il vous plaît, Yamile.*

Guy Chamberlain revisa la hora en su iPhone. En diez minutos el chofer de la compañía estará en la puerta.

Rebaña el plato con un pedazo de pan. El jarabe de maple escurre entre sus dedos.

Veinticinco minutos a Dorval por la Autoroute 20, le informa Google. Dos minutos para cepillarse los dientes. Todo está listo en el recibidor: la maleta, el portatrajes, el portafolios, la mariconera, el saco en tonos grises de Armani, como aconseja la *Guía de estilo para el hombre* de Bernhard Roetzel. Bañados por la luz matinal que cae en cascada a través de una cúpula de cristal y se refleja en los mármoles blancos, diseño del arquitecto Melvin Charney, fallecido dos años antes. Fueron en familia al funeral. Fastuoso. Qué terrible pérdida para el Quebec, coincidieron todos los asistentes.

Yamile salpica el platito que sostiene la taza con unas gotas de café. Guy Chamberlain cree que lo hace a propósito. Una conspiración de hembras. Todas exhalarán aliviadas cuando cierre la puerta tras de sí. Libres de esa sombra amarga que recorre la villa neovanguardista y sustentable censurando el despilfarro, la desidia, la pereza.

El dinero no se da en los árboles, suele proclamar.

Cierto, se da en la tierra, le contesta la hija mayor, convertida no hace mucho en una ambientalista vegana. Detesta tener un padre geólogo de minas.

Dos gotas de miel de maple van a dar a la corbata color vino. *Tabarnak!*, masculla Guy.

Entra un mensaje al teléfono: el chofer de la empresa está en la puerta.

En ese instante, la menor de las hijas aparece en el comedor, adormilada, cariñosa, besucona. Le pide que le transfiera dos mil dólares para un viaje de estudios a Nueva York. Guy Chamberlain no entiende por qué razón programan viajes de estudios a Nueva York en el colegio de su hija. Él conoció la gran manzana cuando tenía, ¿cuántos?, al menos treinta años.

—*Please, please, please, my sweet daddy, give me the money, pretty please.*

—*Demande-moi ça en français.*

—*What?*

—*Si tu veux l'argent, parle-moi en français, tu connais les regles.*

En ese momento Mildred Chamberlain cruza el comedor en un elegante traje sastre azul marino, a punto de marcharse a la consultora en la que trabaja como directora de innovación.

—*Don't be silly, honey.*

Y le recuerda una vez más que se olvide de esa tontería de hablar francés en casa. Sus hijas son anglófonas, van a un colegio anglófono y viven en Westmount, por Dios. *For God's sake!*, dice exactamente. Le planta un beso en la boca, dulce y fugaz, mientras le desea *bon voyage* y añade que se apure, que va a perder el avión. Guy Chamberlain encaja la ironía y acepta la momentánea derrota. Le promete a su hija que, camino al aeropuerto, le transferirá el dinero. El intento de beso lo avergüenza: una espalda demasiado altiva para su edad.

Invoca a Yamile, necesita otra corbata.

Entra un nuevo mensaje del chofer recordándole que sigue ahí afuera. Yamile no aparece por ninguna parte. Se frota con la servilleta mojada en saliva las gotas de *sirop d'érable*. El desastre es mayor. Decide cambiarse de corbata y cepillarse los dientes en el aeropuerto. El amplísimo e iluminado recibidor es un desierto.

Guy Chamberlain odia el verano del indio. Hoy en día el verano de los autóctonos, bromea con el chofer, mudo e inmutable, mientras revisa el correo institucional —le gusta mofarse de la corrección política—. El verano del indio es un paréntesis tropical entre las primeras heladas del otoño y las nevadas que traerá el invierno. Los bosques en los alrededores de Montreal estallan en bermellones, ocres y amarillos. Una exuberancia abrumadora. Las ardillas poco a poco se retiran del mundo, el ambiente huele a chocolate y tierra húmeda.

En medio de todo ello, de repente, el termómetro sube a veintidós grados, a veces a veinticinco, como hoy, y Guy Chamberlain suda en su traje Armani. Le pide al chofer que encienda el aire acondicionado. Su masa corporal necesita del frío que lentamente desciende de Terranova. Espera estar de regreso en Montreal para Navidad. Lo recibirán un manto blanco y gris, y diez grados bajo cero.

Más de veinte mails sin abrir. Todos ellos urgentes. Su respiración se acelera. Últimamente se agita mucho al enfrentar la telaraña corporativa.

En el pasado, antes de esa locura tecnológica, todo era de carne y hueso. Ahora, frente a esos jóvenes conectados a sus smartphones veinticuatro horas al día, no entiende ni la mitad de lo que le dicen.

Offshores, outsourcing, activity-based costing, benchmarking, antidumping, digital cash, bitcoin…

Antes, jurásico tiempo de entrañas y dinamita, la plata era plata y el oro una antonomasia.

Últimamente se despierta en la madrugada con la sensación de llegar tarde a todas partes. Los trenes parten sin él, las piernas no le responden… se ha convertido en un hombre que espera a la orilla de una autopista. Y luego está todo ese miedo chupándole los testículos, miedo sanguijuela.

A Guy Chamberlain se le desliza el celular de las manos al regazo. Lo deja estar. Cuelga los ojos de los barrios cuadriculados que pasan a cincuenta millas por hora: casonas victorianas, jardines y albercas, arboledas bucólicas, opulencia silenciosa. Alcanza a imaginar, un poco más allá, la inmensidad del río San Lorenzo, que fluye bajo amenaza en sentido contrario: de los Grandes Lagos al Atlántico. Le estremece la efímera belleza que lo rodea, tan canadiense, herida por esa flecha de cemento que lo traslada al aeropuerto.

Frente al espejo del baño de la sala de abordaje, Guy Chamberlain se anuda una corbata azul rey. Le parece escuchar la voz de Mildred burlándose de su mal gusto. Le asfixian los trajes, él es un hombre de franela, jeans y botas.

Extrae del neceser la pasta y el cepillo de dientes viajeros. Se frota vigorosamente los molares, luego los incisivos. Una pauta inalterable.

Un hilo de pasta y baba se desliza desde la comisura por el mentón y se precipita en medio de la corbata. El contraste es grosero. Putea hacia dentro, imposible hacerlo hacia afuera con toda esa espuma en la boca. Escupe, se enjuaga, limpia el cepillo, lo guarda junto con la pasta. Busca una toalla de papel para frotar la mancha blanca. Pero en esos baños sustentables solo existen tubos que arrojan aire caliente. Se desplaza a uno de los privados en busca de papel higiénico: la gente sigue limpiándose el culo con papel extraído de la tala indiscriminada de árboles.

En ese momento, la megafonía del aeropuerto anuncia el inicio del abordaje de su vuelo. Se frota el gargajo de pasta y una pálida pincelada blanca queda como testimonio de su forma de vida. Corre (es un decir) con pasos paquidérmicos e impone su corpulencia entre los viajeros de clase turista. Le abren paso, sorprendidos ante la magnífica bestia pelirroja que jadea *excusez-moi, excusez-moi*, y se cuela por el acceso exclusivo para viajeros de primera clase.

El asiento se ve ridículo cuando lo acoge, a pesar de su holgura. A este paso, Guy Chamberlain tendrá que reservar dos lugares. Imagina las miradas de desdén de las y los ejecutivos más jóvenes que lo rodean, de cuerpos esculpidos en gimnasios, cuyos trajes son una segunda piel.

El suyo, a pesar de la hora temprana, ya está arrugado y contrahecho, como si le perteneciera a otra persona.

Coloca la hebilla del cinturón de seguridad en el extremo superior, solo así puede abarcar su abdomen, esa cosa grande y blanda que carga a todas partes. Trata de calmar la respiración. Su rostro es una granada. El corazón bombea diligente pero la sangre no llega en cantidades suficientes a los lugares que debería llegar. Guy Chamberlain se dice que cualquier día de estos le va a dar un infarto.

De todas formas, no cambiaría nada.

La azafata le ofrece, solícita, un vaso de agua, previendo el posible colapso del obeso que ocupa el 4C. Guy Chamberlain lo rechaza y le pide una Coca-Cola. La azafata titubea. Guy poco a poco modera el resuello. En el iPhone un mensaje de su hija la menor.

The money, dad!!!! y dieciocho corazones verdes y emoticones que lo besan desde la pantalla.

Tabarnak!, lo ha olvidado.

Entra a la aplicación de su banco y realiza la transferencia. Exitosa, le avisa la aplicación. Qué optimismo. Dos mil dólares menos en una de sus cuentas, la corriente. No representa un gran gasto, cierto, pero no puede evitar sentir una punzada en su maltrecho corazón que parece haber alcanzado el reposo. Un retorcijón que viene de Trois-Rivières devastada por la crisis de la industria papelera. De su padre, un obrero que vivió del bienestar social los últimos treinta años. De su madre, que preparaba conservas y las vendía de puerta en puerta. Del banco de ropa, del banco de comida, de las escuelas públicas. De su provincianismo *patois* frente a la gran urbe de Montreal, en cuyo distrito financiero solo se hablaba inglés —cuál nación bilingüe—. De los precarios trabajos para subsistir mientras estudiaba.

Un cúmulo de pequeños rencores y miseria histórica en su ADN normando, de campesinos, de siervos de la gleba, de *sans-culottes*.

No es tan grave. Se trata de apretar los dientes e imaginar el futuro, cercano ya, en la cabaña de Trois-Pistoles, a orillas del San Lorenzo, sin otra preocupación que estudiar las aves de la reserva natural de la Île aux Basques.

El avión abandona lentamente la puerta de abordaje. Una voz metálica, amable, reparte advertencias e instrucciones. Guy trata de relajarse. El aparato rueda esponjoso por la pista. Cierra los ojos. Percibe el desplazamiento en su estómago gigante. El girar de las llantas de menos a más en su vientre, en los intestinos, en el colon. Se sujeta con fuerza de los reposabrazos cuando siente el jalón del despegue y después el vacío de la cápsula suspendida en el aire contra toda ley física. Sabe de la delicadeza de las fórmulas que desafían la gravedad. Como topo minero, lo suyo son las entrañas de la tierra. Ahí no existe el miedo ni la aprensión, solo la tibieza fundacional del mundo.

Cuando el avión alcanza la altitud crucero, reclina el asiento y trata de dormir un poco: no lo logra. Intenta ver una película de acción sin éxito. La idea de estar a treinta mil pies de altura, encerrado en una cápsula, le taladra el cerebro durante las cinco horas que dura el vuelo.

Imagina lo que viene: sumergirse en ese magma de ciudad, ruidosa, agresiva, atestada de seres humanos y autos, viva de una forma en que solo las grandes urbes del tercer mundo lo están, como si fuera posible sentir su crecimiento a cada minuto, su colapso inmediato y el milagro de su supervivencia. Cada vez que el taxi lo lleva al hotel Camino Real en Polanco, tiene la sensación de que, en comparación, Montreal es un cementerio.

Alcanzará a cambiarse de corbata y a comer algo en el restaurante español del hotel antes de acudir a la embajada de Canadá en México, a reunirse con la embajadora Margaret Rich.

2

Observa el perfil dormido de Mario, Antonio, Juan, Pedro, no lo recuerda. Desciende la vista por su cuerpo magro, moreno, púber, de dulce verga adolescente. No cumple aún los dieciocho, lo sabe. Siempre mienten. Mienten con esa sonrisa cínica y tierna. Mienten con ese gran paquete preso en pantalones muy ajustados, horribles, de pésima calidad; pero aun así, qué exquisito delirio sentir el miembro nudoso y firme partirle en dos el culo.

Marc Pierce se levanta de la cama sin hacer ruido. Vuelve a estudiar al joven yaciente en absoluto reposo. Descubre en un hombro y en la espalda las marcas de sus dientes. Paladea de nuevo el sabor de la carne paria y desnutrida del chacal que levantó en la Alameda; de músculos duros trabajados en la construcción o en la central de abastos. Carne analfabeta, ávida de dólares, tragos elegantes y hoteles de cierto lujo en los que podrá darse un baño con agua caliente y, con suerte, desayunar hasta hartarse.

Se desplaza al baño, desnudo, un poco tiritante —amaneció fresca la ciudad—. Orina con cierta dificultad, tiene la uretra irritada y una infección en las vías urinarias que no quiere tratarse. Es contradictorio que un tipo como Marc les tema a los médicos. La mueca de dolor es apenas una sombra en el rostro anguloso, chupado, que recuerda a un arma blanca. Se sacude la verga marchita —la saliva del chacal la envuelve todavía como un capullo— y espera a que las últimas gotas caigan en el excusado.

Una voz amodorrada lo llama desde el cuarto. Papi, le dice, ven, aún no termino contigo. Una risa infantil estalla bajo la almohada. Marc Pierce se pregunta qué hora será. Las pesadas cortinas de la habitación cancelan toda posibilidad de adivinarla.

El chacal está recostado en la cabecera de la cama. Desde ahí le sonríe. Es una sonrisa canalla pero triste, piensa Marc.

—¿Quieres desayunar? —le pregunta. El español de Pierce es impecable. De entrada es difícil detectar que no sea su lengua materna. A medida que transcurre la conversación, algunos titubeos léxicos y la forma en que pronuncia las vocales lo delatan. Marc se ha esforzado durante estos años en dominar el idioma. Incluso imita el acento de Tepito con bastante soltura.

—Claro, mi rey —dice el muchacho y se relame los labios mientras dirige su mirada al miembro cansado de Marc. Pero Marc no tiene ganas. Corresponde al cumplido del chacal con una mueca de hastío. Se dirige a la ventana y corre las cortinas. La luz entra en la habitación como una avalancha, lo sepulta todo de un golpe. El muchacho cierra los ojos y se lleva las manos a la cara, ronronea. No tiene ni diecisiete años, vuelve a pensar Marc. La indefensión con que huye del sol bajo las sábanas lo aniña tanto que Pierce siente un amago de excitación. Pero debe ser tarde y está realmente cansado. Le espera un día largo. El jefe lo ha convocado a una de esas detestables juntas.

—Pide lo que quieras.

—¿Lo que quiera? ¿De veras? ¿Neta lo que yo quiera?

Marc asiente mientras reprime el deseo de abrazarlo. De acunarlo. De susurrarle que sí, que se harte, porque le espera un futuro de mierda. En su lugar le extiende la carta. El chacal la recibe con una ilusión brutal, un puñetazo en el estómago. Marc siente un poco de asco. No sabe muy bien por qué ni por quién. El joven la estudia aplicado. Lee los nombres de los platillos en un murmullo. Es de esas personas que necesitan pronunciar cada sílaba cuando leen.

Shit!, masculla Pierce.

La ternura está por ponerlo muy caliente. El muchacho sigue el nombre de los platos con el dedo índice de la mano derecha; lo detiene en los precios como si picaran.

—¿Lo que yo quiera? —vuelve a preguntar—. ¿Y si pido el más caro?

Marc se encoge de hombros.

—Adelante, pide el más caro.

—¿Tan buena fue la cogida?

Marc suelta una carcajada. Sí, muy buena. No mejor que otras, pero tampoco peor. No será memorable porque los chacales de la Alameda entran y salen de la vida de Marc como sombras indistinguibles unas de otras. Marc se sienta en la cama y le arrebata la carta al muchacho. La ojea.

—¿Te gusta el huevo? Este no es el platillo más caro, pero está muy bueno.

—Cro-que-ma-da-me —lee el muchacho—. Vaya nombre cagado. ¿No hay unos chilaquiles con un madral de chile?

—Me temo que no.

—Ora, pues, va, que sea esa madre madame. ¿Y luego?

Marc descuelga el teléfono, se comunica al *room service* y pide la orden, a la que le añade un jugo de naranja y dos cafés.

—¿Tú no vas a desayunar?

—Aquí no —contesta con una brusquedad de la que se arrepiente enseguida. El chacal baja la vista. No hay sueño que dure. Marc esboza una sonrisa de disculpa. Va en busca de su pantalón, extrae la cartera, saca un billete de cincuenta pesos y lo deja sobre el buró de noche.

—Cuando venga el servicio a la habitación, le das esto de propina. Me voy a meter a bañar. Disfrútalo.

El Uber lo deja en el Cedrón, en la colonia Condesa. Los mejores huevos benedictinos de la ciudad. El café, aceptable. El ambiente, burgués, cosmopolita. Es un cliente habitual. El mesero lo conduce a una mesa apartada, al fondo del local. Se instala, pide lo de siempre, saca la tablet de la mochila en la que lleva todo lo imprescindible para desaparecer.

El uno noventa de Marc Pierce es distinguido, calmo, displicente. Saco sport azul cielo, camisa blanca de cuello mao, jeans, botas de piel. Atrae las miradas de hombres y mujeres, provoca leves escalofríos, algo que tiene que ver con el deseo, el miedo y el respeto. Marc se aísla, despliega a su alrededor un muro invisible pero impenetrable. Una estrategia que ha perfeccionado con los años. No se trata de desprecio ni arrogancia, sino de distinción: nadie sin un motivo apremiante se atrevería a interrumpir a ese hombre.

Despliega en la pantalla la portada del *Toronto Star*. Repasa los encabezados. Stephen Harper sigue haciendo de las suyas con el beneplácito de una población canadiense desenfrenada; continúa desmantelando el otrora distinguido estado de bienestar. Dinamita con esmero la Escandinavia norteamericana para convertirla en un remedo del vecino. Los liberales protestan, reaccionan tarde y mal; no entienden, piensa Marc Pierce, que sus compatriotas están eclipsados por el sueño canadiense. Los migrantes son para lo que son y el resto es retórica. País multicultural mis huevos, se regodea en buen mexicano. Con cierto rencor, disfruta del desenmascaramiento progresivo de una sociedad que se negaba a asumirse monstruosa.

Una sociedad a la que ya no pertenece.

Hace cuatro años que no va a Winnipeg, donde unos padres ancianos esperan la muerte sembrando hortalizas y envasando confituras. Cada vez le da más flojera subirse al avión y dejar este país que ama en secreto, sádicamente. La última Navidad que pasó en familia, la del 2010, no habían transcurrido ni tres días cuando ya no soportaba la apacible imbecilidad de sus vecinos, la extrema corrección, la fría armonía de las relaciones encapsuladas en una burbuja que lo hacía boquear. Terminó celebrando el Año Nuevo en un restaurante peruano en el centro de Winnipeg, en los brazos de un hermoso peruanito recién llegado, que cantaba en quechua mientras se dejaba mamar la verga.

Desde entonces, cuando se acercan las fiestas decembrinas, inventa pretextos poco elaborados y se larga a cualquier playa de Oaxaca.

El mesero, resuelto y silencioso, deposita los huevos benedictinos y el jugo de toronja en la mesa. Le ofrece más café. Marc Pierce asiente sin abrir la boca, sin mirarlo, fijos los ojos en una noticia que ha atraído su atención: el gobierno canadiense acaba de lanzar una alerta para sus compatriotas, solicitando que eviten viajar a ciertas regiones de México por su peligrosidad. Marc Pierce sonríe con regodeo. Lee entre líneas. Los lugares señalados por el Ministerio de Relaciones Exteriores coinciden con las minas explotadas por compañías canadienses, incluida para la que trabaja. Sonora, Chihuahua, Baja California, Zacatecas, Michoacán, Guerrero. No hay casualidades. El gobierno canadiense ha aprendido a extorsionar, se dice. Y en todo ello encuentra una ironía exquisita.

Hace a un lado la tablet y se concentra en los huevos. No están como siempre. La salsa holandesa, demasiado espesa, y el punto de cocción de las yemas, excesivo. Marc Pierce se contraría, este es uno de sus momentos preferidos. Llama al mesero que acaba de atender la mesa contigua y le pregunta si han cambiado de chef. La forma en que lo hace tiene esa cortesía irritante, helada, que provoca en el empleado una zozobra excesiva.

El mesero niega enfático, como si la rotación de personal fuera un crimen. Se ofrece a retirarle el plato y traerle otro de su preferencia, cortesía de la casa. Lo dice sin mucha convicción. Marc lo tranquiliza con una sonrisa que podría ser una amenaza de muerte o un armisticio. Continúa con el desayuno, pero al cabo de unos minutos hace el plato a un lado: definitivamente le han arruinado el día.

Consulta la hora. No ha de tardar, se dice.

Retoma la tablet, verifica su correo electrónico. En la bandeja de entrada hay mucha basura publicitaria, algunos mails corporativos, uno de su madre que borra de inmediato y otro más cuyo remitente desconoce. Al abrirlo, se encuentra con el siguiente mensaje:

Sabemos quién eres y lo que haces. Te tenemos en la mira.

El texto es acompañado de una foto borrosa, desenfocada, de uno de los chacales que suele levantar en la Alameda y él entrando a un hotel de la avenida Reforma. Un impulso lo lleva a estudiar el entorno. Se reprocha de inmediato: la reacción no es digna de él. Vuelve a leer el mensaje. Sin faltas de ortografía, bien redactado. El posible chantaje no viene de la pequeña mafia que maneja la prostitución masculina en la Alameda. Esto es más grande. Un pegajoso desasosiego impregna su piel. Una furia que reprime disciplinadamente, de manera que nadie en el restaurante pueda notar la agitación en su interior. No recuerda un día tan desastroso. Lo que más le desagrada de la situación es sentirse expuesto, tantos años trabajando en lo impecable.

—Buenos días, míster Vancouver.

Marc se sobresalta.

—¿Lo asusté? Disculpe, no era mi intención.

Marc observa al recién llegado mientras somete las pulsaciones. Lo primero que le viene a la mente es la palabra suciedad.

Pero el sujeto que se sienta frente a él con desparpajo echa un vistazo al restaurante y sonríe irónico, no está sucio, ni siquiera desaliñado, solo se trata de alguien que pasa demasiado tiempo en los sótanos. Desentona en ese lugar. Marc Pierce se pone nervioso. Está volviéndose descuidado. ¿Cómo se le ocurre citarlo en el Cedrón? Hay miradas discretas de los otros clientes que confirman su aprensión. Nunca lo había visto, hasta ese instante la comunicación había sido vía telefónica.

—Está bonito el changarrito, aquí puro taco de lengua, ¿no? —dice y celebra su chiste con una carcajada.

—El señor Juan Pérez, supongo.

—A sus órdenes, míster Vancouver.

El mesero se acerca obsequioso, ignora al recién llegado y le pregunta a Marc Pierce si todo se encuentra en orden.

—¿Café? —inquiere Marc a su invitado.

—Negro, sin azúcar, y una cestita de esos panes dulces tan elegantes que vi a la entrada, no alcancé a desayunar.

Marc le indica al mesero con la cabeza que cumpla con la orden. El mesero se retira sin voltear a ver al recién llegado.

—La próxima vez deje que lo lleve a los mejores tacos de suadero de la ciudad. Sí le gustan los tacos, ¿verdad, señor Vancouver?

Marc Pierce sonríe. No habrá próxima vez, dice la sonrisa.

—¿Trajo lo que nos prometieron?

El recién llegado no parece ofendido. Saca un sobre de una gastada cartera de piel, cuarteada, hedionda a cuero viejo, y lo pone sobre la mesa.

—No encontramos gran cosa, el tipo está bastante limpio. A no ser que sea un delito fumar mota, ¿eh? Ahí viene todo detallado.

El mesero deja el café y la cesta de panes en la mesa y retira los benedictinos.

—¿El señor desea algo más?

—No, gracias —dice Marc molesto y se apodera del sobre como para espantar al empleado que, por una suerte de morbo, parece decidido a quedarse.

—¿Más café?

Pierce niega impaciente con la cabeza mientras extrae los documentos del sobre. El mesero se aleja remolón, un poco palmípedo, pero decide quedarse por los alrededores. Marc ojea los documentos sin prestarles mucha atención. Los vuelve a guardar en el sobre, y este, en la mochila. También introduce la tablet. Se incorpora.

—El desayuno va por mi cuenta —dice y se dirige a la caja sin despedirse. El sujeto, que en ese momento pretendía introducirse un pedazo de pan en la boca, detiene la maniobra y trata de replicar, pero la espigada silueta del güero hijo de puta ya está pagando y dos minutos después desaparece por la puerta del restaurante. El sujeto se encoge de hombros, masculla un vete a la verga, güero puto y engulle el pedazo de pan.

Marc se lamenta de no poder volver al Cedrón. Fue una estupidez citar al tal Pérez ahí. Camina a grandes zancadas por la avenida Mazatlán hacia el sur. De pronto cae en la cuenta de que el otoño está a punto de entrar y las araucarias y casuarinas del camellón van cambiando de color. Es muy sutil en este clima sin estaciones, nada que ver con la impudicia de Winnipeg. ¿Nostalgia? No lo cree. Le gusta el empeño superviviente de esos árboles en la ciudad más contaminada del mundo.

Da vuelta a la izquierda en Antonio Sola y continúa con su marcha de zancadas largas y elásticas. Hay un punto de paranoia en su caminar. Por más que trata de restarle importancia a la amenaza de chantaje, sabe que en algún momento tendrá que hacer algo al respecto. El cazador cazado. Puta madre, susurra en perfecto mexicano.

Se introduce en un edificio de departamentos de grandes ventanales y balcones cubiertos por enredaderas. Al entrar a su casa borra toda sombra de amenaza. Se instala en la mesa del comedor con una botella de Perrier que previamente extrae del refrigerador y se concentra en los documentos que le entregó Juan Pérez.

Domingo Martínez, de sangre purépecha, se ha convertido en un dolor de cabeza para la compañía. Ha puesto a toda la comunidad en contra de la mina y hace dos meses que bloquean la entrada a la misma. Pérdidas por millones de dólares y una demanda por despojo promovida por un despacho ambientalista. La compañía está nerviosa. Los sobornos a los líderes del movimiento no funcionan, ni las promesas de construir un dispensario médico para el poblado. La demanda incluye la devolución de cien hectáreas preñadas de oro, de las que la compañía se apropió sin soltar un quinto con la complicidad del gobierno estatal, y cinco pozos de agua registrados como de uso doméstico, gracias a los oportunos depósitos en cuentas no rastreables a funcionarios de la Comisión Nacional del Agua.

Los indios se han sublevado, exigen una consulta y el control de los recursos naturales de lo que consideran su territorio. Y Marc Pierce debe encontrar una solución, de ser posible, discreta.

Juan Pérez —le parece ridículo y excesivo el alias— ha hecho un buen trabajo. Un regalo del gobierno de México. A Marc Pierce le importa un comino de qué oscura dependencia emergió el sujeto, lo suyo son los malabares con la información y el tipo le acaba de entregar un expediente completo de Domingo Martínez. Lo analiza con detenimiento. Hasta la primaria en donde estudió el indio viene ahí. Esposa, hijos, amantes, adeudos a Hacienda, multas de tránsito, prediales sin pagar de un pequeño terreno.

Marc Pierce se detiene en un dato que llama su atención. Un pleito judicial de hace tres años relacionado con los linderos de la milpa de Martínez. Un vecino que alegaba una invasión a su terreno. Como millones de querellas al uso, duerme en el cajón de un juez indolente, ahogado en cientos de expedientes parecidos.

Marc Pierce acaba de encontrar lo que buscaba.

3

Es una mujer de mundo, no podría ser de otra forma. Quisiera estar en París, en Londres o en Berlín. Incluso en Madrid o Lisboa, no es tan ambiciosa. Hace tres años la enviaron a ese infierno, una degradación tramposa de la que no termina de reponerse. Odia el país y odia la ciudad caníbal, excesiva, vulnerable, amenazada de muerte a cada minuto. Vive angustiada por los sismos, los asaltos, las marchas que desquician el tráfico, los mendigos y los vendedores ambulantes.

Desprecia a su clase política, arrogante, codiciosa, despiadada, con la que tiene que convivir, negociar y, si es preciso, comprar. Le provocan náuseas su machismo grosero, su espíritu caciquil, latifundista. Le horroriza la macabra puesta en escena de la violencia de los cárteles. Los decapitados, los cuerpos colgando de los puentes, las masacres indiscriminadas en las que sucumben mujeres y niños. La mezquindad de su alta burguesía, aislada en burbujas de un lujo insultante para una población miserable.

Margaret Rich no ve la hora de que la cambien a otro destino. En el ínter, se refugia en su despacho de la calle Schiller. Asomada al ventanal, contempla las copas de los árboles del parque Gandhi y sorbe delicadamente un té Vahdam, comercialmente ético y justo, que le llega por valija diplomática desde

Nueva Delhi. Aguarda el inicio de la reunión con sus compatriotas de la Inuit Mining Corporation mientras lucha contra la sensación de ser la puta empleada de esa aplanadora corporativa, la chica de los recados de los nuevos dioses del Canadá.

Es su juguete. Ya no hay dignidad ni soberanía, la embajada se ha convertido en una oficina comercial al servicio de los intereses de los *holdings* y los *trusts*. No soporta la displicencia ni el desdén con que se comportan los ejecutivos con los que debe tratar. Ella es la máxima autoridad canadiense en México, sin embargo, a veces siente que está ahí para servirles el café.

Le pesan los huesos, los músculos, la piel. Le pesa la conciencia, los cadáveres de la ingenuidad y el idealismo de antaño. Llegó a creer, al principio de su carrera, cuando era una simple agregada primero, una cónsul en una ciudad sin importancia después, en los valores que supuestamente representaba. Un país bondadoso, acogedor, multicultural, bienestarista, amante de la naturaleza, pacífico, amigo del tercer mundo. Un tío bonachón e inofensivo, una patria caramelo, una postal.

El discurso no ha cambiado. La hoja de maple en la bandera sigue siendo la misma. Pero los esqueletos van acumulándose, a ella le toca guardarlos en el clóset, dar la cara, sostener el tipo y tragar.

Margaret Rich se acerca a los sesenta. Es alta, seca de carnes, un poco encorvada, elegante en los ademanes y los desplazamientos, sutil, susurrante. Su rostro, antaño atractivo, se ha vuelto agrio, severo. Y sus ojos han olvidado cualquier asomo de calor. A sus espaldas le dicen la ogra, que vive con un chile metido en el culo. Lesbiana, tortillera, frígida, marimacho, matapasiones… a sus espaldas.

De frente, en las recepciones, en las funciones de beneficencia, en los cocteles, es la señora embajadora con un señor a su lado: Thomas, coleccionista de arte —¿en dónde dijo que estaba? ¿En una subasta en Milán?—; indiferente al mundo

28

que se cae a pedazos mientras puja por una pieza de arte inca o azteca saqueada, con su belleza clásica, atemporal, y su corte de putitas que revolotean como las polillas alrededor de la luz. Esa luz que no ha dejado de irradiar el cabrón. Pero es el acuerdo para que exista un señor Rich en los momentos estrictamente necesarios.

En el fondo sigue siendo el suyo un país puritano y confesional. Una embajadora divorciada, querida Margaret, no es la imagen que queremos dar. *Fuck you*, señor ministro.

Se acerca la hora. Jennifer no tarda en avisarle que la esperan los buitres de la Inuit Mining Corporation. Reúne fuerzas, junta los pedazos, se recompone, adopta esa máscara gélida que la ha hecho célebre.

Hubo una Margaret hace dos décadas que hubiera entrado en la sala de juntas para exigirles que paren ya, que es inmoral su codicia, que no pueden arrasar con un país entero, aunque sus dirigentes lo permitan, lo alienten, lo celebren a cambio de engordar sus cuentas bancarias en paraísos fiscales. Pero a esa Margaret la mató su propia ambición. Ni siquiera eso, piensa con ironía frente al ventanal de su despacho, las copas de los árboles del parque Gandhi mecidas por un tímido viento que baja del Ajusco.

Todo fue bastante simple: la palmada en la espalda, la estrellita en la frente, la promoción inalcanzable. Una buena chica en un mundo de hombres, dispuesta a complacerlos con tal de demostrarles su talento, su capacidad, su brillantez, su derecho a estar en un lugar —le recordaban sin estridencias— al que no pertenecía. Ahora es una arpía que deposita la taza de té sobre el escritorio, alisa la falda del traje sastre color vino, se acomoda el cabello en un gesto fugaz, respira hondo y se encamina a la sala de juntas, escoltada por la fiel Jennifer, que ha irrumpido en el despacho para avisarle que ya llegaron.

Sentados alrededor de una mesa ovalada de cedro, Guy Chamberlain y Jonathan Ironwood, director general de la compañía en México, conversan sobre el inicio de la temporada de la NHL. Marc Pierce los escucha sin prestar atención, el hockey le es indiferente. Está distraído, no le gusta para nada ser un conejo. Ironwood es fan de los Ottawa Senators. Chamberlain, de los Montreal Canadiens, el equipo más antiguo del mundo y el más ganador de la historia. Ambos concuerdan en que ninguna de las dos franquicias tiene posibilidades reales de levantar la Stanley Cup esa temporada.

Los tres se ponen en pie cuando hace su entrada la embajadora.

—*Good afternoon, my dear Jonathan. How are you?*

Margaret Rich estrecha la mano tibia del ejecutivo mientras le pregunta por su esposa y sus hijos, a quienes no recuerda pero que cree haber conocido en una recepción. Todos están en Canadá bien resguardados. El ejecutivo le devuelve la cortesía.

—*You know, Mexico is Mexico, too much for an old lady like me.*

—*But if you look glowing.*

—*Don't be silly, darling, please. And these gentlemen?*

Jonathan Ironwood procede a las presentaciones. A Guy Chamberlain lo introduce como director de la división de exploraciones; a Marc Pierce, como el encargado de seguridad de la compañía en México. La embajadora los estudia con parsimonia mientras estrecha sus manos.

Ha conocido a cientos de sujetos como Pierce, despreciables pero necesarios. En cuanto roza su piel, siente una leve descarga eléctrica. Por el contrario, la obesidad de Chamberlain la tranquiliza. Su rostro redondo y papudo es transparente. Un buen soldado. Le despierta lástima y simpatía.

Los cuatro toman sus lugares. La embajadora en la cabecera, el director general a su derecha, Chamberlain a su izquierda y un poco alejado de los tres, en una engañosa subordinación que podría interpretarse como indiferencia, Marc Pierce. Frente a ellos, sendas tazas de café y sendas botellas de agua. Solo el geólogo de minas bebe de la suya, está nervioso y acalorado.

Margaret Rich quiere terminar cuanto antes con la reunión, así que, sin preámbulos, pone sobre la mesa el tema más delicado: Michoacán. Con voz modulada, contenida, monótona por momentos, despojada de cualquier emoción que no sea la protocolar —una suerte de no emoción—, la embajadora les explica que, siguiendo las instrucciones del ministro, ha mantenido una serie de reuniones con el secretario de Gobernación de México, Osorio Chong, quien le ha garantizado el oportuno uso de la fuerza pública para reprimir las manifestaciones en contra de la operación de la mina Las Truchas.

Pero el gobierno canadiense no desea por ningún motivo, enfatiza la embajadora, que asocien a una de sus compañías con un acto de represión de esa naturaleza. El constante lavado de imagen de las mineras se ha vuelto agotador. Que quede claro que esta sería la última opción.

Margaret Rich les pregunta con un apremio inesperado qué otras opciones existen. Es su deber evitar a toda costa las imágenes que circularían en todos los noticieros liberales de occidente: un grupo de militares y policías agrediendo a un puñado de indios cuyos reclamos, cómo negarlo, son probablemente justos, sensibles para ciertos espectadores. Desafía con la mirada a los tres hombres que la observan un poco sorprendidos.

Guy Chamberlain no entiende muy bien de qué habla la señora embajadora. No comprende su actitud. Él se limita a leer las entrañas de la tierra y a calcular las millonarias toneladas que esconden después de cientos de miles de años de incubarlas. El alucinante milagro de un proceso lento y delicado.

El director general de la compañía toma nota mental de la actitud de la embajadora. Ironwood es un sujeto pragmático, poco intimidable. Hace cinco años que se encuentra al frente de la división mexicana y no ha dejado de presentar un sostenido aumento en la producción de las seis minas en operación. Desde que llegó Margaret Rich a la embajada, la relación se ha vuelto tensa. Es inestable y veleidosa —mujer al fin, suele proclamar Ironwood entre sus colaboradores— y no ve con buenos ojos a la compañía.

De momento parecen tener una posible solución, pero llevará tiempo, y el señor Ironwood, cuando se trata de una mina que ha dejado de producir, no suele tenerlo. Preferiría la opción de la fuerza pública, la empresa tiene la piel de un elefante, solo así se facturan los volúmenes que anualmente la compañía entrega a la junta de socios.

—*Yes, we have* —dice Ironwood—. *Mister Pierce, please.*

A la embajadora no le pasan desapercibidos ni la ironía ni el desprecio con que el director general estira la mano para recibir un fólder de su subalterno. Ironwood expone de manera sucinta la estrategia. Reactivar una antigua demanda por un pleito de tierras contra el líder de los opositores a la mina con el propósito de encarcelarlo. Creen que, de esta forma, el movimiento se irá diluyendo poco a poco. Al mismo tiempo, comenzarán a construir el dispensario médico prometido a la comunidad.

—*But we need the cooperation of local authorities.*

Margaret Rich asiente satisfecha y le promete hablar con el secretario Chong sin dejar de sostener la insolente mirada de Ironwood.

El segundo punto de la reunión trata sobre las exploraciones que la minera realiza en Sonora.

Ironwood se muestra muy optimista. Asegura que no ha habido ningún problema con la población local, al contrario, han sido muy colaborativos. Y le pide a Guy Chamberlain que le explique a la señora embajadora las proyecciones del yacimiento.

El geólogo preferiría expresarse en francés. Le impone el lugar en el que se encuentra y la mirada apremiante de Rich le recuerda a la de ciertas maestras de su infancia. Poco a poco encuentra las palabras, hilvana las frases y se aferra a aquello que lo tiene ahí: su raro talento para interpretar y proyectar lo que arrojan los equipos de sondeo.

Después de una serie de consideraciones técnicas sobre las que los presentes se muestran indiferentes —enigmáticos procedimientos para perforar, extraer y analizar las entrañas de la tierra, adivinar sus secretos, leer entre líneas, desmenuzar su milenario mensaje—, llega al punto que realmente interesa: el yacimiento sonorense podría tener reservas estimadas en unos ciento veinte millones de toneladas.

Hay un brillo en los ojos de Ironwood, una humedad en sus pupilas, una euforia en su sonrisa satisfecha que repugna a Margaret. No es el caso del zafio técnico que tiene delante, con su arribista traje Armani, para quien los datos que ha explicado poseen un valor sentimental. Le gusta el quebequense, se siente cómoda con su torpeza, su timidez y su pasión minera. Imagina el cerebro de Ironwood trabajando a toda velocidad convirtiendo los millones de toneladas en dólares, y la consecuente erección.

Poco importa todo eso.

El informe que enviará al ministro hará las delicias del gobierno de Harper. En términos geopolíticos, la guerra que se lleva a cabo por las energías limpias inclinará la balanza en el futuro; en la relación de fuerzas resultante, su país ocupará los primeros lugares. No será ella quien ponga sobre la mesa los costos ni las consecuencias. No cuando en la mirada de los hombres que están en esa sala, y en otras salas mucho más determinantes, la oscuridad es apenas iluminada por un destello que lo anula todo.

Margaret Rich, antes de dar por terminada la reunión, insiste en la estabilidad social y política de la región. ¿Prevén problemas? Está muy reciente el terrible accidente de la competencia, Grupo México, en el río Sonora, afectando a miles de personas.

Marc Pierce, desde su distancia irreductible, niega con seguridad. De momento, tanto la población como las autoridades locales se han mostrado muy entusiasmadas con el proyecto. La región está sumida en la pobreza, la prolongada sequía ha mermado sus cultivos y sus hatos de ganado, esperan que la mina les traiga trabajo y prosperidad. Guy Chamberlain se muestra convencido de ello. Ironwood estudia la reacción de la señora embajadora. Puede adivinar detrás de la máscara su escepticismo, pero también su sumisión. ¿Quién se atrevería, en todo caso?

Impecable y diamantina

1

Son frágiles y vulnerables. Abiertas, delicadas, vulváceas. Se encuentran en medio del invernadero, protegidas de las plagas. Al despuntar los rayos del sol, emiten un azulado fulgor.

Son su orgullo, su mayor logro.

A María Antonieta Ochoa le basta contemplarlas para que se esfume la sombra que ciertas mañanas la envuelve, cuando la memoria se empeña en arrancarla del presente. El café de talega con un piquete de bacanora en la taza de los Dodgers —otra forma de memoria— calienta sus manos en ese frío amanecer: el termómetro al exterior del invernadero marca siete grados.

Se desplaza entre los pasillos de colores vivos, borrachos de polen, verificando los datos de los hidrómetros y la temperatura interior. De su boca surge un soplido vaporoso para templar el brebaje. Al llegar a la altura de las orquídeas siente un golpe de tristeza. En unas horas más vendrán por ellas y se las llevarán a Douglas, Arizona.

Terminarán en destinos insospechados: un hotel, una oficina, un centro comercial, un consultorio.

María Antonieta les da los buenos días con voz aniñada. Las orquídeas no responden. María Antonieta imagina que sí, tal vez un poco resentidas porque ha llegado la hora de despedirse. Ha conseguido, ya van para tres años, que sus orquídeas azules iluminen rincones tan lejanos como Phoenix o Tucson. Por el contrario, los crisantemos blancos, petulantes, no tienen la misma demanda. A veces los observa con recelo. Una desdicha ínfima se apodera de ella.

Fue Heri quien la convenció de cultivarlos. Heri es un hombre que cree saber de flores. Trabajó para su padre mucho tiempo. Llegó de Nacozari a los veinte años: un joven sentimental que rasgaba en una vieja guitarra viejos corridos norteños y les pedía perdón a las reses antes de enviarlas al rastro. Ya estaba ahí, flaco y espigado, cuando María Antonieta se fue a Hermosillo a estudiar. Fue el único de los peones de su padre que se quedó a su regreso, el rancho en agonía, el gran hombre dormido en un cajón de pino y su madre consumida por el duelo. Tuvo que tomar una serie de decisiones prácticas, dolorosas, sin importar la sangría.

Lo de los crisantemos blancos fue idea de Heri. Por alguna razón, desde que comenzaron a florecer, a María Antonieta le parecieron un mal augurio. Pero con el tiempo ha aprendido que, de vez en cuando, debe respetar y apoyar algunas de las iniciativas del vaquero sentimental.

María Antonieta bebe del café despacio. Siente el calor del aguardiente recorrer el esófago, estallar en el estómago y lanzar una bola rápida de escalofríos por todo su cuerpo. Es consciente de que la forma en que ase la taza de los Dodgers, se la lleva a los labios y sorbe se asemeja a la de su padre cuando contemplaba desde el zaguán los pastos en los que las reses, con ese tiempo sin tiempo, rumiaban. Solía observarlo a esa misma hora por la ventana de la cocina. Le parecía un ser mítico, con su Stetson de paja calado en el cogote, las botas 7 Leguas de tacón gastado y la navaja al cinto.

Su padre casi no hablaba, era torpe y avaro con las palabras. Desarrollaron un lenguaje de señas para todo aquello que era importante: montar a caballo, lazar y tumbar las terneras, marcarlas con la v de la vacuna contra la brucelosis, escuchar los juegos de los Naranjeros en la radio. Hasta la adolescencia, María Antonieta compitió contra el amor que su padre sentía por los caballos. Luego se fue a Hermosillo con un costal de resentimientos y reproches.

Luego su padre murió de un infarto montando a Chiltepín, la yegua consentida.

Bebe del café con piquete como queriendo prolongar el momento, antes de que lleguen Heri y los dos peones. Antes de que su madre comience a renegar entre las pocas gallinas que conservan y el cerdo vietnamita, empeñado en entrar a la cocina en busca del calor del fogón ante la decidida resistencia de Luna, la vieja perra que acompañaba a cazar a su padre y que ya no deja la casa ni aunque una liebre se le ponga enfrente.

A veces Luna le gruñe.

Cuando la perra llegó al rancho, una cachorra de dos meses, María Antonieta aún vivía en Hermosillo. Luna le recuerda que desertó, que no deja de ser una extraña en esa sierra hostil, de la que huyó soñando ciudades y a la que regresó exiliada de la mierda que le tocó en suerte. Deposita la taza sobre un banco de madera, toma unas tijeras de podar y se empeña en retocar algunos de los tallos de las orquídeas.

Un trabajo innecesario, todo el lote está vendido. Es una forma de despedida. Heri coordina los traslados de las flores, él se entiende con los compradores y los transportistas. María Antonieta se entrega a la floricultura con ese silencio heredado, de afectos mínimos y palabras justas. Sin saberlo, sin quererlo, se ha convertido en su padre.

De sol a sol, en el invernadero. Al pardear, recorre solitaria las diez hectáreas que quedan del rancho. En invierno se instala frente a la estufa de leña. Los días en que Heri anda en los mandados del negocio, solo habla con las flores. Con su madre, lo justo. Es ella, la madre, quien se suelta con chismes viejos y de viejos, esquelas vivas, en la noche, frente a la estufa. Luna y Cochi se instalan entre ambas, la sierra afuera como un misterio. En las noches de verano toman el fresco en el porche, las chicharras enloquecidas, las polillas ávidas de luz y las orejas de Luna en sobresaltos nocturnos. María Antonieta no se atreve a preguntarse si es feliz. Con cuarenta y dos años y una memoria ulcerada, hay preguntas que no tienen sentido.

Primero escucha y luego mira la Ford pick-up del 65 de Heri, con los dos peones en la batea, atravesar las tierras yermas de lo que fue un rancho de veinte hectáreas y sesenta cabezas de ganado. Las sequías, los especuladores, el furor de la carne importada, la rapiña del gobierno con los pozos de agua, las malas decisiones, los estafadores a los que padre se confiaba con la palabra dada —qué otra cosa podía dar más valiosa—, el orgullo de no mendigar subsidios a cambio de votos, los bancos, los leguleyos, los tribunales agrarios… las deudas, la merma, el fin de una época, la derrota de unos hombres que lo sabían todo de la sierra y nada del mundo globalizado, veloz, sin escrúpulos.

La impecable troca, a la que Heri dedica todos sus esmeros, estaciona a las puertas del invernadero con un dulce ronroneo de motor bien aceitado. Los dos peones saltan de la batea, saludan a la jefa con la mano en alto y se pierden tras los plásticos para empezar la jornada. Heri apaga el motor y se queda en la cabina contemplando a la hija del patrón unos segundos. No puede verla de otra forma. Suspira y desciende.

María Antonieta levanta la taza a modo de bienvenida. Camina a su encuentro.

—Quihubo.

—Uep.

—Ah, frío, ¿no? —dice María Antonieta.

—¿Se te hace? Más frío hará mañana, seguro.

—Eso que ni qué. ¿Ya vienen?

—No tardan.

—¿Y los crisantemos?

—¿Qué tienen los crisantemos?

—Ahí siguen.

—Ya se irán.

—Amalaya.

—Les tienes inquina.

—Qué inquina ni qué la verga. Se van a pudrir si no salen.

—Pues no los riegues. Y sáquese esa palabrita de la boca.

—¿Cuál? ¿Verga?

—No, crisantemo, nos ha jodido.

—Ah, qué Heri tan mocho.

—Te escuchara tu padre. Voy al fondo a preparar el lote.

—Ándale, pues. Chulada de orquídeas se van a llevar los gringos.

Heri camina erguido, como si tuviera una estaca clavada en el culo. Los lumbares destrozados por los años a caballo, de espaldas parece que lleva uno entre las piernas. Ese hombre, ocho años mayor que ella, le inspira ternura. El hermano que no tuvo.

Después de su nacimiento, dos abortos consecutivos disuadieron a su madre de seguir intentándolo. María Antonieta cree que su padre nunca superó esa idea tan de ciudad, tan moderna, de la hija única. Y aunque hubo un tiempo de aprendizaje entre vacas y caballos, la presencia de Heri y la partida de ella pusieron las cosas en su lugar, restablecieron el orden natural al que se debían. Ese muchacho atolondrado y cursi, sin experiencia vaquera pero con un ángel de bobalicona terneza, terminó ocupando su lugar a la derecha del padre. María Antonieta no le guarda rencor por ello. Hace tiempo dejó de luchar contra el mundo. El precio es alto, las heridas en sus sueños lo atestiguan.

María Antonieta arroja el poso de café frío a un costado y se dirige hacia una larga mesa de madera. Un centenar de esquejes de rosa de tallo duro la esperan para ser sembrados en bandejas, a una profundidad de seis pulgadas. Piensa dedicar el día entero a esa tarea que requiere de toda su concentración. Antes, echa a andar un viejo estéreo: Los Apson, otra herencia de su padre.

Al fondo del invernadero Heri y los peones alistan las orquídeas para su largo viaje.

Una vez al mes, María Antonieta se cita con Angelina en la cantina del pueblo. Es la única concesión que se permite en su voluntariosa soledad. Angelina no pierde ocasión de reprocharle sus hábitos cartujos. De todas formas, sin falta, el tercer viernes de cada mes, al caer la noche, María Antonieta se regala una cierta coquetería en el atuendo, discreto y conservador, se trepa a un destartalado Jeep que compró de segunda mano en una subasta en Douglas y recorre los diez kilómetros que separan el rancho del pueblo.

En un rincón de la cantina se sientan las dos amigas de la infancia, se toman unas cervezas, rememoran una niñez silvestre y mentirosa. Angelina la pone al corriente de los mitotes del lugar. Angelina habla con las manos, a los gritos, se carcajea impúdica, putea sabroso, fuma mucho y tiene ese talento picante de narrar las vidas de los otros como si fueran una comedia de equivocaciones.

María Antonieta transita alrededor de la plaza a vuelta de rueda. Pasa a un lado de la iglesia, una blanquísima misión jesuita de doble campanario que sobresale esplendorosa en medio del pueblo. En la plaza hay un grupo de niños jugando alrededor del kiosco y ancianos de mirada nostálgica sentados en bancos de hierro, blancos también, interrogando a las altas palmeras, rumiando como las vacas que pastorearon durante toda su vida.

Muy pocos jóvenes, la mayoría anda en el gabacho o se fue a la capital. Los jardines de la plaza están cuidados con esmero, alfombras verdes que invitan a acostarse a pesar de los letreros que lo prohíben. Cuando volvió de Hermosillo, María Antonieta vio con ojos de extranjera esa plaza en el corazón del pueblo y se quedó atónita. Enmarcada por los cerros, le pareció un cuento de hadas. En su recuerdo de niña y adolescente, la plaza era un lugar aburrido, polvoriento, en el que daba vueltas con Angelina a la caza de la mirada de los chicos.

Gira por una de las calles laterales a la iglesia y cinco cuadras más adelante detiene el Jeep frente a la cantina, remodelada por los hijos del dueño y decorada con objetos campiranos para un turismo que no termina de llegar a pesar de las promesas. Antaño estaba prohibida la entrada a las mujeres. En la actualidad se ha convertido en el centro de reunión de una población que merma cada día, que deserta en busca de una modernidad imaginada.

Matrimonios, parejas de novios, grupos de amigos se reparten entre las mesas de madera tosca charlando animadamente, jugando dominó o coreando las canciones que una vieja rocola emite, el único objeto que sobrevive de la cantina original. Los más ancianos, los clientes de toda la vida, de espaldas a los parroquianos se acodan sobre la barra, el pie en el estribo, el sombrero vaquero reclinado, masticando su descontento por el bullicio de las mujeres.

María Antonieta cruza el local saludando con golpes de cabeza a quienes la reconocen, la mayoría. Lo hace de prisa, cabizbaja. Siente las pequeñas pausas en las conversaciones que provoca a su paso. Para los hombres y mujeres del pueblo, no ha terminado nunca de volver de la capital. Como si estuviera de paso, como si fuera una extraña aún.

Angelina, al igual que cada tercer viernes del mes, le hace gestos desde la mesa más apartada y la llama a los gritos, cosa que María Antonieta detesta. Ella siempre llega antes y la espera con una media de Indio y un caballito de bacanora.

Angelina es la mujer del comandante de la policía municipal, lo que le otorga ciertos privilegios, como el de entrar sola a la cantina y sentarse en una mesa a beber sin que nadie la moleste.

—Qué onda, morra. ¿Qué te tomas? Te ves jodida, amiga, ¿un bacanora para levantar el ánimo?

—Una cheve está bien.

—No seas pinche aguada. Chíngate un bacanorita para el frío, mujer.

—Al rato, Angie; una cheve.

María Antonieta, en el pueblo, en la cantina, entre la que alguna vez fue su gente, no se permite perder el control.

—Toño, tráete una Indio para la Mery —grita Angelina. Su voz ronca, un trueno de nicotina y aguardiente, se impone sobre el bullicio, llega hasta Toño, el hijo menor de los dueños, que deja de papar moscas en un rincón de la barra y se apresura a llevar la cerveza.

—¿Qué te cuentas? De veras que te ves jodida, morra, como si te hubieran dado una cogida entre diez… Brincos dieras.

—Estuvo pesada la chamba en el invernadero, hoy se fue un lote de orquídeas y tuve que plantar unos esquejes…

—¿Ya viste quién está sentado a un lado de la rocola?

—¿Quién?

—El Fer Arriaga.

—¿Y?

—No mames, el Fernando Arriaga, el de los Arriaga de allá de Navojoa. No me digas que no sabes quiénes son.

—Pues sí.

—Está raro que ande por acá. Nunca viene, para eso tiene a su gente. Con razón el Ramón anda todo tenso.

María Antonieta ve a un sujeto entrado en carnes, de barba hirsuta en una cara plana y redonda. La ropa que viste, aunque semejante a la del resto de hombres en la cantina, luce nueva, lustrosa, y desentona como casi todo en él. Lo primero que piensa es que se trata de un niño jugando a un juego que no comprende. Sobre la mesa que comparte con cuatro jóvenes que intentan imitarlo en todo —María Antonieta evoca un ramillete de flores— se desparraman botellas de cerveza y whisky. De pronto entiende que se han apropiado de la rocola. A nadie parece afectarle el hecho. Observa a los lugareños, a sus vecinos, y se da cuenta de que actúan como si el tal Arriaga no estuviera ahí. Angelina continúa con su parloteo especulando sobre la presencia del tipo en el pueblo. El volumen de su voz no es el habitual: susurra, es casi inaudible.

—Deja de mirarlo, pendeja.

María Antonieta aparta la vista y la dirige a la botella de cerveza; con el pulgar dibuja el contorno de la etiqueta. Angie le cuenta que Ramón lleva dos noches llegando tardísimo a casa. A María Antonieta el tema le aburre pronto: nunca ha sentido ninguna fascinación ni morbo por las historias que se cuentan en la sierra sobre los Arriaga u otras familias semejantes. Un destino que, en lo que a ella concierne, sucede en otra parte.

Trata de cambiar de tema y le pregunta, sin saber muy bien por qué, por Santiago, un novio que tuvo su amiga en la secundaria, con el que vivió un amor enfermizo.

—Nunca regresó del otro lado —zanja Angie—. Ni al funeral de su madre vino. ¿A qué viene eso?

María Antonieta detecta un poso de resentimiento en su amiga. ¿Por qué ese repentino interés en Santiago? Tal vez por las repetidas menciones a Ramón, ese marido de bolsillo. Tal vez le molesta la presunción con que lo nombra, como si se lo restregara en la cara.

El regreso de María Antonieta supuso una inmensa alegría para Angelina, pero también un triunfo. El plan, desde la primaria, siempre fue irse juntas a Hermosillo. Pero en tercero de secundaria su amiga dejó de estudiar, se autoproclamó una burra que odiaba la escuela y se puso a buscar marido. Santiago no resultó como esperaba. En cambio, Ramón tenía esa mirada de saber lo que quería y un proyecto al que se ciñó con tesón. Angelina encajó en él con una reticencia que los años no parecen haber apaciguado. Desde su reencuentro, más de dos décadas después, los esfuerzos que hace Angie para sostener una satisfacción inquebrantable la dejan exhausta. Ese regionalismo fanático, esa defensa de las tradiciones, esa memoria tramposa por bucólica. Una vez al mes es suficiente. Y como en cada ocasión en que se citan, tras la segunda cerveza María Antonieta empieza a no querer estar ahí, a distraerse, a pensar en lo que tiene que hacer al día siguiente en el invernadero.

Angelina sigue hablando de Ramón, de los sinsabores de su cargo prácticamente honorario, de la ingratitud de la gente del pueblo. De los riesgos…

—Pero le va muy bien, ¿no? Al menos eso parece.

—No es lo que crees —ataja Angelina; sin querer voltea hacia el hombre de la rocola—. Son puros inventos de la gente. La lana sale de la renta de las tierras que le heredó su padre. Ramón ha sabido invertirla. Pero ya ves cómo son aquí.

María Antonieta oye lo que murmuran en el pueblo. Heri tiene sus opiniones al respecto. A María Antonieta le es completamente indiferente. Carece de opinión. En estos casi tres años ha procurado prescindir de las opiniones sobre cualquier cosa que no sea el invernadero. Un desapego apacible, balsámico. Una forma de perfección.

Dos hombres de mediana edad entran a la cantina. No son del pueblo. Se acodan en la esquina de la barra que da a la puerta. No son turistas. No son funcionarios del gobierno estatal. Huelen a sur, a Ciudad de México. A María Antonieta le parece, aunque no está segura, que el bullicio en la cantina disminuye por un segundo. Es una sensación que no podría precisar.

—Trabajan para la minera —aclara Angelina.

—¿Pero entonces es cierto?

—¿En qué mundo vives? Claro que sí. Siguen buscando. Ramón me dijo que le dijo Cipriano que va en serio. Anda muy contento el cabrón.

—¿Quién anda contento? ¿El alcalde?

—Claro. Según esto, vamos a nadar en la abundancia.

—Será el Cipriano.

—Ramón también cree que es una gran oportunidad para el pueblo. Los Durazo y los Tapia ya les vendieron un chingo de hectáreas.

—¿A la minera?

—No, al papa. ¿Qué traes, eh, estás mensa? Sí, a la minera. Andan comprando por el lado del Pocito y se van a seguir. Según esto, es el futuro.

—Ah, esa palabrita.

—¿Futuro? ¿Qué tiene?

—Nada. No me gusta.

—¿Hay algo que te guste, morra?

Las orquídeas, piensa María Antonieta.

2

El cerdo vietnamita la sigue a todas partes. Lo llama Cochi, nunca quiso ponerle nombre. Aunque Cochi es como cualquier otro nombre. La sigue terco, empecinado en seguirla, como si su orfandad no le permitiera otra cosa. Desde que murió Zacarías vive pegado a sus talones. Tiene miedo de que un día se le enrede entre las piernas y se parta el hocico.

A Luna, la pointer, la vejez y la ausencia la dejaron postrada en el zaguán. Se ha puesto gorda y malhumorada, como ella.

Cochi es un buen conversador, hay que decirlo. Puede estar durante horas hablándole de cualquier cosa. El cerdo vietnamita la observa con sus ojitos porcinos e inteligentes como si entendiera. Luna, sin embargo, la ignora, bosteza, se desparrama en el suelo de madera del porche y deja perdida la mirada acuosa en el horizonte, como a la espera de que Zacarías aparezca con su paso tranquilo y los hombros echados al frente.

Eso no va a pasar. Zacarías se murió sobre Chiltepín. Se le detuvo el corazón. Cansado de tanta chingadera, se reclinó sobre el cuello de la yegua y fue deslizándose poco a poco hasta dar con sus huesos viejos en la tierra. Ya van para tres años, pero Luna, con esa tristeza lánguida de las perras añosas, sigue aferrada en verlo aparecer un día, correr hacia él, brincarle alrededor como si fuera un dios, ir y venir en un galope atolondrado ladrando para que el mundo entero sepa que Zacarías ha vuelto.

Pero eso no va a ocurrir porque Zacarías está enterrado en el cementerio del pueblo. A ese vaquero indomable y orgulloso le llegó el turno, como a todos, como le llegará a ella, que barre el zaguán con una escoba de sarmiento. Cochi detrás, dejando huellitas en el polvo, algo mareado por las vueltas sin sentido que da su ama. Luna no se levanta, imperial, por más que su dueña la empuje con la escoba.

El sol calienta el frente de la casa. El frío que muerde los huesos en la madrugada, los de ella y los de Luna, claudica poco a poco. Le llegan las voces de los cargadores, allá en el invernadero, con su trajín de orquídeas. A través de los plásticos puede percibir la silueta de su hija encorvada sobre una mesa, el ir y venir de Heri y los peones.

Si Zacarías reviviera se volvía a morir de un infarto. ¿Cómo es posible que Heri haya aceptado?, se pregunta con la escoba suspendida en el aire. ¡Flores! Flores en El Tazajal. Un invernadero con orquídeas azules, rosas rojas, blancas y amarillas, crisantemos. Y ni una res en los campos secos, en los que quedan, en los que no vendió la porfiada de su hija. Ni una sola vaca pastando en lontananza, esos puntitos blancos y negros como corcheas en un pentagrama. Desde la muerte de Zacarías —ya van para tres años—, cada mañana sale a barrer el zaguán y cada mañana maldice esa fiesta de colores atrapados bajo los plásticos.

¿Pero qué puede hacer una vieja como ella, sin agencia ni entendimiento? Ni siquiera le preguntaron. Su hija regresó de la capital con sus aires capitalinos y sus estudios. El desgraciado de Heri perdió la razón, se dejó embaucar. Vender las reses, las tierras, venderlo todo, por poco también la venden a ella. Así le dijo: hija, ¿también me quieres vender a mí? No diga tonterías, amá, además, ¿quién la querría? Lengualarga resultó la chamaca. Ojalá igual de cabrona hubiera sido con el marido.

Cómo es que… de veras, pero si a leguas se le notaba lo tacuche y mamón.

—A un lado, Cochi, que me vas a terminar matando.

Cochi la observa con su trompa aplastada, las orejas alerta, la cabeza ladeada, necio en su inmovilidad. Luna abre las fauces hasta el aullido y deja caer el hocico entre las patas. Las primeras moscas se atreven a revolotear por los alrededores buscando el calor de un sol que se impone desde el este.

Ana María Rendón, viuda de Zacarías Ochoa, contempla su obra, apoya la escoba en una de las trabes del porche y arrastra los pies al interior. Cochi la sigue bamboleante, orondo. Luna ni se inmuta cuando pasan a su lado. Perra huevona. Se dirige a la cocina. Remueve los rescoldos de la estufa de leña y pone a calentar el café de talega. Sobre el comal, una tortilla de agua.

Se sienta a esperar.

El mimbre de la silla de la cocina gime por el peso de una cadera ancha, de huesos categóricos, de un par de nalgas saturnales. Ana María también gime al doblar las rodillas. Crujen. Frío y vejez, mala combinación, no obstante que la estufa de leña mantiene caldeada esa parte de la casa que durante la mañana recibe los rayos del sol a plenitud. El resto de la estancia es un frigorífico.

El café empieza a humear, la tortilla se infla. Cochi se ha deslizado bajo la mesa. Algo le tocará, piensa. La viuda se incorpora ayudada por el canto de la mesa, saca la tortilla del comal y la enrolla con un movimiento diestro. Se quema las manos, pero no le importa. Mordisquea la tortilla mientras se sirve el café, que endulza con piloncillo. Regresa a la mesa y se deja caer sobre la silla. Las patas ceden un poco.

¿Y luego? Nada.

Los ojos perdidos más allá de la ventana. Mastica ruidosa y desdentada. Sorbe sin pudor. Le arroja el último pedazo de tortilla a Cochi, que gruñe satisfecho.

¿Y ahora?

Esperar a que las horas pasen. A que llegue la muerte, lenta y despaciosa, como todo en ese lugar, como los cerros. A entregarse a un tiempo que no distingue presente ni pasado ni futuro. Un tiempo que acumula todos los tiempos sin orden ni concierto. En el que la llegada de Cochi en brazos de Zacarías, una bolita puerca, se confunde con la partida de la hija a esa ciudad infierno. Con los gritos de Heri: tío, tío, el tío se cayó, tío, qué tiene. Con la última vuelta que dieron por el pueblo en la Ford Lobo, reluciente de blanca —que también vendió la ingrata—. Zacarías con su sombrero de domingo y ella con su vestido de domingo. Con una boda de alguien, tal vez la suya, la de una prima, allá en Nacozari, y la boda de la hija en la catedral de Hermosillo, qué pequeñita, qué vaca se sintió, qué tan vámonos para el pueblo, que aquí no hacemos nada.

Y con otros tantos flashazos que la memoria dispara para iluminar un territorio incierto, en el que fechas, rostros y hechos se mezclan. Una película desconcertante, espectadora y protagonista, qué disparate.

Ana María ha olvidado que se sirvió un café y deja que se enfríe en la taza mientras los ojos atrapan retazos y remiendos, colgados de la ventana por la que Zacarías se asomaba para pedirle unos burritos, una cerveza, un champurrado si era época. Morrita, le decía —cuarenta y nueve años de casados y le seguía llamando morrita—, échate unas tortillas al comal, que traigo hambre. Hambre de sierra y cabalgata, de lazar y herrar becerros. Guapo, el condenado, silencioso y esbelto como una estatua. No hay reproches ni rencores. Se tenía que morir y se murió. Solo recuerdos.

Ahora es ella la que se tiene que morir, de una buena vez. Al fin que la Mery ya convirtió el rancho en esa cosa moderna de flores para exportar. Que el banco, que las deudas, que los intereses. Ella no sabe de esas cosas. Ella con las gallinas y la casa, y ayudar en los establos con la paridera, que para eso nadie la igualaba. Cuántos becerros trajo al mundo.

Hay que vender.

Zacarías, ¿ya escuchas lo que dice tu hija? ¿Vender? ¿El rancho de tus padres y tus abuelos? Queda un puñado de reses famélicas, casi no tenemos agua, mi apá tomó algunas decisiones muy pendejas, estamos hasta el fundillo de deudas. Y ya no está, déjese de cosas, amá.

Boca de lumbre y orgullosa, la ingrata.

—¿Queda café, tía?

Heri entra en la cocina empuercándolo todo. Cochi va a su encuentro. La viuda parpadea traslúcida, de vuelta a un mundo que, por un segundo, le cuesta reconocer.

—Cochi gordo, Cochi feo, Cochi cochi —tontea Heri al tiempo que acaricia el lomo del animal—. Ya se fue todo el lote. La Mery anda recontenta, dólares frescos.

—Ey, sí, ya me imagino. ¿Y tú?

Heri se encoge de hombros mientras se sirve una taza.

—El negocio va bien.

—¿Pero no extrañas?

—No empiece con eso, tía. Seguro, no soy de palo. Pero hay que seguir.

—Me preocupa.

—¿La Mery? Pues no debería. Esa es más abusada que usted y yo juntos.

—Pero ya ves lo que dicen en el pueblo.

—En el pueblo dicen muchas babosadas, tía, no haga caso.

En el pueblo se habla mucho contra el aburrimiento y la paulatina debacle. Los que venden y se van. Los que venden y se quedan contemplando con nostalgia esa sierra rotunda preñada de progreso, sin otra cosa que hacer que abonar a los mentideros. ¿Cómo es que sucedió? ¿Cuándo empezó esa renuncia? Ana María, que presiente la muerte cercana, cree que se irá a tiempo.

3

Aprendió a cazar con su tío. A decir verdad, aprendió todo lo que sabe de la mano de Zacarías Ochoa. Hijo de una prima de la señora Ana María, se apareció en el rancho a los veinte años, un fardo inútil, un estorbo. Lo suyo era la música. Rasgaba la guitarra y el bajo sexto con cierto decoro. Tenía una voz nasal que enamoraba a las muchachas. Llegó a pertenecer a un trío norteño que animaba fiestas por los rumbos de Nacozari. Heriberto pensaba en grande: salones llenos de pochos en Arizona y California, Grammys latinos, discos de oro.

Sus padres, no.

Lo enviaron con esa prima a ver si se enderezaba, si aprendía a trabajar y se dejaba de tonterías de la vida bohemia, de tocadas hasta el amanecer para sujetos sospechosos, de esa ropa ridícula que empezó a usar.

Se apareció en el rancho con una mochila y una guitarra, vestido como un vaquero de película, flaco y desgarbado, risueño, galante: un fantoche, le dijo Zacarías a su mujer cuando lo vio por primera vez en la cocina de la casa.

Han pasado treinta años. El tío Zacarías descansa tres metros bajo tierra. Y él ya no arrea ganado, ahora trabaja en un invernadero de flores decorativas con su prima, esa chamaquita patas de palo que se fue y regresó —ya mujer, una mujer triste

51

y muda, pero con un par de ovarios— a salvar lo que parecía insalvable. Qué vueltas da la vida. Treinta años. Y aunque el cuerpo no es el que era, de vez en cuando se echa a la sierra a cazar liebres, conejos y, cuando hay suerte, algún tigrillo o un lince malparado. Estos últimos, por los destrozos en los gallineros de la zona o los ataques a los becerros más tiernos y despistados. Caza furtiva, sin permisos gubernamentales —carísimos—, la caza que siempre han practicado los rancheros.

Carga una vieja carabina del 22, marca Marlin, regalo del tío Zacarías. La mayoría de las veces vuelve sin disparar un solo tiro. Las piernas fallan. Las piezas se refugian en las partes más altas de la sierra huyendo de las escopetas de los turistas. El corazón flaquea.

La Mery tiene que ver.

A la Mery no le gusta que salga a cazar. Pone esa cara agria, sombría, cuando se entera de que anduvo por los cerros con el rifle al hombro. Le dice que deje en paz a esos pobres animales que no le han hecho nada. La Mery no entiende del peso del arma en el hombro, del silencio del bosque cuando despunta el alba y él mismo se convierte en bosque y en arma, en árbol, en cazador, en presa, en tierra húmeda, helecho, musgo. Cuando encuentra el rastro y lo va leyendo durante horas hasta el manantial casi seco o el cubil oculto bajo las ramas, entre las rocas. A veces ni siquiera apunta, a veces yerra el disparo a propósito y escucha la voz de Zacarías pendejearlo. Hay cosas que un hombre hace por la memoria de otro hombre.

Ese domingo Heriberto toma hacia el rumbo del Cerro del Muerto, un cadáver rocoso, acostado bocarriba, asombrosa escultura recortada en el horizonte. Trepa hacia las peñas que le dan forma a los pies. Lleva en el morral un termo de café, algo de parque, unos binoculares, unos burritos de frijol.

El sol apenas se insinúa rojizo en el cielo seco, inmenso en esa parte del mundo. Camina a buen paso, su cuerpo ha roto a sudar pese al frío. Camina por el placer de hacerlo, sin el ojo avizor, sin los sentidos alerta para la caza. Es uno de esos días en los que, seguramente, no tirará del gatillo y no parece importarle. El cerro despierta a la vida a cada zancada que da. Heriberto jadea sabroso. El viento enfría la película de sudor sobre su rostro, un placer de navajas y brasas. La mente vacía de las preocupaciones del negocio, que marcha, sí, pero incierto siempre, solo un paso por delante de las crisis y las deudas. La mente embriagada de oxígeno, perpleja de lejanías.

La subida se vuelve más empinada, baja el ritmo. Hace un alto. Los ojos se le ciegan de sierra. Hay amor, hay memoria, hay una historia de la que no se arrepiente, un aprendizaje de vida, un camino que ha recorrido por treinta años, que lo hizo el hombre que es, esa imperfecta forma de estar en el mundo, esa condena a elegir, esos otros caminos que pudo pero no conoció. Sin embargo, ahí está, el rifle y el morral terciados a la espalda, contemplando satisfecho un universo que conoce como la palma de su mano. Heriberto parece un tipo con suerte.

Se da cuenta, de pronto, de que el silencio es otro silencio al habitual. Es el que precede a la irrupción de extraños. Aguza la vista. A lo lejos, abajo, en la falda de la montaña, alcanza a distinguir una hilera de tres pick-ups de doble cabina levantando polvo y un camión plataforma. Se lleva los binoculares a los ojos.

Se detienen a unos seiscientos metros de donde está, en una hondonada. Descienden varios hombres. Heriberto los cuenta: ocho. Siete parecen mexicanos. El octavo es una mole de carne blanca. Su pelo rojizo destella bajo el sol. Hablan entre ellos. Señalan hacia los cuatro puntos cardinales. Luego se cruzan de brazos. Luego vuelven a señalar como queriendo abarcarlo todo. A su alrededor nada se mueve, nada gruñe, cruje, bisbisea, respira. Es como si la tierra hubiera decidido contener la respiración.

Heriberto se acuclilla, saca el termo del morral y le da unos tragos al café. Vuelve a llevarse los binoculares a los ojos. La mole de carne se desplaza hacia el camión plataforma, sobre el que descansa una máquina roja con llantas de oruga y una especie de lanza en un extremo. El extranjero camina de forma cómica. Los demás lo siguen.

Ya no tiene ganas de seguir ascendiendo a la cumbre. Se sienta en una roca. Deja el rifle y el morral a un costado. Conserva los binoculares y el termo en las manos, aunque no bebe. Se pregunta qué hacen esos hombres ahí. Sabe que son de la minera. Hace un año que no se habla de otra cosa. Se pregunta por qué están ahí y no en otra parte. Qué caminos siguió cada uno hasta encontrarse en ese preciso punto en el que la máquina roja ha empezado a perforar el suelo.

Penetra la tierra, la viola con ese falo rojo que horada las sucesivas capas en un bombeo incansable. Heriberto se pregunta qué sienten esos hombres, manada voyerista, silenciosa. En qué piensan mientras la máquina entierra el fierro cada vez más adentro. Atraviesa la tierra, la parte en dos, se sume en ella con violencia, la perfora. Trata pero no alcanza a imaginar, supone que sus mentes están en otra parte. O tal vez no. Tal vez han caído en un trance, hipnotizados por el vaivén de la máquina, por su tenaz profanación.

Adentro, afuera, adentro, afuera.

Tal vez encuentran una especie de éxtasis en ello. Una sensual brutalidad. Heriberto al fin se aburre y se pone en movimiento. Ya no hacia la cima, retoma el camino de vuelta a la cabaña. Unos treinta minutos a paso ligero.

Buena parte del regreso es en descenso, por lo que no puede permitirse ningún descuido. En cada zancada siente el impacto en las rodillas y los abductores. Se le ocurre que en unos años más ya no podrá caminar por esos senderos. Luego, fatalista, piensa que ni él ni nadie. Es cuestión de tiempo. Muchas veces acompañó al tío Zacarías por los rumbos de Fronteras y Cananea, cosa de negocios, cuando el rancho era aún ese jolgorio de reses. Él sabe lo que vio. No se le olvida. Las presas de jales en las que el ganado quedaba atrapado hasta morir de inanición, nadie respondía por la merma. Los cerros reventados por la dinamita, convertidos en esa muerte gris, en ese erial de roca destripada.

Las noticias que llegan del río Sonora son para llorar. Los animales y la gente enferma, el agua contaminada de codicia.

Y piensa Heriberto al tiempo que enfila hacia la cabaña que su vejez será tan solo el testimonio del fin de ese árbol y ese arbusto y esa liebre que escapa como alma que lleva el diablo. Heriberto apunta tarde y mal, de todas formas dispara. No tiene la intención de matarla. El proyectil se pierde en la lejanía y le arranca un pedazo de corteza a un árbol. Todos los animales huyen del canto de la muerte. A lo lejos, los hombres de la mina tal vez tratan de adivinar de dónde viene la detonación y por qué. Seguramente el ruido de la máquina, sordo, persistente, no los deja oír nada, se dice Heriberto.

La cabaña de Heriberto se levanta en un pedazo de tierra que el tío Zacarías le regaló hace una década, por el lado del Águila, a un par de kilómetros del rancho. No es más de media hectárea, cercada con alambre de púas, una pequeña huerta de hortalizas, un corral con media docena de gallinas, tres perros mestizos, sin nombre, que van y vienen a su aire, tan ladradores como confiados, y una ceiba vieja que sombrea los veranos.

La cabaña es de madera, la levantó con sus manos y las manos voluntarias de algunos de los peones que trabajaban en El Tazajal, cuando había rancho y peones. La cabaña es la de un hombre que hizo de la soltería un reducto, un empeño, un credo. El espacio que encierra las cuatro paredes huele a hombre solo. Todo es práctico y huraño. Reacio a cualquier intento de estética doméstica. Cada cosa existe por su utilidad, en el sentido más rudimentario de esta. La estufa de leña, un autómata oxidado pero efectivo —regalo de la tía Ana María cuando la cambiaron por una nueva— ocupa el centro de la única estancia. Letrina en lugar de baño, un pozo del que extrae el agua que necesita y una placa solar que le proporciona la poca energía que requieren sus hábitos de animal solitario.

Como las gallinas, se echa a dormir en cuanto se mete el sol. Heriberto vive como un ermitaño. Su estilo de vida no responde a ningún dogma, a ninguna renuncia. Tiene claro que aquello que haga o deje de hacer solo le incumbe a él. Su huella en el mundo será tan efímera como la de la liebre que dejó escapar hace un rato. Sin descendencia, su recuerdo se apagará con la muerte de los pocos que lo conocen. Heriberto no parece tener ningún problema con ello. Si alguna vez se planteó hacerse de una compañera de vida, las extenuantes jornadas en el rancho y la perplejidad que le provocaba el cortejo al uso de sus años más mozos terminaron por convertir la idea de aparearse en algo postergable.

Hay una austeridad monacal en su cuerpo que no sabe de dónde le viene ni por qué. Cuando recién llegó a vivir con esa tía a la que había visto un par de veces en su vida, se dijo que era algo temporal. Tenía sus sueños de marquesina y gloria. La música era su vocación.

No recuerda en qué momento el acto de posponer se fue transformando en algo tan ajeno que dejó de pertenecerle. Un día estuvieron ahí la sierra, los caballos, las reses, el sudor y la lucha, la fraternidad de hombres embrionarios, elementales. Las fogatas al alba, el sudor y la sangre, las noches en vela en los partos vacunos, el sentido de pertenencia. No recuerda cuándo otra forma de estar en el mundo se volvió inimaginable. A la vista de la guitarra que trajo consigo, los anhelos de aquel muchacho lo siguieron ruborizando por un tiempo.

La guitarra aún cuelga de una de las paredes de la cabaña. A veces la templa en los crepúsculos delirantes que le regala la sierra. Corridos que nunca termina de cantar porque ha ido olvidando los acordes y la letra. Es más bien un rasgueo incierto que le transmite sosiego y descanso.

Pero en esa tarde de domingo, después del encuentro con los hombres de la minera, después de haber trabajado un rato en el huerto y cortado leña y desempolvado la cabaña y jugado con los chuchos y reparado algunos de los alambres del cerco y lavado la reliquia de pick-up... después de haber intentado mantener la mente ocupada, se sienta a la entrada de la cabaña con la guitarra en brazos y, por más que puntea las cuerdas en busca de las viejas canciones, no encuentra la serenidad del ocaso.

Permite que te envuelva
en la más honda música de selva

1

La Meseta Tarasca es una pulsión de agua, un cielo gris, una neblina fantasmal. Marc Pierce imagina los ojos ocultos que observan, desconfiados, heridos de muerte. Hombres y mujeres en guerra, con el dedo ligero y la conciencia tranquila, dispuestos a matar y morir. Un incendio de sangre camuflado en un paisaje tan fértil que ahoga cualquier forma de contemplación. La meseta encadena pueblos alzados en armas para defender sus bosques, sus mujeres, sus niños. Del terror pasaron al coraje y del coraje a la autodeterminación.

Marc Pierce sabe —es su deber saberlo— que es una provocación recorrer esos regueros de pólvora, a un paso de estallar por los aires. Con su aspecto de gringo idiota, en una camioneta rentada en la Ciudad de México, conduce por la carretera que gusanea la meseta con más figuraciones que pavimento.

Las comunidades, embravecidas por el despojo y la miseria, hartas de la tala vandálica de sus árboles, de la depredación de sus parajes sagrados, de sus ríos y manantiales, de sus milpas y bestias, de su alma, de su corazón, de su cuerpo, han instalado retenes de guardias armados con viejos rifles y escopetas. Han renunciado a pertenecer a un Estado que los ha traicionado tantas veces, de tantas formas, con tanta saña, que solo les resta la vida como ofrenda.

Sabe que no es prudente llevar gasolina a un incendio, desfilar con la arrogancia de su pasaporte por una región en pie de lucha, de colosal riqueza, expoliada, desangrada durante siglos. Conoce, porque es su trabajo conocerla, la violencia acumulada, palimpsesto de agravios, cadenas de muerte antigua que encarnan en los nuevos rostros de la usura: crimen organizado, gobernantes corruptos, trasnacionales sin escrúpulos; todos se dan cita en el banquete.

Viaja camuflado bajo una identidad inocua: fotorreportero de *National Geographic*. Carga con él credenciales espurias, equipo fotográfico y hasta un chaleco de esos de periodista con múltiples bolsillos. Un sombrero ridículo a la Indiana Jones, un acento impostado, spanglish que le permite ejercer la ingenuidad y el despiste.

Cuando le dan el alto a la altura de Cherán, exhibe una sonrisa encantadora, saluda con la mano como si los hombres que se acercan fueran niños jugando a la guerra. Resultan menos agresivos de lo que esperaba, amables incluso, aunque las armas en sus manos campesinas le indiquen lo contrario.

Le preguntan qué lo trae por esos parajes, de dónde viene y a dónde va. Marc contesta masticando nombres tarascos de imposible pronunciación. Los guardias comunitarios se relajan, ríen por la torpeza idiomática, ojean el interior del auto. Marc les muestra el maletín con las cámaras y los lentes y el falso gafete. Les ofrece agua y cigarros. Hace que no entiende cuando los hombres murmuran entre sí a este gringo pendejo se lo va a chingar la maña, y ríe con ellos la broma homicida, porque, a fin de cuentas, morirse en esa tierra no es más que un chiste.

Le dan el paso y pasa despacio, sin soltar la sonrisa, los nervios templados porque ese es su trabajo. Queda atrás el pueblo en rebeldía, autogobernado, insurgente, asambleario, que ha recuperado una forma de orgullo que a los directivos de la compañía, por ejemplo, enfurece, porque en el inventario las almas de los indios valen muy poco, menos que el oro, la plata, el hierro, el zinc, la madera o el agua. Marc Pierce lo sabe, por eso está ahí, dejando atrás una población fantasma para continuar camino hacia Paracho, donde hará noche.

No le pareció prudente llegar a Tzitzio desde la Ciudad de México vía Morelia. Optó por la ruta más larga: Querétaro, Guanajuato, entrar a Michoacán por el norte y descender por la meseta. La paranoia y la cautela también facturan. Es el hombre sin rostro de la Inuit Mining Corporation. Arregla y limpia aquello que tiene que arreglar y limpiar, sin importar los métodos, siempre y cuando las consecuencias, si las hay, las pague alguien ajeno a la organización.

Se hospeda en el hotel Santa Fe. Una habitación sencilla de amplios ventanales que se asoman a los cerros. Atardecer turbio, gris. La niebla se posa en las cimas de las montañas y amenaza con descender con sus dedos largos, desgajados.

Una vez se instala, sale a pasear por las calles del centro. Calles estrechas, de altas aceras, abigarradas de tiendas y negocios dispares que vomitan cumbias. Es viernes, Paracho parece animado. Los lauderos trabajan a la vista de la gente. Hay tantas guitarras —tienen su monumento, gigante, desproporcionado— por todas partes que Marc siente que está inmerso en una pesadilla. Las guitarras cuelgan como ahorcados en pasillos, corredores y estrechos locales de los que brotan aromas a madera, pegamento y resina.

Hay puestos ambulantes que lo venden todo, y una plaza colonial con su iglesia y sus arcos. Hay rostros indígenas, silenciosos, mortuorios. Lo observan pasar, no sabe si con inquina, curiosidad o lástima. Rostros que no se dejan leer, de piedra. Hay restaurantes que anuncian auténtica comida purépecha.

Camina indolente, declarando su extranjería como un derecho de piso, pero con los ojos atentos a cualquier señal. Suele encontrar lo que busca, en todas partes existe. Se pierde por las callejuelas aledañas al centro a la caza de muchachos apoyados en una esquina, tocándose el paquete, alzando las cejas. Ellos huelen, detectan y arrojan la mirada, plena de secretas promesas. Marc tiene hambre de carne tarasca, broncínea, macerada en la milpa o los aguacatales. Anda con ganas de verga purépecha. Camina como si el tiempo fuera su aliado, una extensión de su paciencia, la antesala de ese otro tiempo que todo lo justifica.

En un pequeño jardín un poco apartado del bullicio encuentra lo que busca. Ahí está, sentado en un banco. Virginal y envilecido, una combinación que Marc Pierce aprecia en su justa medida. Ahora se pasea a la espera de que adivine su cartera y huela sus feromonas. Es un joven alto, fibra y músculo, con un toque delicado, de ojos burlones, orientales, corte de cabello chúntaro.

El joven se le acerca, le sonríe y, sin mediar palabra, le indica con la cabeza que lo siga. La insolencia y el desdén con que lo guía, cinco metros por delante, seguro de que el gringo percherón va tras sus pasos, excita a Marc. Siente que está perdiendo el control: ha sido elegido, podría terminar rogando por esos brazos y ese tórax y esa boca y esas piernas… una entrega, un abandono de sí, una renuncia a la tensión permanente, a la paranoia, una perdición.

El chacal se detiene en la puerta de una cantina y recuesta la espalda en el marco, las manos en los bolsillos, un pie en la pared, los genitales expuestos con negligencia. Marc llega a su altura y queda de perfil, la mirada al frente, perdida en la calle estrecha y oscura. El chacal le habla en inglés, le pide que lo invite a un trago. Un inglés imperfecto y delicioso, piensa Marc. Más que una petición es una exigencia.

El muchacho no espera respuesta, se introduce resuelto en la cantina, seguro de que el gringo irá tras él —suelen hacerlo, calientes y babeando por esos huesos nativos—. Marc titubea, aún conserva alguna de las alarmas: habitación, porno en la tablet, masturbarse, conciliar el sueño imposible —Marc duerme tres horas al día en promedio—; adelantarse al amanecer con esa cuadrilla de espectros que se aparecen al alba. Pero está caliente, ganoso, duro, abierto.

Se decide: entra.

La sonrisa del chacal, sentado en una mesa redonda y diminuta, le parece una insolencia, una ofensa, una invitación a ponerse en cuatro ahí mismo, delante de los escasos y aburridos parroquianos, para que lo embista, lo penetre, lo desgarre sin nada parecido a la delicadeza o al amor. Marc Pierce, desde su altura rubia y blanca, soberbia, desciende hasta la mesa y se sienta dócil, como si fuera capaz de ser otro.

Cada quien pide una cerveza y un mezcal. Intercambian nombres falsos, falsas edades. El inglés del chacal es muy básico. Cambian al español, Marc se siente cómodo con ese idioma de consonantes duras, rasposas, tajantes.

Después de algunas banalidades, el muchacho le cuenta que fue conscripto, destacado en Tierra Caliente, por los rumbos de Nueva Italia. Anduvo a los tiros con la Familia y los Caballeros. Tiene sangre en sus manos, muertos en la conciencia y hartas pesadillas. Aquello era la guerra, sigue siendo la guerra, no habrá paz en mucho tiempo. Lo dejó porque se dio cuenta de que no estaba hecho para la milicia. Eso sí, cogió como un conejo con tenientes, capitanes, coroneles y algún general también, de abultada panza y verga pequeña, romántico y cursi, un amante rentable que terminó en una prisión militar por pendejo, dice el chacal con su boca cínica, los ojos nerviosos puestos en todas partes y el cuerpo alerta. Lo de los estudiantes desaparecidos, remata, fueron los militares, lo sabe de buena fuente.

A Marc no le impresiona el relato. No termina de creerle. Lo deja hablar para sabrosearlo a gusto, apreciar cada uno de sus atributos, adelantar el sudor, la saliva, el semen. Hoy tiene ganas de recibir por todas partes, de todas las formas. Ser castigado por ese soldadito fanfarrón y gandalla. El chacal lo intuye, le acaricia un muslo por debajo de la mesa, muy cerca de los testículos, hinchados de esperma como una piñata.

El canadiense atisba la cantina en busca de miradas de asco. El soldadito sabe lo que hace, a nadie parece importarle un carajo. Los clientes permanecen indiferentes a una escena que les resulta cotidiana, prendidos de una pantalla sin sonido en la que pasan un partido de futbol. Marc Pierce es capaz de identificar la voz del príncipe de la canción que sale de alguna parte. En todos estos años son muchas cantinas, muchos chacales y muchos gavilanes y palomas.

El chacal le cuenta ahora que es bi, que tiene a su mujer en casa, que si quiere la llama y montan un trío, que tiene un buen culo su mujer y a nada le hace ascos, pero en ese caso, dice, la tarifa… Marc lo detiene con un imperceptible gesto de la mano, lo quiere a él, solo a él. Luego se imagina a la mujer del chacal, gorda, tetona, de ropa ajustada, hipermaquillada, y siente un poco de asco. El soldadito le pregunta si tiene hambre, en esa cantina sirven las mejores patas de puerco en vinagre de Paracho. El canadiense niega con la cabeza, pero si tú quieres, adelante, no te limites. Forma parte del ritual, cebarlos, es cuando pierden la arrogancia y se convierten en niños hambrientos, desamparados.

Este chacal tiene estilo, no acepta la invitación. Se levanta y va al baño.

Marc se distrae con la decoración arbitraria, un museo del peor gusto. Es la misma cantina en todas partes, los mismos clientes, los mismos putos. De pronto piensa en sus padres en Winnipeg, anglicanos piadosos, unos buenos y aburridos an-

64

cianos que suspiran porque su hijo vive tan lejos, en *ese* país un poco vergonzante.

Al principio fue temporal, un par de años, buen dinero, y la oportunidad de ascender en la empresa. La primera vez que Marc Pierce, tres lustros atrás, se plantó en la entrada de una mina en Manitoba, con un uniforme negro, un tolete y gas pimienta, no tenía ni la más remota idea de que el concepto de seguridad para una empresa como la Inuit Mining Corporation incluía aspectos tan desafiantes como establecer las garantías de producción en zonas de conflicto. Pensó que el resto de su vida lo pasaría cuidando el perímetro de una mina y controlando el acceso de los trabajadores.

El sopor de su nuevo empleo era tal que muy pronto concluyó que, a la primera oportunidad, cambiaría de trabajo. Pero esa oportunidad no parecía llegar, pasaron los años. Con el tiempo, algo detectaron sus superiores para que lo promovieran a tareas mucho más desafiantes. Sin saberlo, sin quererlo, la empresa le había regalado una vocación y una personalidad.

El chacal regresa del baño. Con el dorso de la mano se restriega las fosas nasales. La noche va a ser intensa, piensa Pierce.

—¿Vamos? —dice el chacal.

—¿A dónde?

—A dónde va a ser.

Apenas es un ruido, el eco de un ruido que lo despierta. La habitación permanece a oscuras. Por las rendijas de las cortinas entra la luz amarillenta de los arbotantes y tal vez de la luna, aunque no recuerda si la había. Respira ofidio. Le llega el aroma de la carne del chacal, de su semen, de su sudor. Pero el chico no se encuentra a su lado.

Entreabre los ojos, justo una mirilla. Sus pupilas recorren el cuarto, es lo único que mueve. Localiza al chacal en un rincón de la habitación, desnudo, sigiloso como un mapache, esculcando en su equipaje mientras atisba la cama por encima del hombro. Pierce desliza su mano derecha debajo de la almohada. La desplaza muy despacio, un centímetro cada dos segundos, como si fuera una piedra que, gracias a un sortilegio, ha cobrado vida. El objetivo es la navaja que acostumbra a esconder cuando se encama con los mayates que levanta de la calle. Los dedos rozan el mango, no lo toma aún, espera a que el soldadito deje de espiar su sueño, que la codicia lo distraiga.

¿Qué busca?

De repente todas las piezas encajan bajo la luz de la paranoia. Nada fue casual, se dice. Ni el aspecto del muchacho —un repositorio de sus pasiones perfiladas con los años— ni la certidumbre del encuentro ni la iniciativa del mayate ni la certeza de sus pasos ni las caricias tan exactas ni las palabras tan perfectamente sucias ni los embates tan profundos que sacudieron su próstata hasta el orgasmo. Se siente un imbécil en ese predicamento que algún día, piensa resignado mientras estrecha el asa, tenía que llegar.

¿Pero qué busca y, sobre todo, para quién? ¿Está relacionado con la foto que le llegó al correo hace unos días? ¿Es personal o contra la empresa?

El mayate parece convencido de que su víctima duerme. Pierce lo detecta en la forma en que relaja los hombros y en la concentración con que remueve los objetos al interior de la mochila.

Se lanza de la cama de un salto más elástico de lo esperado en un hombre de su edad y su envergadura. Acciona el resorte, se abre el filo y lo blande entre su largo y lechoso cuerpo, una suerte de garza gigante, y el del chico, que voltea tarde, que voltea torpe, que cae de nalgas por el susto.

El canadiense dispara el brazo hasta apoyar la punta del cuchillo en la mejilla del chacal. Se lleva el dedo índice de la mano libre a la altura de los labios y sisea. El chico dilata los ojos como si todo aquello le pareciera un exceso, una incomprensible puesta en escena. ¿Pero quién es este viejo puto? ¿De dónde sacó el cuchillo? No se hace más preguntas porque el puñetazo en la punta del mentón lo noquea por unos segundos.

Cuando vuelve en sí está sentado en una silla, las manos amarradas a la espalda con los cordones de sus propios tenis y un calcetín, también suyo, hecho bola, encajado en la garganta. Comienza a respirar aceleradamente por la nariz. Su pecho desnudo se infla y desinfla como un fuelle y los gritos que trata de dar mueren en gruñidos guturales a causa del calcetín que parece encajado en las amígdalas. Unas lágrimas escurren de sus ojos, no tanto por el miedo, sino por el esfuerzo de mantener las fauces abiertas después de haber estado buena parte de la noche tragando la verga del gringo. Se siente desnudo, se sabe desnudo porque una cosa fría y filosa juguetea con sus huevos.

El viejo puto se mantiene detrás, en cuclillas tal vez. Su brazo lo rodea y se pierde entre los muslos. Un pellizco en el escroto, una picadura breve pero punzante, le arranca lo que sería un alarido pero que no pasa de un estertor ronco. Unos segundos después, el viejo puto, vestido, se planta delante de él y le sonríe paternal.

—Me vas a contar todo —dice—. Quién te manda y por qué. Te voy a quitar el calcetín de la boca y no vas a gritar porque si gritas te corto la garganta, ¿ok?

El chico asiente. El chico quiere llenar de aire sus pulmones y explicarle que nadie lo manda, por qué tendría que mandarlo alguien. Es cosa de robarles a los viejos bujarrones como él que no denuncian ni al hotel ni a la policía, no cuando llevan discretamente a un chichifo a la habitación para que haga de sus culos una autopista.

—No me manda nadie, señor, se lo juro.

—No, no, nada de eso, ternura. Tú estás aquí porque alguien te manda. ¿Qué buscabas?

—Su cartera, señor, dinero, algo de valor, señor, se lo juro por mi madre.

—No, no, no. Esa no es la respuesta, tú sabes.

Marc Pierce apoya la navaja en la glotis del chacal y encaja de nuevo el calcetín en su garganta. El chico apenas se mueve. Ruega con los ojos desorbitados, llenos de esa pregunta que taladra su cerebro: quién es este viejo puto psicópata.

Pierce desciende el filo a la altura del pecho y lentamente raja la carne del muchacho, a dos centímetros del pezón izquierdo. Una herida superficial que se abre camino hacia el ombligo. Con la mano izquierda aprieta el cuello de la víctima para mantenerlo inmóvil. El chacal se arquea mientras el grito se queda sin aire, se ahoga incluso antes de llegar al calcetín. En los ojos de Pierce hay una profesional indulgencia, una determinación corporativa. El muchacho ahora llora de terror.

Pierce deja de cortarle la piel y lo analiza. Parece listo. Le arranca la mordaza. El cerebro del mayate, lentamente, empieza a codificar la clase de sujeto que tiene enfrente. Los conoció de cerca en el ejército: trabajadores eficientes del dolor, sádicos oficiantes de la vejación. Nada personal, solo cumplen con un cometido, son los empleados del mes.

—Me vas a decir quién te manda y por qué, ¿ok? Tú eres un buen muchacho, cogimos muy rico, no quiero lastimarte.

—Está bueno, está bueno, viejo loco. El Galindo, el comandante de la policía. Es él quien controla a los chichifos. Nos obliga a robarles a los clientes, sabe que no van a denunciar, y si denuncian, pues él para el asunto. Tenemos que darle todo lo que les bajemos a los viejos. La cartera, el celular, relojes, lo que se pueda. Se lo juro, señor, por mi jefa se lo juro.

Marc Pierce se sienta en el borde de la cama, agotado. Observa al muchacho, sopesa sus palabras, sus pupilas, su tono de voz.

Decide creerle. Le llega una risa desganada desde el centro del plexo solar, una risa herida de estupidez. La situación le parece tan banal como peligrosa. No sabe qué hacer con ese problema que podría comprometer su trabajo en esa región de mierda. Ha dejado de pensar con el culo, ahora lo hace con el páncreas. No es miedo lo que siente, pero sí una inquietud que, en lugar de empujarlo a la acción, lo paraliza.

El muchacho lo mira expectante, rogando que lo libere. Un hilo de sangre escurre desde el pecho hasta el muslo.

—Mira, chico, no voy a matarte, pero tú no puedes ir corriendo con ese Galindo, ¿ok?, porque yo tengo cosas muy importantes que hacer. Así que te dejo aquí amarrado, yo me largo y cuando te encuentre la camarera tú no dices nada. Tú callado. Tú no sabes quién soy. Tú no dices nada. ¿Ok? ¿Ok?

—Sí, señor, se lo juro.

Marc Pierce vuelve a amordazar al muchacho, guarda sus cosas en la mochila de cualquier forma, carga con el equipo fotográfico, sale sin voltear a ver al chacal, cierra la puerta tras de sí dejando la tarjeta adentro, cuelga el letrero de NO MOLESTAR, desciende por las escaleras de emergencia y toma el pasillo que da al estacionamiento, a un costado de la recepción. Se sube a la camioneta, la prende y abandona lentamente el hotel Santa Fe, sin mirar atrás, molesto consigo mismo por su falta de profesionalismo. Por un tiempo, nada de chacales, se dice.

2

Verdugo americano (*Lanius ludovicianus*). Pecho abombado blanco, antifaz negro, cabeza gris, pico corto y ganchudo, alas y cola negras. Una hermosura común pero perfecta, piensa Guy Chamberlain mientras estudia al ave con los binoculares desde el mirador de Álamos, a esa hora desierto. Amanecía cuando ascendió en la pick-up de la empresa, solo, sin el chofer que lo trajo dos días atrás bordeando la sierra por una carretera sinuosa, desbarrancadero a ratos: Moctezuma, Sahuaripa, El Quiriego, Fundición. De ahí a Navojoa, de Navojoa a ese pueblo colonial, delicado como un Lladró.

Tiene que conocerlo, jefe, le dijeron. Ahí nació María Félix, le dijeron. ¿Y quién es María Félix?

Es un pueblo de pájaros, ha comprobado en los dos días que lleva ahí, estudiando las aves de un lugar rendido a su belleza como una muñeca de porcelana. Está hospedado en la Hacienda de los Santos, un lujoso hotel que se esfuerza por conservar la arquitectura original, con patios amplios y fuentes barrocas, contraventanas de recia madera, altos techos, camas regias. Por la época no hay turistas, aunque se cruza de vez en cuando con los gringos que viven ahí, jubilados, dueños de las casas más suntuosas, caritativos, bonachones, aislados. Calles estrechas, adoquinadas, iglesias y ciudadela.

Y alrededor, la sierra descomunal que guarda en sus antros su condena de abundancia, calcula Guy, que siempre anda calculando esas cosas cuando no está contemplando pájaros.

El verdugo americano era un ave bastante común en toda Norteamérica, ahora se encuentra casi amenazada de extinción. Tiene un canto agudo, monótono, que quiebra al final en una especie de ulular. Depredador astuto, se lanza desde las ramas a la caza de chapulines y escarabajos, a veces de pequeños ratones que destaza con el pico, los empala entre las ramas y se los come horas después.

En algún momento, las miradas del verdugo y del hombre se cruzan. El pájaro deja por un instante el cabeceo nervioso y se congela, el ojo avizor en ese gigante que lo contempla. Tal vez sopesa el peligro que representa. Guy permanece quieto, respira espaciosamente y observa el ave a través de los prismáticos, sus líneas y balance armoniosos. Según los expertos, los pesticidas y el cambio climático están disminuyendo aceleradamente la población.

Si Guy Chamberlain se encuentra en ese pueblo al sur de Sonora se debe a ese talento que considera innato para escuchar a la tierra, olfatear su intimidad, adivinar sus secretos. La compañía estaba satisfecha con las estimaciones productivas que arrojaba el yacimiento dentro de la concesión otorgada por el gobierno mexicano. Pero las pruebas que obtuvieron al límite norte de la misma le sugirieron a Chamberlain que las concentraciones de litio aumentaban más allá del área concesionada. Lo consultó con Ironwood y este lo autorizó para explorar fuera de la concesión. ¿Pero no necesitamos alguna clase de permiso? No se preocupe, es una práctica común, lo tranquilizó el director, está incluida en el dinero que la empresa reparte entre los funcionarios.

Los resultados superaron todas las expectativas: la rentabilidad del yacimiento podría duplicarse. La exploración se detuvo. Ironwood debía negociar con las autoridades mexicanas una nueva concesión. Tómese unos días de vacaciones, Chamberlain, se los ha ganado; conozca la región, dicen que es muy bonita, le sugirió el director.

El sol continúa su camino hacia el cénit. El pueblo, allá abajo, empieza a despertar. Guy Chamberlain deja en paz al verdugo y busca otras aves. Descarta los gorriones, plaga infecta, desarraigada, invasiva. Alza los prismáticos y otea el cielo, tiene la esperanza de avistar un águila mexicana. Las guías ornitológicas señalan que suelen sobrevolar la zona, cada vez menos. Sería un bello trofeo para su colección.

Después de un rato, el hambre apremia su gran estómago. Consulta la hora: las nueve. Se trepa en la pick-up. Antes de arrancar, anota en una libreta azul y manoseada el avistamiento del verdugo americano.

Desciende al corazón del pueblo. Los comercios han abierto ya sus puertas y por las callejuelas los alamenses van y vienen atrapados en sus destinos. Álamos huele a tierra seca, los alrededores amarillean por la sequía. Según le han contado los trabajadores de su equipo, en los últimos años la temporada de lluvias se ha presentado preñada de aire. El agua se ha convertido en una loca querencia. Los lugareños cada vez están más desesperanzados. El ganado enflaquece y agoniza. Las siembras palidecen de sed. Antes, le cuentan, aquí había más reses que gente.

Estaciona frente al hotel. Se dirige a una de las mesas de hierro forjado dispuestas en el patio. La fuente canta su canción de agua, los rayos se cuelan tímidos entre las buganvilias y benjaminas. Guy Chamberlain se arrebuja en la chamarra. Allá en el mirador el sol calentaba más. Un mesero se acerca con el menú y le pregunta si quiere café. Guy asiente. Sin revisar la carta, pide unos hotcakes con mucho tocino y un jugo de naranja.

En eso aparece Andrés, el chofer. Guy le indica que lo acompañe. Se comunican en inglés y español. Andrés chapurrea el primero, Chamberlain el segundo. Andrés quiere huevos rancheros. Guy le dice mucho picante por mí. Se sonríen para llenar la impotencia de la incomunicación. ¿Durmió bien? *Sleep good?* Oh, sí, como *baby*, dice Guy. ¿Y tú? Muy bien también, gracias. Vuelven a sonreír. Chamberlain revisa su teléfono. Es un acto reflejo.

Tiene varios mensajes de su mujer. Son alarmistas. Mildred no suele serlo. Problemas serios con Julie, la hija mayor. Lleva varias noches sin llegar a dormir y no sabe dónde está. Intercambia varios mensajes con Mildred. El asunto es grave. Mildred le dice que no es necesario que venga. Guy sabe lo que significa eso.

—¿Volar a Ciudad de México, solo Hermosillo?

—¿Cómo dice?

Guy Chamberlain se contraría, busca las palabras, ninguna es la que necesita. Buenos días, buenas tardes, soy canadiense.

—¿Solo Hermosillo a Ciudad de México? —dice mientras simula con la mano un avión que recorre el espacio entre ambos.

—Ah, ya entendí. No, señor, también hay vuelos desde Ciudad Obregón.

—¿Cuánto horas de aquí?

—¿A Obregón? Menos de una hora.

—Perfecto. Prepara, nos vamos *after* desayuno.

El chofer observa al canadiense con asombro y desazón en el momento en que el mesero pone los huevos rancheros frente a él. Guy Chamberlain busca el vuelo más próximo en su celular.

Julie tiene diecisiete años. Es esbelta como su madre, a diferencia de Margarite, la hermana menor, que heredó la tendencia a engordar del padre. El señor y la señora Chamberlain no se explican qué sucedió con la niña cuando entró en la adolescencia. En los últimos dos años se ha convertido en una especie de mina personal. Deben tener cuidado de dónde pisan porque estalla a la menor provocación. Al cumplir los dieciséis, las hostilidades se transformaron en una guerra sin cuartel. No ha habido forma de negociar alguna clase de paz que les permita atravesar el camino hasta la universidad y la liberación definitiva del territorio. Nadie ha sido capaz de aguantar a Julie, ni su hermana, devota hasta no hace mucho, ni Yamile, toda una madre balsa.

Guy Chamberlain tiene el íntimo convencimiento de que él es el principal objetivo de los dardos envenenados que, desde que abre los ojos, su hija lanza a diestra y siniestra. La militancia ambientalista le ha llenado la cabeza de ideas absurdas. La señora Chamberlain, hasta ayer, le quitaba importancia, lo tranquilizaba diciéndole que se trataba de una moda, algo pasajero: su hija no había sido educada para la insurgencia. Hasta ayer.

En el Audi, de regreso a casa desde el aeropuerto, Mildred Chamberlain repasa los acontecimientos para su marido. Julie le dijo que iba a pasar unos días en casa de Susan, su amiga de la infancia, pues sus padres estaban de viaje. Era mentira. Ayer la llamaron del colegio para comunicarle que Julie no se había presentado a clases en toda la semana. Trató de hablar con ella, pero solo recibió como respuesta un par de mensajes de texto: *I'm fine. Leave me alone.* Se presentó en casa de Susan: su amiga no sabía nada del paradero de Julie.

Mildred Chamberlain, Mildred Rogers de soltera, maneja demasiado rápido, como si tuviera una urgencia de vida o muerte. Habla sin parar, a la misma velocidad que conduce, conjeturando sobre los lugares en que pudiera estar Julie. Antes de avisar a Guy se comunicó con todos los compañeros de clase y amigos de la niña. Nadie sabía nada.

—*They know* —dice Guy mientras intenta frenar con los pies y las manos—. *Someone must know something.*

Mildred lo observa de reojo con enojo y esperanza. Detecta el miedo de su marido, siempre tan prudente cuando conduce, y aprecia el gesto de no pedirle que desacelere. Lo hace voluntariamente. Pero al cabo de un minuto vuelve a apretar el acelerador, está volviéndose loca, lleva tres días volviéndose loca en busca de culpables. Pone el Audi a ochenta millas por hora y Guy, a su lado, empieza a exasperarse.

—*Do you want to kill us?*

Mildred levanta el pie del acelerador como si hubiera recibido un zape en el cogote. Se avergüenza de inmediato. La rabia se le acumula en las manos. Aprieta el volante como si quisiera degollarlo.

Una idea va formándose en su cerebro, es consciente de que no debe expresarla, pero parece autónoma, soberana. Por fin la suelta: la presionas mucho, no la dejas en paz. En cuanto termina de decirla siente una especie de liberación, una breve euforia que podría confundirse con soberbia. Ahora se diría que nada puede detenerla, se ha roto un dique en su interior y le recuerda a su marido todas las ocasiones en que ha cuestionado a Julie por cómo viste, piensa, siente, actúa. Y remata de forma brutal, ya casi un grito que no termina de ser: al grado de que estamos mejor cuando te vas.

Guy Chamberlain se considera un tipo razonable, prefiere tomar distancia y analizar todas las aristas sin importar la gravedad del problema. Por ello, no reacciona ante la acusación de su mujer. Trata de ponerse en el lugar de Mildred y entender por todo lo que ha pasado en los últimos días. Subyace, además, un sentimiento de culpa cada vez que tiene que emprender esos largos viajes de trabajo. Guy suspira y guarda silencio. Le duele lo que acaba de decir su mujer, no porque lo ignore, sino porque las palabras, expresadas plenamente, llenas del aire viciado que satura la cabina del auto, van a quedarse ahí flotando por mucho tiempo, de forma irremediable, y nada de lo que se diga después podrá borrarlas.

Guy baja la calefacción, el calor en el interior del Audi se vuelve pegajoso. Afuera, el cielo encapotado amenaza con nevar. Intenta verse a sí mismo con los ojos de su mujer. Recrea las discusiones que ha sostenido con su hija, la mayoría enfocadas al cambio climático, la industria extractivista, la explotación y sufrimiento de los animales en las macrogranjas. Lo que ve Guy es a una Julie agitada, hiriente, irrespetuosa, altanera, fanática. Lo que ve en él mismo es a un padre paciente, templado, que intenta debatir con argumentos, sin alterarse, pero firme en sus convicciones, un padre moderno.

Nada que ver con el suyo, que zanjaba cualquier discusión con un puñetazo en la mesa.

Concluye que la acusación de Mildred es producto del miedo y de la angustia y no está relacionada con el ejercicio de su paternidad. Y así se lo dice, cuando parecía que iba a quedarse callado, le dice que no es cierto el reproche aunque entiende los motivos. Mildred suspira aliviada: la reacción de su marido evita un pleito que en ese momento no pueden permitirse. No deja de envidiar el autocontrol de Guy, su capacidad para racionalizarlo todo, ella que se siente una llaga abierta.

El Audi recorre ya las calles del paradisiaco Westmount, callado, limpio, de una opulencia risueña. De vez en cuando, a Guy le sucede sentirse un extraño en ese ambiente de rancias fortunas. Si hubiera dependido de él, se habrían quedado en la casona del Vieux-Longueuil. Pero a Mildred la ascendieron en la consultora y comenzó a ganar mucho dinero. Entre los dos podían permitirse ese lujo aspiracional, aunque fuera en la zona menos costosa. Por las niñas, se dijeron.

—*Do you think we should call the police?* —pregunta Mildred al estacionar frente a la cochera.

—Not yet. First, I'm going to talk with Margarite.

Margarite se encuentra en casa, desde la fuga de su hermana no ha ido al colegio ni a ninguna parte. Tiene quince años, es rechoncha, pelirroja como Guy, de carácter dulce y ensimismado. A veces podría parecer retraída, pero posee una terquedad que la vuelve brillante, considera su padre, con quien mantiene una relación de silencios equilibrados.

Margarite, encerrada en su habitación, ha intentado convencer a Julie de que regrese. A su parecer, su hermana se ha mostrado intransigente y absurda. Papá es un dictador, un fascista, dice. No piensa volver a una casa construida sobre el dolor de la tierra, dice. Margarite no se lo expresa, pero todo eso le parece una idiotez, basura idealista de niña bien. ¿No todo en el mundo está construido sobre el dolor de la tierra? ¿Qué quiere su hermana, regresar a las cavernas? En cambio, apela al dolor y la angustia de mamá. Le ruega que hable con ella, que al menos le diga dónde está.

En las últimas horas no ha recibido ninguna respuesta a sus mensajes. El más reciente que le escribió fue papá está en camino. Silencio. Un silencio que le rompe el corazón.

Margarite hace ya algún tiempo que dejó de ser un cachorro que seguía a todas partes a Julie, respirando su aire, atenta a cualquier gesto de cariño. Empezó a tener su propio universo. En él, Julie vegana, Julie ropa artesanal comprada en el mercadillo, Julie marcha contra el calentamiento global, Julie se rehúsa a usar el coche y va en bicicleta al colegio, Julie recicla la basura y fabrica composta, Julie les recuerda sus irracionales prácticas de consumo, Julie es una muchacha en llamas que quiere quemarlo todo, esa Julie ya no tenía cabida ni en las horas más vulnerables en las que buscaban alianzas contra papá y mamá.

El mundo de Margarite no está en guerra. Es un mundo dócil, de una rebeldía domesticada, en el que pelea la hora de regreso de una fiesta. Usar la ropa y la talla—sobre todo esto—con las que se sienta cómoda. Su manera compulsiva de comer que horroriza a mamá. La música a todo volumen que a papá desagrada. El amor y el sexo, ese revoltijo que no termina de entender. Las horas calladas, absorta en videos sobre astronomía, las únicas formas de belleza perfecta que reconoce. En Margarite ha estallado una tormenta de resentimiento, rabia, miedo y tristeza a causa de la estúpida de su hermana, no le vaya a pasar algo, los tipos con los que se junta no le inspiran ninguna confianza.

Yamile abre la puerta a los señores, cualquiera diría que estaba agazapada a la espera de que llegaran. Les arrebata la maleta, el portafolios, los abrigos, el bolso y carga con todo como si fuera un ropavejero. Se pierde por el largo corredor refunfuñando como una loca. Los señores Chamberlain no entienden qué le pasa a Yamile, a qué viene esa servidumbre que nunca ha mostrado ni le han pedido, no de forma explícita al menos.

Ambos se quedan en medio del recibidor como si fueran dos extraños en esa casa, una casa que parece haberse caído de la portada de una revista de decoración. Yamile regresa bamboleante, monumental, y les ofrece café.

—*Oui, s'il vous plaît, merci* —dice Guy Chamberlain. Con Yamile es con la única que habla en francés.

Mildred le pide una infusión de yerbabuena. Todos se dirigen a la cocina.

Yamile maniobra con una brusquedad impropia en ella. Suspira teatralmente. Es Guy quien le pregunta qué le sucede, por qué actúa así. Yamile le contesta que si a la niña le pasa algo, ella se muere. Los Chamberlain se quedan estupefactos. No aciertan a decir nada. Piensan que lo que acaba de decir Yamile es un exceso de culturas propensas al melodrama. Ni

Guy ni Mildred se han planteado que pueda pasarle nada a la niña. No están en Haití ni en México, por poner un ejemplo. Esto es Canadá y la niña está pasando por una crisis propia de su edad. Encontrarán la forma de arreglarlo.

A Yamile no le convencen las explicaciones del señor. Murmura algo en creole y se entrega a sus tareas. Guy le manda un mensaje a Margarite pidiéndole que baje a la cocina.

La niña se presenta en fachas: un pants enorme, amarillo, en el que flota cómodamente. Mildred reprime cualquier comentario al respecto. Guy empieza con el interrogatorio.

Margarite al principio resiste, no suelta prenda, cree honrar una especie de lealtad hacia su hermana. Con mamá fue fácil, con papá es distinto. Ha interrumpido su estancia en México, ha pedido un permiso especial para venir a solucionar el problema, la cosa es seria. Nunca había visto así a papá. No es que pierda las formas, aparentemente mantiene la calma, pero sus ojos son dos supernovas, sus palabras le queman la conciencia.

Mamá se limita a subrayar lo que dice papá como si fuera un eco roto. A Margarite le da lástima. Al final, cede, suelta la sopa: Julie se fugó con su novio y un grupo de muchachos a una cabaña en las Laurentides, cerca de Saint-Jérôme, no sabe exactamente dónde. ¿El novio? Un muchacho mayor que ella, unos veintidós años, forman parte de una organización ecologista. No sabe más. Lo del novio sí se lo dijo ella, el resto lo averiguó por su cuenta. Conversaciones que alcanzó a escuchar, búsquedas en internet, comentarios y fotos en el muro de Facebook de Julie.

Todas las demás preguntas se estrellan contra el silencio, es todo lo que puede decir Margarite. No es su trabajo vigilar a su hermana mayor, bastante ha hecho con traicionarla.

3

Thomas posee un alma italiana. Acaba de llegar de Milán y su idea de reconciliación es invitarla a cenar al Mandolina, cerca de la embajada, cuya terraza parece importada directamente de la Toscana. Todo ahí —las medias columnas griegas, los arcos escarzanos, los capiteles, los candelabros— aspira a un sincrético concepto de Mediterráneo, una fuga, una grosera simulación, se dice Margaret Rich mientras sostiene el menú lo suficientemente alejado como para no ponerse los lentes.

Thomas la observa gentil y condescendiente. Le extiende sus propias gafas. Margaret las rechaza, le dice en un susurro que no las necesita. Tampoco necesita esa cena a dos velas ni la seguridad con la que ese hombre se instala en su vida cada vez que regresa a México. Esa omisión de las humillaciones que se aprovecha del cansancio crónico de Margaret, de su hastío.

Preferiría estar metida en la cama repasando el informe que debe enviar al ministro: un análisis de la reciente desaparición de cuarenta y tres estudiantes en el estado de Guerrero; un asunto sórdido. Sonríe irónica. Es triste que prefiera algo tan macabro a una velada romántica con Thomas. No hace tantos años las atesoraba en su memoria para poder aguantarlo todo.

—*Why are you smiling?* —se interesa Thomas.
—*It's nothing.*

Thomas se encoge de hombros y le pregunta si ya está lista para ordenar. Margaret Rich no tiene hambre, suele cenar ligero, su estómago ya no aguanta ciertos excesos. Pero Thomas no sabe eso, no sabe nada, de hecho. Elige una sopa minestrone. Thomas le pregunta si es todo lo que comerá, Margaret le dice que es suficiente. Thomas se regala una cena en forma: entrada, plato principal, café y postre, todo regado con un Chianti Superiore.

Margaret no se interesa en lo que pide su marido, sin embargo, estudia el encanto que despliega como si se hallara en un escenario y los comensales fueran su público. De reojo observa a las mujeres y a los hombres de alrededor lanzar miradas discretas al extranjero que, desde que entró, parece despedir un magnetismo difícil de resistir.

Tres mesas más allá hay una cuarentona guapa que no tiene ningún reparo en coquetear con él. Margaret aprecia los esfuerzos que hace Thomas por ignorarla. Se imagina que hace unos días hubo una terraza semejante en Italia, una cuarentona parecida, un flirteo discreto, una copa en un bar, una habitación de hotel. Hace un tiempo esas especulaciones la atormentaban. La sistemática negación de Thomas, a pesar de las pequeñas evidencias, era lo más doloroso. Esa implícita acusación de delirio, ese veneno lento pero efectivo que aniquilaba todo sentido de la realidad.

Margaret Rich estuvo a punto de renunciar al consulado en Toulouse, una pequeña representación diplomática que disfrutaba por insignificante, a un tris de tirar su carrera por la borda. Terapias, pastillas, alcohol, yoga, meditación zen, amantes ocasionales… pasó por todas las estaciones del itinerario neurótico. Pero eso fue hace un tiempo, ahora lo que tiene es un acuerdo político con el hombre de enfrente, que aprueba con un discreto golpe de cabeza el vino que el mesero acaba de traer a la mesa.

Thomas propone un brindis. Es un brindis banal sobre la felicidad y el futuro. A sus sesenta años Thomas cree en el futuro, algo que a Margaret le parece de un asombroso cinismo. Margaret alza la copa con desgana. Le da un breve sorbo y le dice, como quien comenta sobre el clima, que le parecen inútiles estas exhibiciones en público, que lo ha pensado bien y que es suficiente su presencia en los actos oficiales.

—*I don't want to see you more than it's strictly necessary.*

Thomas la ignora, paladea el vino y asiente satisfecho. Le sonríe de nuevo, es lo que mejor hace. Unas chispas revolotean en sus ojos.

—*Again, darling? It's so boring. I'm going to the bathroom, excuse me.*

Thomas da un rodeo innecesario, pasa muy cerca de la cuarentona coqueta, se sostienen las miradas más de lo prudente, al menos, eso le parece a Margaret Rich. Piensa que le gustaría que se fuera con esa mujer en lugar de que se acostara en su cama.

Extrae el celular del bolso. Lo mantiene en silencio. Tiene varios mensajes y llamadas perdidas de la fiel Jennifer. En uno de los mensajes viene una liga a un portal de noticias. La información es de hace dos horas. Cerca de las cuatro de la tarde, un grupo armado asesinó en Tzitzio, Michoacán, a Domingo Martínez, ambientalista, defensor del territorio y líder opositor a las operaciones de la mina Las Truchas, explotada por la empresa canadiense Inuit Mining Corporation.

—*Shit!*

Margaret se incorpora. Está poniéndose el abrigo cuando reaparece Thomas.

—*Oh, please. Don't be dramatic.*

—*It's an emergency, silly. Take an Uber.*

Margaret no se despide. Se cruza con su sopa minestrone. Thomas no sabe si sentarse o permanecer en pie. El chofer de la embajada ya tiene listo el Mercedes en la puerta del restaurante. Margaret se sube al tiempo que le pide a Jennifer que convoque de emergencia al agregado comercial.

En el corto trayecto consulta otros portales informativos. Algunos señalan ya las primeras versiones de la procuraduría michoacana: podría tratarse de un ajuste de cuentas del crimen organizado.

¿Cómo es que el miserable de Ironwood tiene esa voz de pito?, se pregunta la embajadora Rich al colgar el teléfono. La voz permanece en su oído con una desagradable insistencia. La voz se convierte en el mensaje. Ha sido una llamada tensa. Ironwood le ha asegurado que la compañía no tiene nada que ver con el homicidio. Su intención siempre fue reavivar la vieja demanda por el asunto de las tierras para desacreditarlo, el asesinato es algo inesperado y lamentable, por supuesto... pero muy conveniente, le ha recordado la embajadora.

Ironwood ha guardado un silencio cargado de sugerentes advertencias. Luego le ha insistido con esa voz aguda, una octava más alta, irritante e irritada, que más allá de cualquier sospecha, la compañía está libre de toda culpa.

Es muy temprano. Margaret Rich apenas fue a la residencia a darse un baño y regresar al despacho. Thomas dormía plácidamente. Le dio rabia la profundidad de su sueño, como si pudiera apagar la conciencia hasta el día siguiente. Margaret siente ascender la acidez estomacal por el esófago y regurgitar en la garganta. Tose. Lleva ya cuatro cafés y apenas comió un croissant, frío, que pescó al vuelo antes de volver al despacho.

El ministro aguarda un informe preliminar. Peter, el agregado comercial, le ha proporcionado los datos relacionados con la concesión, la productividad, la proyección a futuro de la mina y las circunstancias del conflicto social. Está a la espera de la información procedente de la procuraduría michoacana. Jennifer se encuentra en ese momento moviendo los hilos para acceder a los primeros pasos de la investigación. Lo que sus jefes quieren es que la empresa ni siquiera sea mencionada.

Si la minera hizo bien su trabajo, saldrá indemne.

Mientras tanto, Margaret Rich se pregunta si será una buena chica y omitirá del informe el hecho de que la Inuit Mining Corporation buscaba encarcelar a Domingo Martínez para desactivar las protestas. Sabe que a esas alturas todo el mundo espera que sea una buena chica.

Al gobierno de Harper no le interesa deslindarse de la ética corporativa hecha política pública. No si quiere contar con su dinero para reelegirse el año que viene. No si quiere borrar de la memoria de los canadienses el reciente atentado terrorista en Ottawa como consecuencia del envío de tropas a Irak. Por otra parte, Margaret Rich no puede darse el lujo de ser una mala chica. No si quiere salir de ese infierno, no cuando tiene las maletas listas para largarse a cualquier otro destino.

Suena el teléfono. Jennifer al otro lado de la línea. Le confirma lo que ya se imaginaba. La procuraduría no contempla en su línea de investigación el activismo del señor Domingo Martínez contra la mina. Margaret Rich cuelga. Comienza a esbozar las consideraciones finales del informe preliminar.

Tu mutilado territorio

1

A veces, al terminar de coger con Heri, cuando aún resuella y el corazón palpita fuerte, le viene la imagen de su exmarido desnudo pero con calcetines, parado en medio de la habitación, reprochándole su frigidez. Es una imagen que le da risa. La reprime por consideración a Heri, que siempre se muestra como un amante atento y que nunca le reclama su falta de orgasmos.

Es parte del acuerdo.

Quedó claro desde el principio que aquello era gimnasia, nada más. Desde que lo visita en la cabaña una noche por semana —pronto se cumplirá el año—, son escasas las veces que ha llegado al clímax. Son más, en todo caso, de las que alcanzó con su ex. Pudiera evocar imágenes peores, mucho más humillantes, pero esa es la que le viene a la mente. Solo dura unos segundos, es capaz de espantarla con un parpadeo, volviendo al cuerpo flaco de Heriberto a su lado, de músculos todavía firmes pero que poco a poco ceden a la gravedad.

Heri, al terminar, cierra los ojos durante unos minutos, deja el antebrazo derecho sobre su frente y el brazo izquierdo extendido hacia ella, sin llegar a rozarla. María Antonieta lo suele contemplar con ternura, intrigada, pero no hace preguntas. También es parte del trato.

El trato tiene suficientes reglas como para matar cualquier asomo de pasión. Ella fue la que tomó la iniciativa. Se habían quedado hasta muy tarde en el invernadero preparando un lote de rosas. Heri sacó una botella de whisky de alguna parte. Los Apson sonaban en el estéreo. El alcohol la ablandó y se permitió algunas confesiones sobre su matrimonio. Heriberto se mostró tierno, atento, callado. María Antonieta se puso caliente y le saltó encima. Cogieron ahí mismo, entre las flores, torpes y desesperados. Al terminar, decidieron que eso nunca había pasado y que no volvería a pasar.

Una semana después, María Antonieta se trepó al Jeep y condujo hasta la cabaña. Le preguntó si tenía whisky. Heri tenía.

Las reglas fueron surgiendo a medida que los encuentros se multiplicaban. Secrecía absoluta, sin sentimientos ni exclusividad, no nombrar aquello de ninguna forma. Es ella quien las ha impuesto. Heriberto acata, María Antonieta no sabe muy por qué. Otras tienen que ver con el sexo. El condón es obligatorio. Nada de experimentos ni fantasías: el misionero o ella a horcajadas. Sin palabras ni preguntas. A veces resulta, a veces no, eso no importa.

Con el tiempo, María Antonieta, en lugar de saltar como un resorte y desaparecer una vez que terminan, se ha ido quedando un rato, aceptado un café. En el porche de la cabaña, contemplando la noche voraz, escuchando sus susurros, hablando de cualquier cosa menos del negocio, con los perros echados a sus pies.

Heriberto abre los ojos, voltea a verla y le sonríe.

—¿Café?

María Antonieta asiente. Se levanta de la cama y comienza a vestirse. Frente a ese hombre no se avergüenza de su cuerpo, no hay expectativas ni promesas. María Antonieta tiene celulitis en las piernas, las nalgas cuelgan ya, igual que los pechos, y la grasa en la cintura la desdibuja poco a poco. Con Heriberto se siente atractiva. No porque se lo haya expresado, no ha lugar. Tal vez por ello. Las palabras luego imponen aspiraciones, dan forma a los cuerpos, los tiranizan.

Heriberto hace lo mismo de su lado de la cama: se viste en silencio. Acto seguido se traslada a la estufa, aviva la leña y pone la cafetera de peltre a calentar. Ambos parecen sentirse cómodos con esos prolongados silencios. Cuando el café está listo, Heriberto lo sirve en dos tazas y se dirige al porche de la cabaña. María Antonieta lo sigue.

Se instalan en sendos equipales. Ella se envuelve en una cobija. Él se arropa en una gruesa chamarra. El café calienta sus manos. La noche es seca y fría como un obispo. Las estrellas abruman una bóveda imposible sino es porque se encuentran en medio de la sierra, lejos de las luces artificiales, aplastados por su inmensidad. Los perros lamen sus manos. En esos momentos, a María Antonieta le da por pensar que, después de todo, ha logrado salir indemne.

De reojo observa el perfil aguileño de Heriberto, sus ojos penetrando la oscuridad, y se siente agradecida con esa especie de amigo, socio, baluarte.

—¿Recuerdas cuando trataste de enseñarme a tocar la guitarra?

Heriberto la contempla desconcertado.

—¿No? Acuérdate, fue como al año de que llegaras al rancho.

Heriberto niega.

—Sí, hombre, ¿cómo no te vas a acordar? Tú estabas en la habitación que solías ocupar, al fondo de la casa. Creo que yo estaba haciendo una tarea de la escuela. Te escuché y fui para allá. Tenías un póster de Los Tucanes de Tijuana...

—De Los Tigres del Norte.

—De Los Tigres del Norte, cierto. Qué loco, querías ser artista, ¿verdad?

—Estaba plebe.

—El caso es que me puse en la puerta y te miré tocar un rato. Luego me dijiste que si quería aprender. ¿No te acuerdas? En esa época me caías gordo, me parecías bien presumido. Te dije que sí. Me senté a tu lado en la cama, me pusiste la guitarra en las manos y empezaste a enseñarme a colocar los dedos en las cuerdas para las notas…

—Los acordes.

—Ajá. Y en eso apareció mi amá y me mandó a hacer la tarea en chinga. A ti te dijo que te dejaras de pendejadas y que te pusieras a limpiar el gallinero, que te lo había pedido un millón de veces. ¿De veras no te acuerdas?

—Ahora que lo dices.

—¿Qué habrá pensado mi amá?

—¿Qué iba a pensar? Nada.

—¿Y si me enseñas?

—Estás loca.

—Qué tiene.

—Ya no le hago a eso.

—Ahí la tienes, colgada.

—Tú lo has dicho, colgada.

—Creo que aprendería rápido.

—Hablando de tu amá… no está bien.

—¿Por qué lo dices?

—Anda como lenta, mi tía. Se le olvida todo, se clava en un recuerdo y de ahí no la sacas.

—Está vieja, eso es lo que tiene, de ahí en fuera…

—No es eso.

—Ya me voy.

—Ándale, pues.

—Nos vemos mañana.

—Ándale, pues.

María Antonieta se pone en pie, se deshace de la cobija, un escalofrío sacude su cuerpo. Entra a la cabaña por las llaves del Jeep y la chamarra de mezclilla con piel de borrego. Deja la taza sobre la mesa de madera. Vuelve a salir y, sin decir palabra, aborda el auto, prende el motor, acelera con una cierta brusquedad.

Heriberto la observa partir sin mover un músculo. Hay una tensión en sus huesos que le desagrada. Un no respirar. Una perplejidad que lo subleva. Se mete en la cabaña, los perros tras él, desconcertados. Deja la taza junto a la de María Antonieta, se quita la chamarra, apaga la luz y así, vestido como está, se acuesta en la cama.

El aroma de la mujer impregnado en las sábanas no lo deja dormir.

Al día siguiente a María Antonieta no la sueltan las palabras de Heriberto sobre su madre. Normalmente se conduce con una sutil indiferencia hacia ella. Esto le permite sobrevivir a los rencores mutuos. Nunca fue fácil la relación con esa mujer. Al llegar a la adolescencia descubrió en su mirada una hostilidad desconcertante.

Tardaron mucho en concebirla, fueron años de intentos infructuosos. Su madre se quedó embarazada, por fin, a los treinta y dos. Después vinieron los abortos espontáneos y ya no intentaron aumentar la familia —un varón, aunque fuera uno, un hombrecito para la heredad—. Su madre no quiso que se fuera a Hermosillo a estudiar, con la secundaria era suficiente. Necesitaban sus brazos flacos y remilgosos en el rancho. Fue su padre quien insistió. A los dieciséis años, por fin, pudo largarse a cursar la preparatoria y la universidad. Su madre nunca bajaba de la sierra a visitarla. Su padre aprovechaba las vueltas del negocio para hacerlo.

Ahora la observa desde la ventana de la cocina barrer el porche, como cada mañana. Su deambular con la escoba se le figura más errático. Se diría que va dejando montoncitos de tierra aquí y allá, sin lógica. Y no está segura, pero parece aguardar a que Cochi le conteste. ¿No son manías de vieja nada más? María Antonieta no se decide a abordarla, teme invadir una intimidad con la que después no sabría qué hacer.

Nunca hubo confidencias ni confesiones. Ni de fracasos amorosos ni de miedos al mundo. Su primera regla la enfrentó en compañía de Angelina, que para entonces llevaba un año menstruando. María Antonieta sintió que su amiga gozaba especialmente de ese tutelaje del tabú. No fue hasta el cuarto o quinto periodo que su madre se dio cuenta, desde ese momento comenzó a comprarle las toallas sanitarias, pero nunca hablaron al respecto.

Su madre deja la escoba apoyada en la fachada y contempla en lontananza algo que solo ella ve. Y murmura. María Antonieta sale al porche, se acerca a ella por la espalda. Alcanza a entender algo sobre unas reses flacas y mustias.

—¿Qué reses, amá?

Se sobresalta. Voltea a ver a su hija. En sus ojos hay un esfuerzo palpable por enfocar un espacio que no reconoce, como si regresara de un tiempo remoto.

—¿Qué reses van a ser? Pues las reses —dice agria —, las reses —repite, atrapada en un bucle—, las reses Brangus.

—¿De qué hablas, amá?

—¿Te fijaste en la Luna? Ya ni hace por levantarse, la pobre. Cualquier día de estos la enterramos.

La madre se aleja arrastrando los pies al interior de la cocina. Las palabras de Heriberto la noche anterior adquieren un peso indecible. ¿Cómo entrarle a esa mujer? Recuerda lo que le decía su padre como una forma de consuelo: tu madre no tiene lado, no le hagas caso.

En ese instante llega un mensaje de texto a su celular. Solo en esa zona de la casa hay señal, en el porche y en la cocina. En el invernadero a veces capta dos barras. Es algo que no le molesta, la excusa perfecta. Que dice el Ramón que dice el Cipriano que si puedes ir a una reunión al palacio municipal mañana a las once. Angelina escribe así los mensajes, ni hola ni cómo te va. ¿Qué carajos quiere ahora el alcalde? Deja en visto a su amiga, ya responderá más tarde. No sabe si entrar a casa con su madre o irse con las flores. Se decide por lo segundo.

2

Le cuenta a Cochi, una vez más, y van cien, cómo llegó al rancho. Ha preparado un agua de limón que olvidó sobre la mesa de la cocina y ha salido al porche. Esa mañana, para la estación en la que están, hace calor, o cree que hace calor, por eso lo del agua, pero no recuerda por qué fue y vino de la cocina. De nuevo está sentada en la mecedora de madera recia, meciéndose al compás de un extraño desasosiego. Cochi la observa atento, es como si la voz de su ama lo hipnotizara, una voz que cada vez le llega más mortecina. Luna, unos metros más allá, se empeña sin levantarse en cazar moscas.

Nunca había habido un cerdo vietnamita en ese lugar. Cuando Zacarías se bajó de la pick-up con él en brazos, a su mujer le pareció la cosa más fea del mundo. Era una bola de pelo hirsuto color rata, ojillos semicerrados y un hocico chato que parecía olerlo todo. Se acurrucaba en el regazo de Zacarías con una fe absoluta.

—¿Pero qué es esa cosa?

—Es la cría de una cerda vietnamita. Me la regaló un cliente allá en Hermosillo.

—¿Te trajiste un cochi de Hermosillo? Pero si aquí tenemos.

—Este es diferente, es como una mascota. Eso me dijeron.

—Quítame eso de los ojos.

—Pensé que te gustaría, morrita. Cárgalo, verás.

—Ni loca.

—Verás.

—Que no.

—Oh, que la… cárgalo, que no te va a morder, ni que fuera coralillo.

Y lo cargó. Ana María Rendón no era dada a los sentimentalismos. Un poco témpano, un poco piedra. Era trabajar como mula de sol a sol, sin tiempo para la ternura, sin ganas de escuchar palabras equívocas que cambian de significado de un día para otro. Así que sintió esa madeja caliente palpitar entre sus brazos y prefirió depositarla en el piso. Pero pasó que el cochi de Vietnam, que luego fue Cochi, empezó a seguirla a todas partes y no ha dejado de hacerlo en los diez años que lleva en el rancho.

Gran confidente, cariñoso, juguetón, obediente y entendido, es un fiel compañero para las muchas horas que Ana María pasaba y pasa sola en esa soledad de la sierra, una soledad de ecos y silencios. El día que llegó Cochi, Zacarías traía también noticias de la Mery. Había comido con ella y el marido en su casa, en una colonia muy piqui.

¿Todo bien?, le preguntó ella. Todo bien, no le falta de nada, le dijo Zacarías, pero había algo en su tono de voz sobre el que no quiso averiguar. Te manda saludos y unas coyotas. A Ana María no le gustaban las coyotas, no le gustaba nada que viniera de Hermosillo. No le gustaba ir a Hermosillo, ni a Nacozari, donde nació, solo salía del rancho para ir al pueblo, lo menos posible.

De pronto recuerda, como si hubiera sucedido hace años, que ha preparado un agua de limón. Con dificultad se levanta de la mecedora y se dirige a la cocina, renqueante, le chirrían los huesos al andar. Busca en el viejo refrigerador la jarra de cristal. No entiende por qué no está ahí. Duda si la hizo o no.

Se queda unos largos minutos viendo el interior del aparato. Zacarías lo trajo desde Douglas, era lo más moderno en ese momento. Ahora es una máquina que hace ruido y enfría mal. Así la encuentra Heriberto.

—¿Qué hace, tía?

—¿Mande?

—Que qué hace ahí parada mirando el refri.

—Busco algo.

Heriberto repara en la jarra sobre la mesa.

—¡Preparó agua de limón! Se antoja con este calor.

Heriberto toma un vaso del escurridero y la jarra del centro de la mesa. Se sirve. La mujer contempla el agua de limón tratando de entender cómo llegó ahí.

—Yo también quiero.

—Claro, tía.

Heriberto le sirve en un vaso igual al suyo.

—Cómo eres codo, plebe. A mí sírveme en uno de esos vasos grandes.

—¿De cuáles?

—De los que trajo Zacarías una vez que fue a México.

—¿Zacarías en México? Que yo sepa, nunca fue para allá.

Ana María Rendón se queda en suspenso, rumiando esos vasos grandes con flores que guardaba en la alacena. ¿De dónde los trajo Zacarías? ¿Dónde quedaron?

—¿Se encuentra bien, tía?

—¿Y por qué me iba a encontrar mal?

—Nomás digo… voy a seguirle.

—Ándale, pues.

Heriberto permanece unos segundos mirando a su tía, sopesando su comportamiento, preocupado. Se marcha como si arrastrara el peso de huesos fuertes de la anciana, el peso de su actuar errante. Ana María, de pronto, se acuerda de dónde salieron esos vasos grandes con flores.

Se los compraron en el pueblo a unos húngaros que andaban por toda la sierra con sus cachivaches y el cine a cuestas. Estaban recién casados. Sobre una sábana blanca proyectaron una del Santo, en medio de la plaza, cree que era del Santo, no está segura. Todavía vivía don Ezequiel, su suegro. Zacarías trabajaba como un peón más en el rancho, nada de privilegios, desde abajo, una estupidez que Ana María nunca entendió. Pero Zacarías acataba sumiso, así había sido siempre. Tenía que aprender todos los secretos del oficio antes de asumir el mando. Era un rancho pequeño de no más de cincuenta cabezas.

La mujer se dirige a la alacena, un mueble antiguo, pesado, sobrio, como todo ahí, enraizado en la historia de la casa. Comienza a sacar todos los trastes que se han acumulado con los años y a ponerlos sobre la mesa. En alguna parte tienen que estar esos vasos.

A Zacarías le encantaba tomar en ellos el agua de limón o de cebada. Con mucho hielo en verano, cuando el sol calentaba la sierra como si fuera a incendiarla. Entraba sudoroso a su reino, consigo todos los olores del monte, y parado ahí mismo, donde está ella, bebía ávido. Le comentaba alguna gracia de Heriberto en el trabajo, sabía que le encantaban las tonteras del muchacho, y la dejaba con las ollas y los trastes. Esas visitas esporádicas en plena faena marcaban las horas del día. Las esperaba con un anhelo secreto, indescifrable incluso para ella misma.

Sobre la mesa, un campo de batalla de objetos, la mayoría inútiles, olvidados. Pero de los vasos, nada. Hay una frustración que transita a la angustia en el intento por recordar dónde están. De pronto, vencida por la oscuridad de su memoria, se sienta y se le empañan los ojos. Es como si hiciera conciencia del laberinto en el que se encuentra. Como si le cayera de golpe todo el peso de los enigmas. Renuncia a su búsqueda y se concentra en putear a Zacarías. Necio, el hombre, por más que el médico le dijo, se empeñaba en las tareas como si fuera un chamaco. Cabrón. De algo hay que morir, le decía. Hijo de la chingada. Las reses no saben de reposos ni descansos, le decía. Viejo porfiado.

De alguna parte le llegan los compases de una polka norteña. No puede determinar de dónde, pero suenan en su cabeza y los tararea. Está en la plaza de Nacozari. El pueblo, de fiesta, celebra algo que no acierta a precisar. Bajo unos árboles observa a las parejas bailar. Sus primas, de pronto, se ponen nerviosas. Ahí viene, sí, para acá. La decepción es palpable. A la Ana nadie la saca a bailar, menos un hombretón como ese. No sabe por qué acepta, a ella nadie la saca a bailar, menos un muchacho como el que tiene enfrente, que sonríe mientras estira la mano y le insiste con los ojos. Guapo. Varonil. Huele rico.

—Vine con mi apá a comprar unos becerros para el rancho.

El olor del hombre impregna la cocina. Ana María olfatea como un animal siguiendo un rastro que la lleva a una tumba fría, silenciosa. De pronto se disgusta con el desorden que hay en la cocina. ¿Pero quién hizo este relajo? Comienza a llamar a su hija a los gritos. Chamaca pendeja, ven a recoger esto ahora mismo.

3

A sus cuarenta y seis años ha sido dos veces alcalde, con un intervalo de un trienio. Sostiene una popularidad aceptable, una demagogia conservadora, un saqueo moderado de las arcas municipales y resultados decorativos que, quién sabe por qué, a la gente le gustan. En su primer periodo de gobierno se empeñó en hacerlo pueblo mágico, qué locura. Prometió manadas de turistas y paladas de dinero. La gloria se empañó un poco cuando, con el tiempo, supieron que muchos otros municipios en el país habían sido declarados como tales.

Se trataba de un buen negocio.

Las fachadas remodeladas, los adoquines en las calles, el kiosco reconstruido, la inauguración del museo costumbrista —los habitantes aportaron viejos fierros de labranza y ganadería convertidos en antigüedades—, el arco en la entrada dando la bienvenida, todo fue empolvándose a la espera de los visitantes que no llegaron. Años atrás había sido el agroturismo: unos gachupines trajeron los espejitos y el gobierno del estado cayó redondo. Hubo quien convirtió su rancho en hostal para salvarlo de las deudas. Pero tampoco vino nadie.

Ahora la cosa va en serio. Ahí está, la gran oportunidad, y él será recordado como quien le abrió las puertas a la abundancia. El mismísimo secretario de economía del estado le habló hace tres días. Se amplía la concesión a la minera. Tres mil hectáreas más. Al norte. Parece que esos rumbos son más ricos en litio.

Hace cinco años Cipriano no tenía ni idea de qué era el litio. Le explicaron que se trataba del porvenir. Con suerte, esa región cada vez más castigada por la sequía y la pobreza se convertirá en una potencia mundial. Durante su primera administración, los Durazo y los Tapia, los ganaderos más ricos de la zona, les vendieron a los canadienses mil hectáreas muertas cada uno por siete millones de pesos. A él le tocó una buena comisión por sus servicios. Luego supo que lo que escondían esas tierras en sus entrañas valía miles de millones de dólares. Esta vez no se va a conformar con las sobras. La palabra mágica es acciones.

Cipriano se considera un buen alcalde. Le preocupan los vecinos de la villa, a todos conoce, a sus padres y abuelos. De casi todos sabe sus nombres y apellidos, sus historias, sus vergüenzas, sus achaques, sus secretos y sus mentiras. Gobierna con campechanía serrana, a casi nadie niega el derecho de audiencia —hay una minoría opositora de dos personas, muy rijosas, que tienen prohibido poner un pie en palacio municipal—. Cuando circula por las calles del pueblo la gente lo saluda, platica con él, intercambian charras y mitotes, y le llaman el Cipriano, ni señor presidente ni alcalde, aunque siempre hay algún lamebotas.

Su abuelo fue presidente y su padre síndico municipal. Le gusta pensar que lo lleva en la sangre. Claro que ejercieron el poder en la época dorada del partido único. Hoy en día, con la democracia, la cosa es diferente, mucho más complicada, tiene que ganarse cada voto. La primera vez que llegó a la silla presidencial (no hay tal, es una figura retórica que acostumbra a usar en privado: ¡la silla!, suele exclamar sin rubor) lo hizo representando al partido de toda la vida. En esta ocasión no contaron con sus servicios, optaron por una mujer, Yolanda

Durazo, sí, de los mismos Durazo, así que se pasó a Acción Nacional. Ganó, porque por más que en la capital aleguen que son otros tiempos, en el pueblo, una mujer…

La tal Yolanda, en tanto regidora de oposición, lleva dos años tocándole los huevos, se trata de una Durazo, se maneja con tiento. Aunque en el asunto del litio todos tienen claro que deben jalar parejo (otra figura retórica que usa a menudo el alcalde Cipriano: jalar parejo). Nunca se ha planteado, ni su abuelo ni su padre, cuestiones ideológicas ni principios ético-políticos. Maneja un puñado de conceptos que hasta ahora le han funcionado: progreso, desarrollo, familia, juventud; a últimas fechas también la cuestión de la mujer, aunque no termina de entender muy bien ese asunto.

Cipriano es un hombre alto y ancho, a veces no se sabe muy bien si más alto que ancho, depende de la perspectiva. Piel rojiza, ojos azules, sangre prusiana corre por sus venas por parte de madre —su cuarto apellido es Fischer, pescador—: germanos provenientes de la gran migración de finales del XIX, escapando de hambrunas y persecuciones. Por parte del padre genes navarros revolotean por su cuerpo imponente, ganaderos del Pirineo, cree, que también huyeron de la pobreza al nuevo mundo. Nada extraordinario por esos lares. Quien más, quien menos, arrastra esa incierta genealogía que fue a dar a la sierra sonorense con lo puesto y la voluntad de prosperar.

Voluntad, uno de sus principales atributos —piensa Cipriano de sí—. Tesón, empecinamiento, porfía, una incapacidad congénita de rendirse ante los obstáculos, un carácter obsesivo que lo lleva a conseguir aquello que se propone, pero también a aburrirse en cuanto lo obtiene.

Ahora se trata del litio. Sueña en litio, piensa en litio, coge con su mujer en litio, come y caga litio. Se ha puesto a investigar sobre el tema (horas en internet cuando no falla), se asume ya como un experto. Futuriza y se estremece con los vaticinios.

Tenazmente se sienta en la silla del principal despacho de palacio —así lo refiere el cronista oficial del pueblo, más muerto que vivo— a esperar a Ramón, el comandante municipal, su hombre de confianza, amigos desde la infancia, quien le cubre las espaldas, un hombre franco pero dotado de una singular perspicacia. Alguien que le dice las cosas por su nombre, sin halagos ni lisonjas. Estuvo presente en la reunión con los rancheros del norte del municipio. Le urge saber sus impresiones. Necesita bajarle a la incertidumbre, podría reventarle el pecho.

Como siempre, Ramón entra sin anunciarse, algo a lo que al principio no le daba importancia, pero que a últimas fechas ha empezado a molestarlo.

—¿Cómo la viste? —le pregunta mientras ordena documentos sin ton ni son.

Ramón lo observa con socarronería. Lo conoce bien, sabe que el pecho de su amigo está a punto de estallar.

—Urge mandar a arreglar la patrulla, compadre, con una sola está de la jodida. Los muchachos ya andan quejándose.

—¿La patrulla? Ah, la patrulla, sí, claro. Ya está solucionado, el secretario de Hacienda me prometió una partida especial para seguridad pública. Arreglamos la patrulla, compramos uniformes nuevos, le subimos unos pesos al salario; van a estar contentos los muchachos, no te preocupes por eso. Pero de lo otro, ¿cómo los viste?

—¿Y para cuándo esa partida? Ya ves cómo son en Hermosillo, prometen, pero luego…

—No sé para cuándo, Ramón; está terminando el año, será para principios del que viene, ya sabes cómo funciona esto.

—¿Y de mientras?

—Carajo, compadre, pues que se las arreglen como hasta ahora. ¿Pero qué piensas de la reunión?

Ramón muestra una sonrisa abierta, victoriosa, nada ha cambiado desde la niñez. No al menos esa habilidad para llevarlo al límite de la exasperación. Se trata de un juego, un juego de poder. En el fondo no le perdona que le haya pedido que se anuncie como todos los demás funcionarios. Cipriano siempre ha comido ansias.

Ramón, por el contrario, se piensa como un lobo de los que habitaban las partes altas de la sierra, antes de que los ganaderos los exterminaran. Y como un lobo se mantuvo expectante en un rincón de la sala de cabildo, sin decir palabra, estudiando a esos rancheros desconfiados, ladinos, de piel correosa y viejos hábitos, refractarios a todo lo que huela a modernidad. Castigados por los tiempos. Ahogados en deudas. Corderos, tan solo corderos.

—Tranquilo, señor presidente, tarde o temprano todos van a dar el permiso y después venderán, hasta el Rómulo ese que se puso al brinco, puro pedo. ¿Acaso tienen de otra?

—Estuvieron todos, ¿no?

—No. Faltó la Mery, la hija del Zacarías, que en paz descanse.

—Pero y esa qué. Lo vendió todo.

—No todo. Aún conserva sus buenas diez hectáreas, las renta para agostadero, y están en medio de las tierras que quiere la minera.

—¿Y no vino?

—No.

—¿Y eso?

—Sabe.

—¿Tú crees que se ponga rejega?

—Con esa vieja no se sabe, es medio rara, no se lleva con nadie en el pueblo salvo con mi mujer. Son amigas de tiempo atrás. Hasta la Angelina dice que está un poco lurias.

—Pues habrá que pedirle a tu mujer que nos eche una mano, ¿no? El secretario me dijo que es la principal prioridad del gobernador, que no la riegue. Hay mucho en juego.

—Pues sí.

—De ahí en fuera, ¿tú crees que darán problemas?

—Ellos no. Hay otros…

—¿Quiénes?

—Los Arriaga, ya mandaron decir que quieren parte del pastel.

Esos no son corderos, piensa Ramón, pero no lo expresa. Son lobos. Incluso Cipriano, a pesar de la euforia, de su voluntad inquebrantable, lo sabe. El alcalde se hunde, literalmente, en la silla presidencial. Se le enturbia la mirada. Abre la boca. La cierra sin pronunciar palabra. No hay mucho que decir.

4

A veces, cada vez menos, cuando pasa por Nacozari camino a Agua Prieta, hace un alto en el ejido para visitar a los parientes. Unos pocos primos que no emigraron, un tío ya muy anciano, hermano de su padre, casi ciego por la diabetes. Su única hermana, soltera, mayor que él, que sobrevive, entre achaques, de vender tortillas, machaca y chiltepín a la orilla de la carretera. Tiene dos hermanos más en Phoenix a los que no ve hace una década. Mojados, no pueden salir de Estados Unidos. Sus padres fallecieron un lustro atrás, uno detrás del otro, con un intervalo de seis meses: el padre de cáncer de pulmón; la madre, de tristeza, según cuenta la leyenda familiar. Él cree que murió de asco.

No le perdonan que se haya quedado en el rancho de la tía ingrata y les haya dado la espalda cuando todo empezaba a naufragar. Aun así, cuando el remordimiento ataca, al emprender viaje a Agua Prieta para abastecerse de tierra fértil, esquejes, semillas, nutrientes, pesticidas, se desvía de la carretera hacia el ejido donde nació y creció, saluda a la tribu y sigue su camino con el regusto amargo de la penitencia.

Es consciente de que se va a encontrar con esa hostilidad añeja, de reproches silenciosos, de extrañezas. A causa de ese reduccionismo práctico de cualquier familia, la tía Ana María es una desgraciada que se olvidó de sus orígenes, una engreída que se casó con un ranchero rico y repudió de la humildad y la abnegación, orgullosa herencia de los parias. Poco importa que ya no haya rancho ni riqueza, no quieren saberlo: cómo sostener entonces ese escupidero, ese veneno que rezuma de los ojos cuando lo observan descender de la espléndida pick-up del 65.

Pero en esta ocasión, casi medio año desde la última vez, se encuentra con una revolución en el ejido. El talante de los primos ha cambiado. Hay un brillo en sus semblantes que se parece a la alegría. Como si alguien se hubiera presentado en el lugar para desenterrar a los muertos. Ese alguien es el sobrino Pancho, el de Florencio, el primo mayor.

Panchito se fue joven a Hermosillo, consiguió trabajo en un supermercado y por las noches estudió contabilidad. Baluarte de la familia, ha regresado para poner en pie a los ejidatarios contra Grupo México.

¿Pero de qué hablan estos insensatos?

Heriberto ya tiene una cerveza en la mano, algo nuevo, y ya está sentado en la cocina pobre pero honrada de Florencio. Panchito anda en Hermosillo, le explican, para dar seguimiento a la demanda. Florencio, seis años más que él, un lamento constante, anciano prematuro, pesimista crónico, parece haber rejuvenecido. Si lo apuran, Heriberto cree ver una sonrisa en su rostro de sombras ópatas. La madre de mi Pancho esto, mi Pancho aquello, calienta un caldo de queso en el fogón, seguro que se te antoja, primo. Hay un revuelo festivo en el ambiente, algo que tiene que ver con la dignidad y la entereza.

Y rememoran una vieja historia, esa historia que se cuenta hace dos décadas, culpable de todas las desgracias, pero que ahora ha cobrado un nuevo giro. El cuento de cómo sus padres, ignorantes, ingenuos, vendieron por tres pesos a la minera muchas de las tierras del ejido. De cómo Grupo México no cumplió con su parte. De cómo, paulatinamente, la laguna de jales donde lavan el mineral fue extendiéndose, invadiendo las tierras de agostadero de las pocas reses que poseen, empujando a las zonas más altas al ganado, contaminando la poca agua que les queda.

Pero los tiempos han cambiado, argumenta uno de los primos sin saber muy bien lo que dice, eso asegura Pancho, en todo caso. Con lo que sucedió en el río Sonora en agosto, la minera anda sedita, muy dispuesta a negociar. Antes, ni quién se atreviera. Pero ahora la demanda está en marcha por despojo y daños y perjuicios, contra un gigante —imagina Heriberto— que ha de estar limpiándose el fundillo con la misma. La minera mandó un abogado que quiso verles la cara con las mismas ofertas que no cumplieron en su momento ni piensan cumplir, ya nos la sabemos.

Sus parientes se quitan la palabra unos a otros en una suerte de catarsis cuyo destinatario es Heriberto, a quien acaban de erigir en juez. ¿Cómo la ves? Heriberto no pretende expresarles lo que piensa. No cuando parece haber un interregno, un pacto de olvido y una nueva cerveza en su mano. No cuando la mujer de Florencio le ofrece unas tortillitas recién hechas, verás qué ricas. No cuando su hermana entra y, a pesar de no dirigirle la palabra, decide quedarse en lugar de largarse como acostumbra. No cuando en los rostros de todos ellos, espejo y condena, se diría que sobrevuela algo que le recuerda a la esperanza.

Traicionando lo que realmente considera —que los tiempos no han cambiado un carajo y que Grupo México los va a aplastar como a cucarachas—, dice: me parece bien. Pero lo dice sin mucho entusiasmo, puede ver la decepción en sus ojos. Y ensaya otro aliento: me parece chingón que se pongan con Sansón a las patadas y que le den en la madre a esos cabrones. Hay un segundo de silencio, incierto segundo en que los primos no reaccionan, una eternidad de conjeturas, hasta que Florencio celebra la ocurrencia: ese es mi Heri, nos vamos a chingar a esos cabrones.

Una tercera cerveza llega a manos de Heriberto, quien no se atreve a rechazarla a pesar de que le queda mucha carretera por delante. Luego vienen los pormenores en una jerigonza legal que desconocen, por lo que se corrigen entre ellos, se pendejean y terminan diciendo cualquier cosa.

Heriberto se da cuenta de que la demanda en cuestión ha adquirido un carácter mágico. Los nuevos chamanes de la tribu invocan en un lenguaje secreto poderes lejanos, allá en Hermosillo, capital del reino, demiurgos de toga y martillo, perpetradores de una verdad que —Heriberto no evita pensarlo— terminarán por traicionar. Porque hay otros dioses mucho más poderosos por encima de ellos.

Le duele la ingenuidad de sus parientes, pero al mismo tiempo envidia esa desvergüenza, esa fuerza para oponerse a un destino que siempre les ha sido adverso. Si le dan a elegir, prefiere esta versión familiar, audaz e inconsciente. Si le dan a elegir, pero no es el caso, convidado de piedra.

Nadie le pregunta por su vida ni por la de la tía ingrata ni por la de la prima arrogante a la que casi no conocen. Nadie se presentó en el funeral de Zacarías, dieron el pésame por compromiso, una llamada fría y corta de Florencio, portavoz para las desgracias. Nada de eso importa ahora. Entre parientes la desmemoria engrasa la maquinaria.

Heriberto, impulsado por ese ánimo reconciliatorio, va tras de su hermana, que acaba de abandonar la casa de Florencio.

—Rosario —llama a las espaldas encorvadas de una mujer menuda y nerviosa, envejecida de monte, de sol y frío, de trabajo bestial, a pesar de tener solo sesenta años. Rosario no detiene su marcha. Heriberto insiste, la alcanza, la enfrenta.

—Rosario —vuelve a decir como si con nombrarla fuera suficiente.

—Hazte a un lado —murmura la hermana mayor, criada de todos ellos, del padre y los hermanos, de todos.

—Rosario, por Dios.

—Qué Dios ni qué la chingada, ¿ahora me vienes con Dios?

—Rosario, dame chanza, ¿va?

¿Hace cuánto que su hermana no le habla? Desde la enfermedad del padre, esa enfermedad que lo fue secando, agonía y grito, en medio de la nada, sin un maldito médico que llevarse a la boca. Verlo morir, dejarlo morir, desear que se muriera de una buena vez el viejo, un cascarón sin alma en los últimos meses.

—¿Qué quieres?

Buena pregunta. Qué quiere Heriberto a esas alturas. Qué puede decir que nunca dijo y que ahora ya no tiene caso. Qué pretextos, qué justificaciones.

—¿Cómo te va?

—Cómo crees que me va, baboso, a toda madre, ¿qué no ves?

—Si necesitas dinero, tengo algunos ahorros, cualquier cosa que necesites, no sé… déjame ayudarte.

—Quita, anda, quita, no me hagas decirte lo que pienso de tu ayuda.

—No seas mula, hermana, déjame echarte la mano.

Rosario vadea a su hermano para seguir camino. Arrastra un carrito de la compra en el que carga las cosas que vende a la entrada de Nacozari, puro sabor de la sierra, y que los hermosillenses de paso compran para celebrar alguna clase de identidad televisiva.

A Heriberto le asalta la idea de que el esqueleto de su hermana está encogiéndose. La ve pequeñita, sostenida tan solo por la mala leche acumulada, la ponzoña de una suerte nefasta.

Rosario se quedó a vestir santos, eufemismo de servidumbre, a cuidar a los padres. Los otros dos hermanos se fueron al gabacho cuando el ejido se convirtió en una ubre seca. Mientras tanto, Heriberto tocaba la guitarra y cantaba, alegría de la casa, el consentido de Rosario. Luego ya no. Era por un tiempo, pero se fue quedando allá en el rancho rico de los parientes ricos que no movieron un dedo cuando todo empezó a irse al carajo. Y Rosario mandó un grito de auxilio tras otro. El silencio, cualquiera que sea, en la sierra es mucho más silencio.

Heriberto consulta la hora en su celular. No pensaba quedarse tanto tiempo en el ejido, llegará noche a Agua Prieta. Rosario es un punto al fondo del camino de tierra.

Le gusta conducir por la sierra: una carretera estrecha, llena de curvas, hoyos y parches, que por momentos se asoma a los barrancos, abismos sin retorno, cementerio de incautos. Lo mantiene alerta, despierto. La conoce bien. En la casetera —mandó poner una y aún la conserva, cuando llegaron los discos compactos había dejado de comprar música— suenan Los Cadetes de Linares, a medio volumen, la ventanilla abajo para apoyar el brazo izquierdo y dejar que el aire de la montaña le pegue en la cara y los aromas ferales lo embriaguen. Una parte de su mente en la precaria cinta de asfalto; la otra, en las letras, en la vida, en la nada. Los pensamientos van y vienen libres, reconociendo los secretos del paisaje, visitando lugares remotos como la niñez y los rostros que van borrándose poco a poco.

En esta ocasión es diferente.

La visita al ejido le ha dejado un regusto a cobre, a hiel, a Rosario decrépita, a guerra perdida, a culpas y deudas morales. Un desastre. Siempre que puede, evita manejar en la oscuridad serrana, engañosa, boca de lobo. Esta vez prevé que la noche lo alcanzará en Fronteras. Además, ha vuelto la pregunta, una que había dejado de hacerse, que había enterrado tramposamente entre los pliegues de la memoria. ¿Por qué no acudió al llamado de su hermana?

Hasta hoy, las respuestas que ensayaba lo ponían como víctima y lo tranquilizaban. Ellos, su padre y su madre, frustraron su carrera de músico, ellos lo echaron de su lado para mandarlo a un lugar desconocido con una tía casi desconocida. Con eso bastaba. En la simplicidad de la víctima siempre hay consuelo. Una larga lista de culpables se unía a sus padres, incluida Rosario, para quien había dejado de existir. Era relativamente fácil no nombrarlo, enviarlo a lo más profundo de su ser mientras los tíos lo aceptaban, poco a poco, como a alguien de la familia. Ser otro, reinventarse, renacer tan cerca pero tan lejos.

Atraviesa el pequeño pueblo de Fronteras —último reducto contra los apaches durante la corona— con los postreros rayos del sol. Las sombras devoran los sembradíos apostados a los costados de la carretera. El tramo que resta hasta Agua Prieta no es muy sinuoso. La noche consume el paisaje, que se convierte en dos haces de luz al frente. El silencio se le mete en la cabina con acentos lúgubres. El frío muerde sus manos y su cara. Sube la ventanilla. El invierno acecha, es zona de aguanieve y ventiscas. El invierno en la sierra alta es un machetazo sin filo. Este año parece que viene bravo.

Deja atrás Cabullona sin detenerse, a veces lo hace para tomarse un café. La carretera es casi una línea recta que parte en dos la meseta árida. En menos de una hora estará entrando en Agua Prieta. Procura concentrarse en las tareas de mañana. Ir con los proveedores a saldar deudas y comprar los avíos, visitar al principal cliente que tienen, quien les compra buena parte de los lotes para mandarlos al otro lado.

Pero hay una idea que lo viene persiguiendo desde Esqueda, fiel como un perro, que no ha podido dejar atrás. ¿Y si se regresa al ejido? Si vende lo poco que tiene y vuelve al lugar donde nació, con Rosario, dos solterones empedernidos acompañándose en el último tramo. Es una idea que le muerde los talones. Es una idea de viejo, claudicante, cuando apenas tiene cincuenta. No se trata de una idea, sino de una deuda. Casi todo en él la desecha por absurda. Pero hay una parte, minúscula, que parece amasarla como si fuera un corico. Puede, a nada que se esfuerce, imaginarse la estampa. La conquista, con los años, del perdón de Rosario.

Agua Prieta lo recibe con su pequeño bullicio de ciudad fronteriza. Da vuelta a la derecha por la avenida Los Apson. Conoce a un tipo que conoce a un tipo que conoció a la leyenda viviente Frankie Gámez, hace ya veinte años pudriéndose en una prisión de Arizona por un delito, aseguran sus fanáticos, que no cometió: abusos deshonestos contra un niño de cinco años. Una historia turbia de mujeres celosas, abogados transas y justicias ejemplares. De favores entre países en el entonces naciente TLC. A Heriberto no le gusta el rock meloso de Los Apson, pero fue la banda sonora del tío Zacarías y ahora de la Mery. Y eso debe significar algo.

Estaciona en la recepción del motel 3 Caminos, cómodo, sencillo, limpio, barato. Lo conocen, siempre se hospeda ahí.

No tiene hambre, se extraña de no tenerla. Quiere acostarse y dejar de pensar. La prima Mery. Esa mujer incesto. Ese cuerpo tibio en su cama de soltero. La palabra empeñada. Me quedo, le dijo, cuentas conmigo, le prometió, cuando la prima parecía haber aterrizado en un planeta desconocido, herida en el orgullo, extraviada, el rancho haciendo aguas. La Mery jodida: fue en un café donde la abandoné, fue en un café, eh, eh, eh.

Tu barro suena a plata

1

Las palabras de Ironwood le están amargando la noche. Nada que no deba esperar, aun así, no deja de tener un pequeño boy scout en su interior. No le gusta que lo presionen, nada bueno resulta de la presión. Por otra parte, Ironwood, siempre que abre la boca, parece estar exigiendo. Se siente cansado, pero no puede dormir. Hace apenas doce horas que regresó de Tzitzio.

This is a mess, le dijo Jonathan Ironwood. *A mess?* Él perdió los papeles, no soportó la presión, ordenó el cambio de planes. *Forget the lawsuit*, le dijo. Todo es demasiado incierto y la mina no puede seguir sin producir. Ponlos a trabajar. Es fácil dar esa orden desde una torre de cristal en Santa Fe. Al día siguiente, abres el periódico y te cagas en los pantalones. Ahora, limpia el desastre, que no quede un solo rastro que lleve a alguien hasta la compañía. Si no puedes, renuncia.

Cierra los ojos y siente de nuevo la capucha en la cabeza, el olor a sudor y cerveza en la camioneta, el ruido de las armas, el sonido de las palabras en su estómago, palabras duras, burlonas, palabras dichas desde la muerte. Cierra los ojos y estalla la luz en sus pupilas al ser despojado de la capucha. El sujeto de enfrente, un sujeto como cualquier otro, un sujeto que está y luego no está, intercambiable, pero que en ese momento se cree una especie de dios.

Una negociación, como todas las negociaciones: oferta y contraoferta. Un nombre en un expediente: una vida. Un muerto entre los cientos de muertos de ese mes, entre los miles de muertos de ese año. Una maquinaria judicial oxidada, hundida en la mierda, a la que hay que engrasar para que avance como una tortuga en la dirección deseada. Esperar a que los indios rijosos hayan recibido el mensaje.

Dormir en el bonito departamento de la Condesa. Dormir, oh, sí, dormir sin que los fantasmas se metan en la cama. Sin que le opriman el pecho, le arañen las pantorrillas, le cierren la tráquea. Reprimir las ganas de lanzarse a la Alameda a levantar un ninfeto de barrio, verga de arrabal. Masturbarse. Ir al baño a limpiarse. *This is a mess*, piensa. Trasladarse a la cocina y servirse un Eau de Perrier.

Alguien, alguna vez, la única relación más o menos formal que ha tenido, le dijo que era un adicto. Le pareció la cosa más estúpida que había escuchado en su vida. Era un buen chico Jim de Saskatchewan. Un pulcro administrativo de la compañía en Manitoba. Un activista LGTBQ. De esos que marchan el día del orgullo gay y donan dinero a las organizaciones a favor de los derechos de los maricones. Duró poco la cosa. Tres meses. En el ínter, mantuvo relaciones con cuatro o cinco sujetos más. Eres un adicto, le dijo, entre otras cosas, el día que lo dejó.

A Marc Pierce no le importó mucho que lo abandonara Jim de Saskatchewan, dulce y educado. ¿Cuándo me presentas a tus amigos? Yo no tengo amigos, le dijo. No le creyó, pero era cierto. Tenía conocidos del trabajo y el curling con los que se tomaba unas cervezas de vez en cuando. Pero no alguien con quien contar realmente, con quien abrirse, un hombro, unos brazos, un oído, un colchón donde caer una y otra vez, tantas como fueran necesarias hasta encontrarle un sentido a eso que iba pasando sin darse cuenta, como si no sucediera.

Vuelve a la cama, cierra los ojos y trata de borrar ese mundo al que ya no pertenece. Afuera, las voces de algunos trasnochadores trepan hasta su bonito departamento en la Condesa. No muy lejos, sobre la avenida Mazatlán, aún persiste el reclamo de los antros en los que podría, si quisiera, pescar a un lindo burguesito, un *whitexican* que se dedica al modelaje y la actuación, o un argentino: muñequitos frágiles que suelen resultar bastante nenazas, mojigatos a la hora de la verdad.

Da vueltas en la cama, cierra los ojos.

Domingo Martínez en la entrada de su jacal, siete impactos. No lo atestiguó con sus propios ojos, pero las fotos en los periódicos amarillistas de Michoacán eran lo bastante elocuentes. La impotencia y el silencio se apoderaron de la comunidad. Agacharon la cabeza, callaron. Siglos de entrenamiento. Es cuestión de días, se dice en el revolcadero de sábanas, para que la mina vuelva a sus actividades. Está agotado y ansioso, una combinación que lo suele llevar a donde no quiere. A ser ese títere de sus impulsos.

Renuncia al sueño.

Alcanza la tablet sobre el buró y se pone a tontear: estrenos cinematográficos, de series, chismes de la farándula, videos virales, curiosidades sobre el universo y la naturaleza, ciudades que debes visitar antes de morir, gadgets que te harán la vida mucho más feliz. Un mundo fascinante, blando e inmediato.

Revisa algunos portales noticiosos mexicanos. Unos pocos se hacen eco del homicidio de Domingo Martínez. Pequeñas notas que reproducen sin cambiar una coma el boletín de la Procuraduría de Justicia de Michoacán. Nunca ha sido noticia la muerte de un indio, menos ahora que todo el país anda buscando a cuarenta y tres estudiantes que se esfumaron por arte de magia. Sabe, porque es su deber saberlo, de las instrucciones que el gobierno de Peña Nieto ha impartido a los medios de comunicación para censurar todo lo relacionado con la violencia.

Si no se nombra, no existe. Bendito país, piensa. Alucinante. Nunca llegará a conocerlo del todo, mucho menos a comprenderlo. Insondable país.

La tablet le advierte que tiene varios mails sin leer. Perezoso, accede a su cuenta.

Ahí está. De nuevo.

La foto es parecida a la anterior. El mismo chacal, el mismo hotel, cambia la toma. Ya están en el lobby. ¿Hasta dónde llega la secuencia?, se pregunta. ¿Tendrán imágenes de él cogiendo con el mayate? En un ataque de vanidad se pregunta cómo se verá en ellas.

El mensaje no varía: Sabemos quién eres y lo que haces. Te tenemos en la mira. Cuánta presunción, ¿realmente saben quién es?

La chica esmirriada —al parecer solo se alimenta de sopas Maruchan y Red Bull—, tatuajes en los antebrazos, cuello y mejilla izquierda, piercings, sudadera negra, pantalón negro, Dr. Martens negras, no tiene nombre. Una rata inefable escondida en su madriguera, un subsuelo en Tepito, oscuro como su mirada, de atmósfera podrida, un sótano paranoico.

No hay manera de contactarla si no es acudiendo personalmente al infecto cubil, del que Marc Pierce suele salir con la sensación de picor en todo el cuerpo. Alguien, no recuerda quién, cuando buscaba un hacker, le pasó el contacto. La chica esmirriada es una fiera en el tráfico de datos: padrón electoral, usuarios de cualquier banco, listado de corporaciones policiacas, militares, judiciales; cuadros ejecutivos de la competencia. Toda la información que pueda sustraerse de un celular, una tablet, una laptop, una PC conectados a la red al mejor postor. No es la única en esas calles sin ley ni dios. Sí la mejor, la más discreta, le aseguraron.

Nada sabe de la chica esmirriada, ni su alias, solo que le gusta el postpunk por un cartel de Soviet Soviet que cuelga en una de las paredes del sótano. Ha recurrido a ella tres o cuatro veces por cuestiones de trabajo. Esta vez es personal. La chamaca, con insolencia, copia el correo electrónico del que le llegan las fotos. Su sonrisa de rata le indica que aquello es pan comido, que no le supone ningún desafío, algo para pagarse los Red Bull que consume. Le dice que vuelva en una hora.

Los tepiteños crecemos como los bistecs, a putazos, lee en una pared de una vecindad, la fortaleza. Se adentra entre los puestos, reino pirata, estigma y bandera, origen e identidad. Los tepiteños nacen vendiendo todo aquello que pueda venderse, han contemporizado su vocación mercader y por vender, venden hasta el nombre del barrio convertido en marca. La morenita del Tepeyac y la Santa Muerte conviven en altares improvisados, comparten un misticismo que abreva de la misma idea. Espíritus malignos y benignos rondan a las marchantas de uniones, retornos, amarres y curaciones.

Marc Pierce, una garza blanca entre una parvada de patos, se embriaga de las voces inagotables que ofertan lo imposible, de la música que brota aquí y allá distorsionando el espacio y el tiempo, de los roces de los cuerpos, del acento penetrante que se regodea en las vocales, alargándolas hasta el escarnio.

Si Marc Pierce tuviera que elegir un lugar donde morirse, sería en ese corazón gangrenado de una ciudad enferma. Y los ojos que lo observan caminar despreocupado lo saben, entienden que ese gringo alto y arrogante no tiene nada que perder, su cuerpo percha se los dice, por eso lo dejan en paz, con esa ironía asesina del barrio.

Aquí la palabra barrio encierra un significado que le fascina. Es red, ciudadela, órgano vivo, juramento, entrega, sacrificio, comunidad. Una idea construida a lo largo de décadas que está por encima de nociones como individuo, ciudadano, patria.

Aunque tal vez todo esto no sean más que conjeturas de un extranjero, se dice Marc Pierce mientras estudia el escaparate de una *sex shop*. Sus glándulas segregan saliva. Decide mejor seguir con su deambular sin rumbo, a la espera de que se cumpla la hora.

A pesar de los años, cada vez que se sumerge en esa adorable pesadilla no puede evitar imaginar a sus padres, a sus vecinos, a los feligreses de la iglesia anglicana a la que asistía de niño, arrojados de pronto en esas calles cuya existencia es impensable ni en sus peores delirios. La secuencia se sucede en su cabeza de formas inverosímiles cada vez y siempre tiene un regusto a venganza.

Se detiene en esa idea. ¿Por qué desea vengarse de ese ambiente de extrema lenidad?

En general, todas esas personas no le han hecho nada. Incluso, a su manera, lo amaban y tal vez lo sigan haciendo. Para él son entes extraños, incluidos sus padres, especialmente sus padres. En ocasiones le cuesta considerarlos miembros de su misma especie.

Encamina sus pasos de vuelta al cuchitril de la chica esmirriada. Piensa en la furia de la muchacha, su frágil oposición al mundo exterior, su renuncia a la carne, y la imagina, entre encargo y encargo, viviendo en universos virtuales, oculta bajo avatares legendarios. Ha estado tentado a traspasar la barrera inexpugnable. Invitarla a un café. Siente una corriente subterránea que los hermana, aunque en apariencia vengan de lugares tan dispares; de realidades paralelas que, en principio, no se hubieran cruzado nunca. Se repelen.

Toca a la puerta de fierro, negra y estrecha. Le abre el gnomo de siempre: ¿un hermano, un novio, un socio? Desciende los escalones hasta el subsuelo. Se sumerge en una atmósfera ocre y azul. No hay ventanas ni ventilas. Huele a humedad, a gruta, a sepulcro. El aire viciado lo narcotiza. La chica esmirriada se encuentra absorta en la pantalla de su computadora. De reojo capta la presencia de Marc Pierce, estira el brazo hacia él, en la mano un pedazo de papel.

—Esta es la dirección donde se ubica la IP. Es privada. No tuvieron ningún cuidado en cubrir su rastro. Les vale madres —le informa sin despegar los ojos del monitor.

—¿Cómo sabes eso?

La chica esmirriada se encoge de hombros.

—Es obvio.

Marc Pierce toma el papel y lee la dirección. No le dice nada.

—Memorízala —le exige mientras le pide de vuelta la información. Convierte el pedazo de papel en una lluvia de confeti que va a dar a una papelera a sus pies. Que deje el pago, en efectivo, donde siempre, le dice, y cierra de nuevo todas las compuertas.

Marc Pierce observa su perfil adolescente, huraño, semiiluminado por la luz de la pantalla. La chica frunce el ceño y vocaliza en silencio, no se sabe si una canción o los datos que transcurren vertiginosos frente a sus ojos negros.

—Un día de estos deberíamos tomarnos una cerveza, un café, lo que gustes. Tú y yo —dice Pierce. El tú y yo sobra, desconoce por qué lo ha subrayado. El resultado es amenazante en todo caso.

La chica esmirriada despega por primera vez los ojos del monitor y lo estudia divertida.

—¿Tú y yo? —hace una pausa, como si estuviera pensándose la propuesta—. ¿Por qué no? Un día. No te olvides de dejar la lana.

Marc abandona ese vientre pútrido. Por alguna razón, lo hace contento.

2

Después de rogar, suplicar, exigir y, finalmente, amenazar con llamar a la policía, Julie ha accedido a verlos. Guy sospecha que esto último, la mención a la policía, ha hecho que los citara en la entrada del Musée d'Art Contemporain des Laurentides, en Saint-Jérôme. Algo que lo inquieta, que lo intriga, sobre todo ahora que sabe que existe un novio mayor de edad con una novia menor de edad, una circunstancia que podrían utilizar a su favor, pero que Mildred le ha prohibido siquiera mencionar si no quiere perder a su hija para siempre.

Adentrarse por las calles de ese pueblo al norte de Montreal, a menos de una hora por la Autoroute 15, es como introducirse en una postal en la que el tiempo se ha detenido en una suerte de sonrisa amable y eterna. Es agotador, piensa Guy.

Mildred, en el asiento del copiloto, le indica irritada, impaciente, siguiendo la ruta que marca el Google Maps, cómo llegar a un edificio rectangular, de granito, sólido, un edificio secular que no parece albergar arte contemporáneo alguno.

Estacionan, descienden, se encaminan a las escalinatas de la entrada. Julie no está por ninguna parte. Ambos otean los alrededores con el corazón latiéndoles como un pájaro moribundo. Hace frío, no hay nadie en el museo.

Han discutido la estrategia durante el trayecto. Guy se mostraba partidario de obligarla a regresar sin importar cómo.

Mildred, por el contrario, lo único que quiere es asegurarse de que se encuentra bien, saber sus motivos y tratar de convencerla por las buenas de que vuelva a casa, al menos, hasta que cumpla la mayoría de edad, en cosa de cuatro meses. Al final, Guy Chamberlain parece haber cedido a las intenciones de su mujer.

Mientras tanto, tiene que lidiar con el déspota de Ironwood exigiéndole que tome el primer avión a México, que están a punto de conseguir la nueva concesión, que le esperan miles de hectáreas por explorar.

Es Mildred la primera en avistar a Julie. Viene sola. Camina resuelta hacia ellos, el rictus de exasperación no prevé nada bueno. Está más flaca, piensa Mildred, aunque apenas han pasado nueve días desde que se marchó y no ha adelgazado un solo gramo. Es esa maldita dieta, se dice. De inmediato se censura.

—*What do you want from me?* —pregunta Julie.

Mildred se paraliza, se queda muda. Se da cuenta de que le tiene miedo a su hija. A esa versión de su hija que no sabe cuándo apareció en sus vidas. Una total desconocida. Piensa en los últimos años en la consultora, inmersa en un trabajo que le exige veinticuatro siete. Piensa en lo condescendiente que ha sido con las señales que mandaba Julie. Esa costumbre de creer que lo tiene todo bajo control. La presbicia con la que la veía crecer, la negación.

Por su parte, Guy olvida momentáneamente lo que habló con su mujer y siente una rabia básica, arcaica. Lo que observa es a una niña malcriada a la que le han dado todo, una chiquilla berrinchuda que necesita un par de nalgadas. Siente cómo una violencia sorda se apodera de sus extremidades y su primer impulso es darle una cachetada. Se reprime. Se trata de un proceso muy demandante el de subvertir lo que considera el orden natural de las cosas. Lo deja exhausto. Por consiguiente, tampoco sabe qué decir.

Julie, ante el mutismo de sus padres, se desconcierta. Y pregunta, por preguntar algo, si no vino su hermana. Es la única que podría entender sus motivos en todo caso.

—*She's at home* —dice Mildred.

—*Your home* —subraya Guy absurda, brutalmente.

Julie contempla el rostro de su padre, hinchado y rojizo, abundante, superalimentado. Siente una punzada de desprecio. Quisiera no sentirla, pero no puede evitarlo. Le dice sin alterarse que ese lugar ya no es su casa. Que ya no puede estar en esa casa aunque lo intente.

Esa casa, continúa con una calma que apabulla a sus padres, es un insulto para el planeta. Esa y todas las casas de Westmount, de Canadá, están construidas sobre la explotación irracional de la tierra, el exterminio de las otras especies y la miseria de dos tercios de la humanidad. No es congruente, les dice abandonando la fría calma, el camino que he emprendido y vivir en esa casa, comprada con el dinero que papá obtiene destruyendo la tierra. No puedo sentarme a cenar cada noche con gente que no se pregunta qué hay detrás de esa chuleta o ese filete de pescado, todo el dolor, el sufrimiento, la explotación y el exterminio que permiten que ustedes saboreen un corte exclusivo, un *foie gras* carísimo, compren un abrigo de visón, zapatos de piel de cocodrilo, qué sé yo, y hacer como si no me concerniera. Ya no quiero ser cómplice. No estoy de acuerdo con su forma de vida, pero la respeto, solo pido lo mismo.

—*But you're only seventeen years old. You're just a child* —alcanza a decir su madre, más como un ruego que como una afirmación.

Es consciente de que, como argumento, carece de mayor valor, y menos frente a una Julie que parece haber envejecido diez años en nueve días. Pero es el único argumento que tiene. Y eso la sume en una profunda tristeza. Hubiera querido decirle *you're my child* y que fuera suficiente. Luego, sin pensarlo, pronuncia algo de lo que se arrepiente acto seguido: ¿y si dejamos todos de comer carne? ¿Verdad, Guy, que lo hemos hablado ya?

—*You're crazy. This is insane. I can't believe it* —estalla Guy Chamberlain.

Les da la espalda y se aleja unos pasos. Las enfrenta de nuevo, a la distancia. Balbucea, no encuentra las palabras necesarias para dimensionar lo que considera una sarta de estupideces, un gran despropósito.

Quisiera decirle lo que ya le ha repetido tantas veces antes en otras tantas discusiones: que nada de lo que tienen se lo regalaron, que es producto del esfuerzo y el trabajo duro, que él personalmente no explota a nadie, que la humanidad ha sido carnívora desde el principio de los tiempos, que no es responsable de la miseria en el mundo, que solo se limita a hacer su trabajo, que todo lo que existe a su alrededor, ese automóvil, el celular, la ropa que usa, las hortalizas que come, el agua que bebe, salen directa o indirectamente de la explotación de la tierra. Que si realmente quiere ser congruente tendría que vivir en una caverna recolectando frutos.

Pero en ese momento, ante la mirada de su hija, reflexiva, inconmovible, solo atina a decir que lo mejor para ella y su futuro es volver a casa, terminar el bachillerato, entrar a la universidad. En unos pocos años más podrá elegir las causas que desee.

Esta última frase es muy desafortunada, piensa Mildred. Sin darse cuenta, Guy acaba de banalizar los motivos de su hija, reducirlos a una moda pasajera. Su marido, se dice Mildred al borde del pánico, no está viendo a su hija realmente.

—*We respect and admire you* —intercede—. *And you're an example for us.*

Mildred se aproxima a su hija y trata de establecer alguna clase de contacto. Estira la mano, aprieta su antebrazo. Julie sonríe sin dejar de contemplar a su padre.

—*I love you, dad. I love you too, mom* —dice y se desprende con delicadeza de la mano. Da unos pasos hacia Guy—. *You don't understand anything at all.*

Julie bufa, resulta graciosa: su expresión severa se descompone. Ahora es ella la que busca las palabras. Una sensación de inutilidad flota en el ambiente. Pero lo intenta, una vez más.

Con un tono de voz conciliador les dice que entiende que estén preocupados por ella, pero sabe cuidarse sola. Si algo me enseñaron ustedes es a cuidarme. Alain, mi amigo, es un buen muchacho. Estamos en una cabaña no muy lejos de aquí, es de un tío suyo. Somos un grupo de jóvenes que queremos vivir de otra forma, consumir de manera distinta para dejar de dañar al planeta lo más posible. Utilizamos energía solar, cultivamos lo que comemos, nos trasportamos a pie o en bicicleta, rescatamos animales de granja y de compañía y los cuidamos. No hacemos mal a nadie. En unos meses cumplo los dieciocho, ¿qué diferencia hay en que me vaya de casa ahora o entonces? Si me obligan a regresar con ustedes, cuando alcance la mayoría de edad no volverán a saber de mí. De la otra forma…

—*But what about college?* —pregunta Guy.

—*I'm not interested in college. Not now, maybe in a few years.*

Mildred está conmovida. No mentía cuando dijo que admiraba a su hija. No entiende muy bien cómo esa joven que salió de su vientre creció hasta convertirse en la persona que tiene enfrente. Qué combinación de genes, qué influencias ambientales, qué enigmáticas herencias intervinieron para que su Julie, su niña, deviniera una extraña, un ser con un nivel de conciencia que la sobrepasa, la desnuda.

Hace un último intento que también es una forma de aceptación: le pide que les permita acompañarla a la cabaña y conocer a su novio, al resto de las personas con las que vive.

—*No way* —dice tajante Julie. Se le agota la paciencia. Lo ha intentado. Alain fue muy insistente en que buscara la forma de tranquilizarlos. Si sus padres se convertían en un problema, tendría que abandonar la cabaña—. *Please, mom, you must understand, I beg you. I will be in touch, I promise you. I love you.*

Julie se echa a correr. Es rápida, liviana, de piernas largas y musculosas. Guy hace un intento torpe por seguirla, más un impulso interno que desestima de inmediato, ¿cómo podría? La impotencia es un grillete. Mildred, a su lado, observa desaparecer a Julie en la esquina de una calle, todos los presagios se le vienen encima de golpe. Ve a su marido. El desamparo es tal que siente lástima por ese hombre al que ya no le alcanza la razón.

La nave aterriza con una hora de retraso en el aeropuerto de Hermosillo. Desactiva el modo avión. Las notificaciones tintinean en su celular. Mensajes de texto, avisos del banco, mails corporativos. Una cascada de bits que lo dejan sin aliento. Los ignora, no tiene fuerzas para enfrentar esa invasión del mundo.

Durante las casi tres horas de vuelo de la Ciudad de México a la capital de Sonora, se ha sumergido en un duermevela apático. Ni siquiera su miedo a volar lo ha conmovido. Apatía es un buen término para definir su estado de ánimo.

¿Cómo justificar su presencia en ese remoto confín de la tierra?

La vida tiene que continuar como hasta ahora. Mildred entiende... ¿de veras? Está Margarite, confundida, ansiosa, ensimismada, llena de rabia, que calla. Mildred le planteó la idea de renunciar a su trabajo en la consultora, vender la casa, irse a vivir a un lugar más modesto. Mildred naufraga en un mar de culpas. Guy le pidió discutirlo en las vacaciones de Navidad. Julie ha elegido a su hermana como interlocutora. Le envía lacónicos mensajes en los que le asegura que se encuentra bien. Margarite los transmite como si fuera un deber doloroso.

Guy Chamberlain, a punto de abordar la pick-up que lo llevará a la sierra, se pregunta si han hecho lo correcto. Es un hombre de manuales, pero en este caso no existen. Al menos eso piensa ahora. Trató de ceñirse al único que conocía, toda su vida, sin descanso. Mildred tiene mucha culpa con esas ideas de educación liberal, moderna: no reprimir, no imponer normas ni límites, no ordenar, comunicarse, razonar, escuchar. Aun así, es consciente de que no debería culparla.

—¿Todo bien, señor *Chemberlen*?

Andrés, el chofer de la compañía, así le dice: *Chemberlen*. En ese momento abandonan el aeropuerto. Toman por una avenida ancha hacia el norte.

—¿Tiene hijo? —le pregunta Guy.

—¿Hijos? Tres: dos niñas y un niño. La mayor siete, su hermana, cinco, y el varoncito, el menor, tres. Están en Aguascalientes, soy de allá. Los extraño un chorro.

Guy no comprende la mitad de lo que dice Andrés. Igual asiente. El chofer suelta el volante para manipular su celular y mostrarle una foto de los chiquillos. Guy se tensa. En la pantalla, tres caritas morenas y radiantes que sonríen, al parecer, felices.

—*They should never grow up* —murmura Guy.

—¿Mande?

—*It's nothing*. Mucho bonitas *your kids*.

—Son mis ojos —dice Andrés.

Guy no capta el sentido figurado de la expresión, pero puede imaginarlo. No deberían crecer. Cada cierto tiempo le viene a la mente el cuerpo atlético de Julie huyendo de ellos en Saint-Jérôme. ¿Lo hicimos tan mal?, le preguntó Mildred de regreso a Montreal. No supo qué contestar. El silencio al interior del auto era un inventario atroz. La despedida, al día siguiente, desoladora.

Ironwood utilizó la palabra urgente un millón de veces. *The show must go on*.

La ciudad corre paralela a sus pensamientos. Una ciudad en la que no se detiene nunca, que solo conoce de paso. Una ciudad que se pretende moderna, un lastimoso remedo de las ciudades del otro lado de la frontera. Pronto la dejan atrás y se adentran por una carretera estrecha que asciende imperceptiblemente hacia la sierra. El chofer prende el estéreo. Una voz melodiosa, algo engolada, inunda la cabina. José José, le dice Andrés sonriendo, *great singer in Mexico*. La música es triste, sentimental.

A Chamberlain le gusta Led Zeppelin, Judas Priest, los quebequenses Forgotten Tales y Les Colocs, emblemáticos para su generación.

En un pueblo llamado Ures el chofer le propone comer algo. Son las dos y media de la tarde. Guy siempre tiene hambre. Se detienen a las afueras, en una gran palapa que anuncia comida regional. El menú no le dice nada. Andrés le pide que lo deje por su cuenta. Chamberlain quiere una Corona. Está fría. Siente el líquido correr a través de su cuerpo y una sensación reconfortante lo hace suspirar. Es un suspiro que lo desinfla como si fuera un globo aerostático después de una larga travesía.

El chofer toma un brebaje rojo. Agua de jamaica, le dice vocalizando despacio, exageradamente. Jamaica, *like the country*, dice Guy. *No country*, flor, *is a flower*. Guy se encoge de hombros, le parece simpático que una flor se llame jamaica. Andrés le ofrece un trago. Lo rechaza. Le han dicho que no beba nada que no esté embotellado.

A los pocos minutos, una mesera robusta, de ademanes bruscos y sonrisa franca, pone al centro de la mesa una charola de fierro con diferentes cortes de carne. El olor es tan intenso que lo hace salivar. Andrés, pacientemente, como si el canadiense fuera un niño, le muestra cómo armar el taco, una suerte de ritual que Guy ha contemplado algunas veces entre los miembros de su equipo.

Lo imita con cierta torpeza, desconfiado. Andrés le indica cuáles salsas no debe ponerle.

Al hincar el diente, estallan en el paladar de Guy los sabores del guacamole, la salsa bandera, la carne y la tortilla de harina. No da crédito a la experiencia. La prudencia se convierte en voracidad, los jugos de la cabrería le envían señales al cerebro, la serotonina se desborda, su estómago se expande. Embriagado, engulle un taco tras otro bajo la complaciente mirada de Andrés. La glotonería de Guy, en cualquier otro lado, podría considerarse de mal gusto; en ese lugar se la celebran. El chofer lo invita a seguir comiendo, Chamberlain es insaciable, hay una desesperación jocosa en su forma de tragar.

De vuelta en la pick-up, el inmenso proceso de digestión lo sumerge en una modorra que las curvas de la carretera acentúan. Termina por dormirse. Han sido malas noches las pasadas. Noches en vela, noches de preguntas tercas. Noches sin respuestas. A veces se despierta, pero vuelve a caer en ese sueño tenso, nervioso, por el que atraviesan algunas imágenes caóticas, protagonizadas por una Julie monstruosa. En una de las ocasiones en que abre los ojos, a lo lejos distingue el campamento de exploración. Pardea. El paisaje es triste y solitario. Una soledad espesa que da la bienvenida a ladridos.

3

El tono perentorio del ministro le ha dejado un desasosiego que dura ya el día entero. Tiene que hacer todo lo que esté en sus manos para que el problema en Michoacán se solucione cuanto antes. Al principio parecía que los indios habían entendido el mensaje, pero nunca faltan los mártires y los héroes, así que han organizado marchas, protestas, plantones, convocado a ruedas de prensa en las que acusan a la minera del homicidio de Domingo Martínez.

Es proverbial la indiferencia de este país cuando se trata de sus indios, piensa Margaret Rich mientras se ejercita en la caminadora del pequeño gimnasio en la embajada. La misma de mi país en cuanto a los nuestros, se dice, sonríe, pasa una toalla de mano por su frente y continúa marchando a un moderado ritmo, la vista perdida en el jardín atrapado en el ventanal.

Está sola. Sus piernas mueven la cinta automáticamente mientras su mente rebobina, analiza, proyecta, recuerda. Piensa en los paseos que daba a orillas del Garona y sus canales afluentes. La bonhomía de sus atardeceres, la dulzura de sus sonrisas. Y se arrepiente un día más de haber aceptado esta misión cargada por el diablo. De cónsul a embajadora, la oportunidad que había esperado toda su vida. No puedes dejarla pasar, le dijo Thomas, le dijo su hermana en Vancouver, le dijeron sus escasos amigos. Pero había algo escondido en sus ovarios, una vocecita tal vez, que le susurraba no aceptes, no lo hagas. Quién hubiera dicho que la enviaban a un moridero.

Desde el primer día, la embajadora ha intentado reprimir la animadversión y el terror que le despierta el país, que la tienen ahí encerrada, sobre una caminadora, en lugar de estar paseando en el bosque de Chapultepec, por ejemplo.

El aparato le indica que ha recorrido cinco kilómetros. Margaret desciende de la cinta, toma una botella de agua Hethe natural y la empina como si fuera ginebra. Jadea imperceptiblemente. Todo lo que esté en mis manos. ¿Qué significa eso? Le disgusta el tono facineroso que adivina detrás de la orden del ministro. Cuando entró a formar parte del servicio diplomático —eran otros tiempos—, conceptos como Estado y representación estaban revestidos de un sentido de dignidad, de vocación, de patriotismo, incluso, que hoy en día se han extraviado en medio de esa asociación plutócrata, con sesgos gansteriles.

La alta política al servicio de los infográficos que reflejan las pérdidas y ganancias, el crecimiento de las compañías de los socios del primer ministro. Tal vez siempre ha sido así y ha vivido engañada, lo cual sería más trágico todavía.

¿Pero qué significa todo lo que esté en mis manos?, se vuelve a preguntar Margaret Rich mientras se desnuda en el baño contiguo al gimnasio para darse un regaderazo. El espejo de cuerpo entero le devuelve una imagen que hace algún tiempo solo se atreve a ver de reojo, sin detenerse en los detalles del derrumbe. Regula la llave hasta encontrar la temperatura exacta y se sumerge bajo el agua, que poco a poco arrastra tras de sí la basura de la jornada.

Piensa en el comunicado que emitió la embajada lamentando el asesinato del ciudadano Domingo Martínez. El gobierno de Canadá reprueba todo acto de violencia; la empresa señalada, como todas las empresas de su país, es social y ambientalmente responsable.

Ya no se sonroja. Se dice, y a fuerza de decírselo va perdiendo la vergüenza, que si se comporta como una buena chica la sacarán de la ratonera en la que se encuentra. A esas alturas, un destino en cualquiera de los países satélites de la ex Unión Soviética le parece mejor. No el medio oriente, le horroriza la idea. Por lo menos, en México el machismo no tiene categoría de religión de Estado, aunque casi.

A veces, como ahora que se pone la bata de baño y se sienta en la taza rodeada de un espeso vaho, intenta genuinamente enlistar sus bondades. La gastronomía, cierto, aunque no pueda probarla por sus problemas de acidez estomacal y colitis. Algunos paisajes inolvidables. La alegría de su gente, sí, eso, la capacidad que tiene de reír en medio de la debacle, de ser, si la apuran, feliz de una forma suicida. Una inconsciencia contagiosa, una despreocupación por el futuro que la asombra. Se sabe injusta, las lecturas que hace desde su burbuja diplomática están plagadas de prejuicios. Eso no evita que la lista de bondades suela ser corta y que termine invadida por una pegajosa lástima por los mexicanos de a pie, a los que acostumbra a observar desde la ventanilla del Mercedes Benz.

Le repulsa ese sentimiento porque la debilita, quiere alejarse de él, perderlo de vista para siempre. Ser una buena chica. Hacer esa llamada al señor Chong, el escurridizo secretario de Gobernación, ese chino lisonjero pero letal. Deslizarle diplomáticamente que su gobierno, amigo y socio indispensable, no vería con malos ojos, todo lo contrario, una intervención en Michoacán para que se solucione el problema de una vez por todas.

Bien que le recalcó al imbécil de Ironwood que operaran con discreción, sin escándalos. A un año de las elecciones y el gobierno de Harper en caída libre.

Margaret sale del baño, se dirige a un pequeño casillero en el que guarda ropa casual, cómoda. Se viste. Duda entre retirarse a descansar o encerrarse en su despacho a sacar pendientes menores. La fiel Jennifer ya se ha marchado. Le gusta quedarse a conversar con ella, no deja de ser un espejo revitalizador de cuando ella escalaba esa pirámide tramposa y cínica. Pero la fiel Jennifer tiene una vida más allá de esas paredes.

Thomas partió ayer, ni siquiera recuerda a dónde ni por qué. Hay cárceles deslumbrantes, cegadoras, piensa mientras se encamina a su despacho. Mañana a primera hora hará la llamada y que sea lo que tenga que ser. Al prever la obediencia abyecta de Chong, se le agudiza la acidez estomacal. Cree recordar que aún conserva un yogurt en el frigobar del despacho.

Las imágenes no corresponden con el discurso, pero poco importa. Las formas son tan burdas, tan poco elaboradas, que no maquillan nada. A estas alturas, la codicia de esa gente —la conoce de primera mano— tiene una urgencia, un descaro, un impudor tales que ni siquiera tratan de engañar a nadie. Es verdad que cuentan con un batallón mediático, servil. Las tomas y las fotos del convoy militar entrando a Tzitzio se repiten en todos los noticieros bajo el encabezado: «Despliega el gobierno federal intenso operativo en Michoacán contra el crimen organizado».

Limpieza a fondo. Los indios han de estar saltando como ratas del barco.

Le gusta la metáfora, le provoca un tic en el labio superior que podría interpretarse como una sonrisa. Después de ocho semanas, la mina abre sus puertas de nuevo. A producir, señores. La presión de la junta directiva había llegado a grados insoportables. Tiene la espalda y el cuello hechos pedazos.

Los dolores de cabeza, el insomnio, la irritabilidad expulsaron a su mujer y a los niños a Vancouver. Estás insoportable,

Jonathan, nos vamos hasta que todo esto se calme, le anunció su esposa. Histérica, se te nota el *lifting* desde kilómetros, malagradecida. No se lo dijo, solo lo pensó, un poco herido por la falta de solidaridad de la compradora compulsiva de su mujer, la madre de sus hijos, la hija de una puta estirada que siempre la está poniendo en contra.

Se imagina a su consorte plañendo por su mal humor, su insensibilidad, y a la suegra azuzándola: vente con los niños, no los vemos desde el verano. Cuando se trata de su familia política, Jonathan tiene una imaginación desbocada. No le perdonan que se los haya traído a México. Absolutamente todo lo que hace o dice recibe ese enarcar de cejas de la vieja arpía que pasa de generación a generación. Su mujer ha empezado a hacerlo.

Ahora que todo parece volver a la normalidad en Michoacán, Jonathan Ironwood podrá dedicarse plenamente al proyecto de Sonora. Baja el volumen de la pantalla de plasma y cambia a Fox News, cuyos conductores y analistas le resultan un bálsamo, la seguridad de que el orden mundial no está amenazado y él, en su torre de cristal de Santa Fe, es una pieza fundamental del engranaje.

Piensa en una cena opípara, había perdido el apetito, putos indios de mierda.

Piensa en un masaje con final feliz, merecido, aprovechando la lejanía, sin remordimientos, no tiene muy claro qué puede ser eso.

Piensa, rodeado por ventanas gigantes, la ciudad monstruosa a sus pies, que nada se la pone más dura que una victoria como la que acaba de obtener.

Piensa en el bono de fin de año.

Piensa en ese empeño por comprar un chalet en Aspen, en lugar de rentar, como cada invierno; lo más cercano posible a los chalets de los amos del universo, en lo alto de la ladera: los

Walton, los Koch, los Mars, los Brown, los Trump, y las viejas estirpes: los Astor, los Vanderbilt, los Ford.

Piensa (sueña), eufórico, hasta que suena el teléfono y la voz de su secretaria le avisa que al otro lado de la línea aguarda la embajadora Margaret Rich.

Esa mujer se le indigesta. Añora los tiempos de Connor, gran señor, excelente catador de whisky, humor a la antigua —se sabía los mejores chistes sobre mexicanos—, con una absoluta claridad en cuanto a su deber y fidelidad. Lo mandaron a Bolivia, lástima.

—*Happy, Mister Ironwood?*

Hielo en la voz, hielo en las venas, hielo en el coño, hielo en los huesos. Pero sí está feliz, la felicidad burbujea en su saludo, en sus buenos deseos para la señora embajadora, en su pose despreocupada en la silla, en el tamborileo de los dedos largos y huesudos sobre el escritorio. Lo que viene a continuación no se lo espera: el regaño —¿a él?— por el desastre que le advirtió debían evitar.

Un homicidio, una intervención militar. Y en el epicentro, no su compañía, maldito imbécil, sino el nombre de Canadá, enfangado por su ineptitud.

A Jonathan Ironwood le quiere ganar la risa. Evoca a la junta directiva preocupada por el buen nombre del país y suelta, sin querer, la carcajada. No hay tiempo para la réplica, en el aire queda la amenaza del informe que la muy zorra enviará al ministro.

Cuelga. Se le ensombrece el triunfo. La puta se cree la reina en el tablero de ajedrez. Acto seguido llama a quien debía haber llamado hace tiempo.

Sé igual y fiel; pupilas de abandono

1

Atomiza los crisantemos blancos con cariño, aunque es inevitable el desastre. Han perdido brillo, volumen, textura. Los ha mantenido en la parte más soleada del invernadero, con la humedad precisa y la fertilidad de la tierra adecuada. Los ha mimado como a ninguna de las otras flores, pero los compradores buscan colorido, histrionismo, contrastes.

El encanto de los crisantemos blancos es como el de Heri, oculto, piensa.

Últimamente su socio parece tener la cabeza en otra parte, muy lejos, desapegado, como si solo el cuerpo estuviera.

Cuando aceptó su plan de negocios, tres años atrás, María Antonieta pensó que el vaquero sentimental no aguantaría mucho tiempo sin las emociones de la ganadería. Desmantelar El Tazajal, después de tres generaciones, fue como volver a enterrar a su padre, todavía caliente en el cementerio. Malvender las cabezas que quedaban y diez de las veinte hectáreas; rentar las demás a los ganaderos vecinos para agostadero, iniciar un negocio tan femenino, tan maricón, tan no negocio: flores en esa sierra macha.

Pero las flores fueron su tabla de salvación en Hermosillo, cuando ya no pudo ignorar las evidencias. Casi dos décadas de un encogimiento progresivo, de hacerse pequeña, evanescente, un ratón que caminaba pegado a las paredes de la casa para pasar inadvertido.

Ni cuenta se dio cuando renunció a la empresa de asesoría en servicios aduanales —había estudiado Comercio Internacional en la Unison— en donde lo conoció: el hombre pertenecía a una familia importadora de automóviles, un negocio próspero que crecía por todo el estado, uno de los mejores clientes de la firma. No supo en qué momento el teléfono dejó de sonar y las voces de sus amigas se desvanecieron. No registró cuando su padre, al bajar a la ciudad, empezó a no visitarla —su madre nunca lo hizo, detestaba al hombre y a ella con ese hombre—. Tampoco cuando dejó de subir a la sierra.

La época en que lo intentaron mediante retorcidos tratamientos de fertilidad, hasta que él resultó el estéril, tuvo ese engañoso amago de armonía. Descubrir que no heredaría su apellido a vástago alguno alimentó al pequeño torturador que llevaba dentro. Ella, sin importar lo que dijera la ciencia, era la culpable.

Entonces descubrió las flores.

Tenía un buen pedazo de jardín en la excesiva casa de Los Lagos y una soledad tan grande que la hacía hablar con las paredes. Tenía información en internet, literatura especializada y un tiempo espeso, envenenado, tiempo claustro que le permitió convertirse en la loca de las flores. Así se refería a ella ante los escasos amigos (de él) que iban a la casa: la tonta de las flores, la pendeja de las flores, la puta de las flores cuando los whiskys eran una noche larga, crepuscular. Flores que hacía florecer como si estuviera tocada por un don.

No pudo negarle el viaje al pueblo, debía enterrar a su padre. Él no la acompañó, detestaba el olor de los animales y del estiércol. Ella ya no volvió. Una sola vez vino a buscarla, pero su hombría citadina se hizo chiquita, timorata, cuando Heri y los trabajadores del invernadero se plantaron alrededor de ella como robles centenarios. Uno de los días más felices de su vida. Muy diferente a ese otro en el que descubrió la incompetencia de su padre, que había dejado un reguero de deudas e hipotecas.

Como si toda su capacidad de decidir se hubiera almacenado en alguna parte de su ser a la espera de un suceso, María Antonieta comenzó a diseñar lo que ha sido su vida en estos tres años. Un renacimiento brutal, una criatura arrojada a la nada, envuelta en suciedad y desprecio. Un parto asistido por Heriberto, ese hombre taciturno, de fidelidades antiguas, ese hombre noche. Intuye, tal vez por eso se empeña con los crisantemos blancos, que se acerca el final de algo.

Heriberto anda distraído, ausente. Le ha dado por hablar de los parientes de Nacozari, de su hermana Rosario, esa prima a la que casi no conoce, y su destino de miseria. A Heriberto le aguardan varios demonios, es consciente, y alguna vez tenía que empezar a marcharse para enfrentarlos. ¿Ha llegado el momento? No es la mejor época... nunca va a serla. Sin Heri se percibe tan mutilada, tan huérfana. Y los crisantemos blancos marchitándose, algo que parece haberle dejado de importar a su socio. Estaba tan feliz con esa flores transparentes, luminosas, sencillas.

Termina de humedecer los pétalos que presentan los primeros síntomas de la agonía y se desplaza al centro del invernadero. Hace un inventario rápido de rosas rojas, dentro de tres meses será 14 de febrero y la demanda aumenta hasta el absurdo. Calcula que hay suficientes. Luego se sienta a la entrada, en una vieja silla de madera, a pensar en su próximo proyecto: tulipanes amarillos.

Deben conseguir los bulbos cuanto antes, a más tardar para principios de diciembre tendrá que plantarlos. Tierra aireada, ligera, y con un buen drenaje. A Heriberto no le gustó mucho la idea. Sabrá convencerlo. Respeta sus iniciativas, la que sabe de flores es ella, y después del fracaso de los crisantemos blancos, se lo debe.

Su madre la distrae: acaba de salir de la casa seguida de Cochi y se dirige hacia el gallinero en la parte de atrás. Conservan media docena pinta y un gallo cansado, una forma de matar el tiempo para Ana María. Después de unos minutos, las gallinas, una a una, surgen de la esquina de la casa, atolondradas, decididas a explorar el porche. Luna, acostada en la puerta, no da crédito, no sabe si abalanzarse sobre ellas o salir huyendo. Se eriza, gruñe, parece buscar ayuda con la mirada.

María Antonieta corre hacia la casa. En ese momento, su madre aparece detrás de la última gallina alentándola a liberarse.

—¿Pero qué haces, estás loca?

Ana María la observa de la manera en que lo ha hecho de un tiempo a esta parte, como queriendo reconocerla.

—Las dejo libres —dice—, ya no quiero que vivan encerradas las pobres. Váyanse, órale, al monte, a disfrutar de la vida.

Luna ha comenzado a ladrar, no va a permitir que invadan su territorio. Las gallinas revolotean nerviosas por el zaguán mientras Cochi las observa taciturno, tratando de adivinar sus intenciones. María Antonieta hace cómicos intentos por atraparlas mientras regaña a su madre. Ana María ríe como una niña. En eso, irrumpe la voz de Angelina. Va apeándose de su camioneta. Entre los ladridos y los cacareos, no la escucharon llegar.

—Así te quería ver, morra. Cállate los ojos, esto es lo más chistoso que he visto en mucho tiempo.

María Antonieta detiene su inocua labor cazadora. El comentario de su amiga tiene el efecto de desprenderla de ella misma. Le gana la risa.

Angelina, alta y flaca, descoyuntada, se suma a la labor de atraparlas sin ningún resultado. Durante unos minutos las dos mujeres viajan en el tiempo. Las carcajadas son limpias, genuinas.

Hay un revoloteo de plumas, vuelos cortos y cacareos intensos. Las gallinas han ganado la explanada frente al porche, se tranquilizan, aunque no dejan de vigilar. Ana María las contempla extasiada. Algunas picotean la tierra. De pronto, asombrosamente, comienzan a enfilar hacia el corral. Cochi las empuja con gruñidos y sutiles golpes de hocico. Ana María niega con la cabeza. Hay oportunidades que solo se dan una vez en la vida. Sin más, desaparece en el interior de la casa, refunfuñando, y deja a Angelina con el saludo en la boca.

—No le hagas caso, últimamente anda rematada —se excusa María Antonieta—. Vente, ayúdame a encerrarlas de vuelta. ¿Y ese milagro?

—¿Qué no puedo visitar a mi mejor amiga cuando se me antoje?

Las gallinas han vuelto al gallinero, María Antonieta solo tiene que cerrar el cerco de nuevo. Felicita a Cochi, con el que nunca ha tenido una relación muy cercana. Cochi se muestra indiferente. Después de asegurarse de que todas las aves están en su lugar, regresa con un trote corto y gracioso a la casa.

—Qué cagado ese Cochi. Bien entendido, ¿no?

—Más listo que mucha gente que conozco. ¿Qué te trae por aquí? Falta una semana para vernos.

—Te digo, eres más bruta. Te extrañaba.

—A poco. ¿Se te antoja un café?

—Aquí traigo —dice Angelina y le muestra un termo.

—Vente, vamos al invernadero, platicaremos más a gusto.

Hace más de dos años que Angelina no pone un pie en el negocio de su amiga. Cuando recién se inauguró, hizo una visita de cortesía con la sensación de que aquello era una gran estupidez, no le auguró mucho éxito.

Para Angelina, los empeños de su amiga desde que retornó al pueblo han sido estrafalarios. El empecinamiento por la soledad, la falta de hombre, el ímpetu por resolverlo todo ella sola, la autosuficiencia, le despiertan desconfianza, envidia, admiración. Un cúmulo de emociones que disfraza con una jovialidad agotadora. Hay un sentido del deber en esas citas mensuales que desconoce de dónde viene. Una tarea que se autoimpuso cuando su amiga reapareció en el pueblo veinte años después, con un desamparo del tamaño de un paraguas, recién huérfana, con profundas heridas que callaba.

Al principio le reprochó el largo silencio, el abandono, el olvido. Poco a poco, a partir de lo que contaba, pero sobre todo de aquello que no decía, Angelina entrevió lo que había vivido su amiga. De todas formas, nada fue igual. A veces la lástima no alcanza.

El calor y la humedad artificiales del invernadero se le pegan en la piel, la lamen, la envuelven en un aliento pútrido. Angelina se quita la chamarra y se abre los dos primeros botones de la blusa de mezclilla. Le cuesta respirar. El olor concentrado de las flores la marea. Es un caleidoscopio de aromas denso, sólido. Siente un vahído en el estómago.

—Mejor nos quedamos afuera, ¿no, amiga?

—Siempre lo olvido. Ya estoy acostumbrada. Mi amá nunca viene por lo mismo.

María Antonieta le ofrece la vieja silla de madera y ella se sienta en una cubeta puesta del revés.

—Me iba a traer al Ramoncito, lo suspendieron tres días en la escuela, es un desmadre. Según esto, se agarró a madrazos con un compañero.

—¿A quién habrá salido?

—A quién, digo yo. No quiso venir, prefirió quedarse jugando a los videojuegos, me tiene harta.

—Normal, es la edad, ya se le pasará. ¿Y la Jazmín?

—Esa anda feliz en Nogales, no se la acaba, la traen en chinga en la carrera, pero siempre le gustó estudiar, no me preocupa. El otro es el que me trae por la calle de la amargura. Ya va a terminar la secundaria y no quiere saber nada de seguir estudiando. Lo queremos mandar con su hermana a Nogales, pero él que no, que no y que no.

—¿Y qué quiere hacer?

—Nada, tocarse los tompiates todo el día.

María Antonieta se encoge de hombros. No sabe qué decir. Angelina madre siempre le ha parecido un asunto ajeno, enigmático.

Nunca hubo tragedia en su no maternidad. A medida que no sucedía aquello que todo el mundo esperaba que sucediera, se convencía de que traer un bebé a un hogar roto era un crimen. Llegó a creer que ese pensamiento le impedía embarazarse. El primer ginecobstetra al que acudieron nunca se planteó la posibilidad de que él fuera infértil. Todo el tratamiento se enfocó en ella. Pero sus óvulos estaban sanos. Por eso se convenció de que había desarrollado una suerte de bloqueo psicológico, una negación tan poderosa que aniquilaba a los espermatozoides en su loca carrera hacia la fecundación. Luego resultó que no había tales o, al menos, no suficientes.

Y las flores requieren tantos cuidados como una cría humana.

—¿El Heriberto?

—Anda en el pueblo, fue a comprar algo de mandado.

La sonrisa de Angelina le anuncia lo que tantas veces ha negado.

—Déjate de cosas.

—A mí se me hace que...

—Ya te he dicho que no.

—¿A poco no se te antoja?

María Antonieta guarda silencio.

—Sabía, sabía, sabía.

—No sabes nada. No estés jodiendo. Somos socios y buenos amigos, es como un hijo para mi amá, normal que haga algunos mandados. De toda la vida.

139

—Ajá, sí, y yo soy virgen, morra.

—Pero si eras la más piruja de la secundaria.

—Ey, le di vuelo a la hilacha, ni cómo negarlo. A veces el Ramón se me encabrona cuando recuerda, ya ves lo que dicen, pueblo chico…

—Me los cojo a todos…

Ríen las dos, de forma desganada, es un chiste repetido, una charla repetida, una manera de mantener la distancia, de sostenerse una en la otra.

—¿Y qué cuenta el Ramón?

—Lo de siempre, ya ves. Oye, me dijo que no fuiste a la reunión en el ayuntamiento, ¿y eso?

—A qué iba a ir, no tenía nada que hacer.

—Pero sí sabes de qué hablaron.

—Algo le contaron al Heri. Los de la minera quieren comprar tierras, ¿no? Pero a mí eso qué.

—Cómo que qué. Pues es este terreno el que andan queriendo —Angelina extiende el brazo para abarcarlo todo.

—¿Este?

—Ya me entiendes. Este y todo el que hay alrededor, miles de hectáreas.

—Pues lo que es aquí que ni vengan, el rancho no está en venta.

Angelina calla. Observa a su amiga. Sabe que tiene que ir con tiento.

—¿De qué te sirve tanta hectárea? Lo tuyo es el invernadero, ¿no? Igual lo puedes poner en el pueblo, con la lana que ofrecen…

—No mames, Angie, no me vengas con eso. El rancho no está en venta.

—Al menos escucha la oferta, ¿no? Cuatrocientos mil pesos por hectárea. Cómo te caerían cuatro melones ahora mismo, ¿eh? Tampoco es que te vaya tan bien.

—¿Tan miserables nos hemos vuelto en este pueblo?

—¿De qué hablas?

—Esa minera como se llame gana eso en un minuto.

—Ey, no te pongas así. Solo digo que te ahorrarías muchas broncas. ¿Y quién te va a pagar más estando las cosas como están?

—Seguramente nadie, pero lo que no entiendes es que el rancho no está en venta, no me interesa, aunque me ofrezcan diez millones, ¿ok? Mira, Angie, te voy a pedir que te vayas, tengo mucha chamba pendiente. Otro día hablamos.

—Tranquila, morrita, solo vine a hacerte una oferta, es todo.

—Si me conocieras realmente ni siquiera te hubieras prestado a esta chingadera. Diles al Cipriano y al Ramón que la próxima vez vengan ellos.

—Esa es la bronca, que nadie en el pueblo sabe quién eres, ni yo, ni tú misma, pendeja.

—Voy a seguirle, ¿ok?, otro día hablamos, ya que nos calmemos.

María Antonieta se incorpora y se adentra en el invernadero. Angelina le dijo a su marido que no quería hacerlo. Conocía de antemano el resultado. Pero insistió tanto, se puso tan intenso, tan fuera de sí, tan a esta gente no se le dice no. María Antonieta es una sombra en medio de las flores. Desea ir a su lado, quitarle el disgusto, pero hay cosas que pesan mucho, una vida entera, por ejemplo. Se sube a la camioneta y emprende el camino de vuelta. Le preocupa la inocencia de su amiga, el desconocimiento que tiene de ese pueblo al que nunca ha terminado de regresar.

2

Lo ve cruzar la plaza, viene directo hacia él. Le parece preten-
cioso. Viste el uniforme con un estudiado descuido, el revólver
caído sobre la cadera como si fuera un sheriff del viejo oeste. Los
ancianos que alimentan las palomas y los chismes lo saludan al
pasar. Él responde apenas con un golpe de cabeza. Exhibe su autoridad como un patriarca: nadie le ha dicho que recuerda a una
caricatura. Pero por alguna razón que a Heriberto se le escapa,
funciona. Durante la última década, todos los alcaldes lo han
ratificado en el cargo. Con Cipriano forman una mancuerna
peligrosa, cree Heriberto, quien nunca ha dejado de ser un extranjero en el pueblo a pesar de habitarlo hace treinta años.

Heriberto se ha detenido en la plaza para tomarse una nieve
de pitaya, un pequeño ritual que se regala cuando va al pueblo.
En la pick-up, estacionada a un costado de la iglesia, aguarda
el mandado que le encargó la tía Ana. Para él también compró
algunas cosas: café, azúcar, carne seca, las tortillas de harina de
doña Amparo, los frijoles de la olla de doña Estelita. Una botella
de Jack Daniel's con don Lupe. Necesita poco. Cada vez menos,
como si su cuerpo hubiera empezado a renunciar sin avisarle.

Antes de divisar al comandante, ha descubierto que la
nieve ya no le sabe igual. Últimamente pocas cosas le saben
igual. Cada una de sus acciones cotidianas está poseída por un

desencanto culposo. Ha comenzado a no encontrarse en ese lugar en el que ha vivido tres cuartas partes de su existencia. Ya no lo reconoce ni se reconoce en él. Si no fuera por María Antonieta, por el invernadero…

Lo que menos se le antoja ahora es tener una conversación con Ramón, que es como tenerla con el pueblo entero, pues tiene esa costumbre imbécil de asumir los sentires de todos. Será el uniforme. De forma infantil, se concentra en la figura magra, fibrosa y alta, para desviarlo con el poder de su mente. No sucede, claro, y se le planta delante, invasivo, demasiado cerca para su gusto.

—¿Y qué cuenta el hombre?

—Sabe, no vino.

Ramón ríe confirmando lo que piensa de él. Es más alto que Heriberto, por lo que la risa parece un zopilote sobrevolando su cabeza. Heriberto hace el gesto de pagar, el comandante lo interrumpe.

—Yo invito.

—No es necesario.

—Deja que te invite, caramba. Póngame una de limón, don Fede. ¿Ya la probaste? Esa sí que está buena.

—Ya las probé todas. Me quedo con la de pitaya.

—Demasiado exótica para mí, pero bueno, ya sabes cómo somos en este pueblo.

Heriberto da un paso atrás. Necesita tomar distancia de esa presencia abrumadora. Sin saber por qué, se fija en el revólver. Un Smith & Wesson calibre .38. Las cachas de madera presentan mellas. Es más que nada un adorno. Zacarías tenía un Colt del .45, herencia de su abuelo, una belleza antigua y lánguida. María Antonieta terminó por venderla. A María Antonieta no le gustan las armas. Suele decir que para vergas, suficientes con las que llevan colgando. Muchas de las cosas que dice esa mujer no las entiende.

Era hermoso el revólver de Zacarías. Contaba que su abuelo había disparado a más de un apache con él, en la época en que los rancheros defendían sus propiedades a punta de rifle; en la sierra no había policías como el que tiene enfrente. Apaches y lobos, la pesadilla de los ganaderos. Terminaron exterminando a ambos, ahora parece que les toca el turno a ellos, siempre hay un depredador más poderoso. Heriberto no sabe por qué anda pensando en esas cosas mientras Ramón saborea la nieve de limón con desagradables ruidos bucales y parece buscar las palabras para decirle algo. No será nada bueno.

—¿Cómo va el negocio?

—Ahí va, sale para las tortillas y los frijoles.

—Quién lo iba a decir, ¿verdad?

—Ey.

—Flores en El Tazajal.

—Flores, sí.

—Si te soy sincero, nadie pensó que iba a funcionar.

—Ya ves cómo es la Mery.

—Ya veo. Bueno, si te soy sincero, no la conozco muy bien. Se fue chamaca, y ya que regresó, pues no se deja ver mucho, como si no fuéramos lo bastante buenos en el pueblo, ya ves lo que dicen.

—Tiene sus cosas, sí, como todos. Dicen tantas cosas en el pueblo, lo sabes mejor que nadie.

El comandante rebaña el vaso de plástico con la cucharita mientras observa despacio a Heriberto. Se la lleva a la boca con lo poco que queda y la degusta con cierta obscenidad. Gira hacia el bote de basura, a un costado del changarro, arroja el vaso con la cucharita dentro, se acomoda la pistolera. Solo entonces sonríe, como si hubiera analizado con calma si aquello merecía o no el despliegue zorruno de sus labios.

—Si te soy sincero, me preocupa que la Mery no se haya integrado. Rara vez la vemos, ni en la iglesia ni en las kermeses ni en las fiestas, ya sabes, como si fuera una extranjera. No sabemos bien a bien qué tanto le importa este pueblo, sus necesidades. Son tiempos jodidos, mi amigo, la gente no la está pasando bien, tenemos que jalar parejo. Y cuando se presenta una oportunidad, no hay que dejarla pasar.

Heriberto hace rato que terminó su nieve. Imita al comandante y arroja el vaso de plástico a la basura.

—Pues ya sabes dónde encontrarla, en una de esas te llevas unas flores para la Angie, yo te las disparo. Bueno, le sigo, que hay mucho que hacer.

—Ándale, pues. Dile a la Mery que le mando muchos saludos. Y piénsale en lo que platicamos.

Heriberto se aleja. Por dentro, su cuerpo corre a una velocidad enloquecida. Por fuera aparenta que no le ha afectado nada de lo dicho por el comandante. Si algo sabe es que ese tipo no habla en vano. El coraje se le ha instalado en los testículos, en el estómago, en el pecho. Esa furia de los hubiera. Inútil ya.

Aborda la pick-up, arranca el motor, enfila la salida del pueblo rumbo al rancho. Fantasea con dar media vuelta y arrollarlo, descender, patearle la cabeza, escupirle a la cara ensangrentada, arrebatarle el revólver y romperle el hocico a cachazos. Al dejar las últimas casas atrás, logra calmarse un poco. Debe hacerlo si no quiere cometer una locura. Heriberto es el hombre que se tranquiliza. Es el hombre que racionaliza la rabia y la transforma en desdén. El hombre que disipa la tormenta en su cabeza y pospone la guerra.

La memoria corporal guía el vehículo por la brecha mientras su mente repasa obsesiva el diálogo. ¿Si te soy sincero, hijo de la chingada? Hay un mecanismo en el cerebro de Heriberto que desmenuza cada palabra quitándole su potencial destructor. Las aísla, las desnuda, las neutraliza. De esta forma consigue el antídoto contra el veneno que hincha la tráquea y la garganta hasta la asfixia. Ha visto morir a más de un animal por la mordida de una serpiente cascabel. El proceso es lento, doloroso, la agonía se alimenta de la luz que poco a poco se extingue del cuerpo envenenado.

De repente se da cuenta de que va demasiado rápido por esas veredas de polvo, piedra y raíces. Baja la velocidad. Trata de relajar los brazos, los hombros, el cuello. Cuando llegue al rancho debe aparentar normalidad. Ni una palabra de la conversación con el comandante. No va a sembrar en María Antonieta la semilla enferma que acaba de entregarle Ramón. No va a contaminar el invernadero, marchitar las flores, corromper el cuerpo de la Mery con ese río turbio que poco a poco se les acerca. Nada cambiaría de todas formas.

Si la conoce bien, y la conoce, esa mujer isla seguirá podando un tallo o sembrando un esqueje mientras el mundo entero estalla en pedazos a su alrededor. Ni siquiera quitará la vista de su labor, aunque las llamas acaricien sus pies y la muerte le baile en las entrañas. ¿Cómo proteger a alguien así?, se pregunta Heriberto al llegar al portón de hierro, sobre el cual, en herradura, puede leerse aún, como la huella de un antiguo vestigio, El Tazajal.

—No vas a creer quién vino.

María Antonieta camina hacia la pick-up como un espantapájaros agitado por el viento. Mueve los brazos y la cabeza al ritmo de la indignación, se planta a un par de metros de Heriberto en espera de una respuesta. Las aletas de la nariz se inflan y desinflan como alas pequeñas y graciosas, su pecho también. Se estruja las manos para tenerlas ocupadas, para contener la rabia. Observa a su socio sin verlo, los ojos detenidos aún en lo que pasó una hora atrás.

Heriberto, con un par de bolsas suspendidas en las manos, detiene su labor de descarga y la interroga con los ojos.

—¿No te imaginas?

—Pues no.

Heriberto continúa bajando la compra de la batea, la deposita en el porche. María Antonieta sigue atenta el vaivén sin entender qué está haciendo realmente ese hombre. Se exaspera. Necesita toda su atención. Las pequeñas cosas cotidianas se han convertido en incomprensibles actos. Desde la visita de Angelina no ha podido ejecutar una sola tarea en el invernadero. Las tijeras de podar, el rastrillo, la azada, el aspersor, todas las herramientas se le han rebelado.

—Piénsale.

—Cómo voy a saberlo, mujer.

Heriberto termina de apilar la despensa en la entrada de la casa. No desea tener esa conversación. Quienquiera que haya sido, adivina para qué. En ese pueblo no existen las coincidencias ni el azar. Como un agorero, visualiza los caminos que se abren ante ellos. Todos llegan al mismo lugar.

—Angelina. ¿Puedes creerlo?

—Es tu amiga, ¿no? Qué tiene.

María Antonieta se impacienta aún más. Quisiera ahorrarse toda la explicación, no revivir el momento porque le duele un montón, un dolor que vas más allá del hecho en sí, un dolor viejo que parecía superado, un dolor que tiene que ver con el poder y la traición. Que la expulsa de la burbuja que había levantado a su alrededor.

Heriberto se resigna.

—Vino a decirte algo de la minera, ¿verdad?

—¿Cómo lo sabes?

—Me encontré al Ramón en el pueblo.

—¿Puedes creerlo?

Heriberto se encoge de hombros, sube los escalones del porche y empieza a llevar la despensa a la cocina. Cochi se presenta como un inspector de hacienda a fiscalizar las compras.

Viene del fondo del pasillo, Ana María ha de estar acostada en su habitación. Un ladrido de Luna les da la bienvenida. María Antonieta recién cobra conciencia del trabajo de su socio y se dispone a ayudarlo.

—En serio, ¿no es de locos?

La labor de Heriberto termina ahí. El acomodo se lo deja a las mujeres. Piensa en el montón de tierra fértil que tiene que trasladar al fondo del invernadero. Ninguno de los dos peones se presentó a trabajar. Ahora es María Antonieta la del vaivén: mecánico, compulsivo, cada cosa explota en el lugar que le corresponde.

—En serio, ¿cómo se atreve?

—Pero qué te dijo exactamente.

—Cuatrocientos mil pesos la hectárea, eso me dijo la hija de la chingada.

Heriberto siente el golpe en el corazón. La miserable oferta encierra un mensaje que le causa escalofríos. Va a preguntarle si es negociable, pero se detiene, resulta ocioso. También implica, se da cuenta, abrir una rendija, empezar a claudicar. En ese momento, por primera vez, se plantea qué piensa al respecto. Qué significa para él, a esas alturas de su vida, ese lugar y qué batallas está dispuesto a dar. Es abrumador. Se sienta a la mesa de la cocina, recarga los codos y esconde la cara entre sus manazas.

—¿Qué tienes?

—Nada, qué voy a tener.

La voz surge apagada, como si viniera de una caverna.

—¿Qué te dijo el Ramón?

—Que pensaras en el bien del pueblo.

—Cabrones. ¿Pero es que todos están de acuerdo?

—Tienes que entender. Cada vez la cosa está peor, se les está muriendo el ganado, lo rematan, en unos años acá no habrá nada.

—¿De qué lado estás? Necesito saberlo.

Heriberto desprende la cara de las manos. María Antonieta tiene la sensación de que la expresión de Heriberto se ha quedado pegada en sus palmas.

—No me chingues, Mery, solo digo lo que hay. Sabes de qué lado estoy, de qué lado estuve siempre.

Heriberto se levanta. María Antonieta se esconde en el acomodo de la compra en la alacena, en el refrigerador. No sabría cómo encararlo.

Heriberto sale de la casa, se dirige al montón de tierra fértil a un costado del invernadero. Sitúa la carretilla a un lado, toma la pala inserta en el montículo, la clava con fuerza, la termina de enterrar con una patada en el canto. La tierra emite un sonido tranquilizador al desparramarse al fondo de la carretilla. El golpeteo adquiere un ritmo constante, percute el aire con una voz arcana. Es como el crepitar de una hoguera, la corriente de un río, el oleaje. Es una forma de sedación. Igual la pregunta se le está clavando en los riñones.

3

Qué oscuro está todo. Qué frío hace. Qué miedo tiene. Qué inmensa la noche con sus millones de estrellas titilando en sus pupilas grises, húmedas. El viento le habla. Le cuenta cosas que no sabe y que sabe, esas son las peores. Le confiesa que Zacarías no espera en ninguna maldita parte. Aunque de niña se comió todos los santos, santas, vírgenes, novenarios, fiestas de guardar, procesiones y misas, ahora, en medio de la negrura espesa de la sierra, el viento se ríe de ese delirio colectivo y la azuza: nada hay después, nadie. Solo quedan los recuerdos. En su caso, bruma, maraña, destellos.

El viento sacude su camisón blanco, un velamen luminoso en un mar de reses. Ahí están, la observan pacientes mientras rumian su destino de carne y digestión. Son muchas, abandonadas a su suerte en medio de ese campo seco, doblegado por el viento. Están tan flacas. Camina entre ellas. Por sus ojos nobles, profundos, pasa toda su vida. ¿Tuvo algún sentido? ¿Valió la pena? En los ojos del semental, apartado, triste, no encuentra respuestas.

La noche es la noche en esas latitudes, nada que ver con esa noche artificial de las ciudades. Ahí, sin más luz que la de la luna en cuarto menguante, la tierra guarda sus secretos y el viento, locuaz, se ríe de ella, de sus empeños, de sus esfuerzos, de eso que, a falta de otra palabra, llama existencia. Una vida de trabajo de sol a sol, de manos sucias, ropa de faena, dolores callados y una soledad tan grande, tan firmamento y montaña.

Y luego: la muerte. El acontecimiento. Lo que hubiera dado por que su corazón se detuviera así nada más, encima de un caballo, antes de que todo se fuera al carajo. Ver, por última vez, esas tierras duras y engreídas soportando el peso de las vacas y los caballos y los hombres machos que las pisaban. No ese erial, esa nada, ese para cuándo.

¿Qué hace ahí, en medio de la noche ululante? ¿Cómo llegó a ese lugar?

Invoca a Dios: desde que la parió su madre en Nacozari, en una cama de latón, partera y mujerío, hace setenta y cuatro años, Dios ha estado todo el tiempo. Incluso cuando Zacarías le metió la verga por primera vez, estaba. Al acecho, vigilante, censor, omnipotente. Pero ahora que lo necesita, perdida en la memoria y en la sierra, se hace el sordo, maldito viento que lo niega, y se da cuenta de que está más sola que nunca.

Entre las vacas taciturnas distingue una figura que avanza hacia ella. La luz de una linterna, al alumbrar las reses, las desaparece en un efecto contrario al que debería. Es una linterna que porta en sus entrañas el presente vacío. La figura es la de una mujer que desconoce. ¿Es la muerte? ¿Usa la muerte linterna? ¿Cómo llegó ahí, si no?

—Amá, amá, soy yo, la Mery. ¿Pero qué hace aquí sola? ¿Ya vio la hora que es?

La mujer se le planta delante y la encandila con esa maldita linterna que hace que todo parezca una mentira.

—Aparta esa luz, demonio.

La mujer le hace caso, apunta al suelo. Sus ojos, poco a poco, le dan forma. Se le hace conocida. No es la muerte. Ni Dios ni la virgen ni siquiera un triste ángel. Lo sabe porque se le acerca y el viento le trae su olor a sangre, a sudor, a vagina, a cosa viva.

—Vamos a la casa, se va a resfriar, anda toda desabrigada.

—No me toques. ¿Quién eres? ¿Qué haces aquí? Esto es propiedad privada, estás en el rancho El Tazajal. Ya viene mi marido, trae una escopeta, te volará la cabeza quienquiera que seas.

—Amá, carajo, soy la Mery, tu hija, y ya sé que estamos en El Tazajal. Vamos, con una chingada.

María Antonieta trata, de nuevo, de empujar a su madre por los hombros y encaminarla hacia el hogar. Se encuentran a casi un kilómetro de la casa. No entiende cómo es que su madre llegó hasta ahí a esas horas. Ana María manotea y grita como una niña. El camisón blanco es un fantasma avivado por el viento.

—Se va a enfermar, ande, camine.

Ana María se echa a andar en sentido contrario al de la casa. El tiempo en que está sumergida agiliza sus piernas, la hija no da crédito a la viveza con que se desplaza, empujada por el viento. La alcanza y la toma de los hombros, la sacude.

—Mi apá la está esperando en la casa —dice—, está preocupado. Vamos.

Ana María entra en una repentina laxitud, como bajo un hechizo. Su hija la guía entre zarzas y abrojos hacia el calor de un vientre seco de rescoldos y brasas. La travesía es lenta, difícil. Las voces de la sierra empujan a ambas mujeres. Si alguien las viera de lejos, pensaría que son dos espectros en busca de lo que sea que buscan los espectros: paz, luz, descanso, un pedazo de pan.

De cuando en cuando Ana María se detiene y mira por encima de su hombro con una nostalgia bárbara. Algo balbucea que María Antonieta no puede ni quiere escuchar y la empuja de nuevo hacia la casa, dulcemente, impacientemente, aterrada de ese pellejo habitado por alguien que no es su madre. Poco a poco la casa se hace más grande y el monte más chiquito. Ya se acercan los ladridos de Luna, en el porche, nerviosa, alerta, tan alarmada como puede estarlo una vieja perra moribunda.

Cochi les sale al encuentro. Pobre animal que despertó sin el ama a su lado, ha de haber sentido que el mundo se congelaba a sus pies.

María Antonieta sienta a Ana María junto a la estufa de leña para que su piel cebolla, frágil, quebradiza, entre en calor. Se apura en calentarle un café. Ana María no termina de entender cómo es que está en la cocina, cuando hace un momento estaba en otro mundo.

—¿Y Zacarías? —pregunta.

—Fue a buscar más leña, horita viene.

María Antonieta sostiene una mentira que le revuelve el estómago, que la encabrona, pero entiende, a pesar de todo, que solo así hará que su madre regrese de donde flota. Y, por primera vez, acepta. Su madre se encuentra extraviada en medio de esa poderosa máquina de la mente.

—¿Crees en Dios?

María Antonieta vierte el café en una taza, lo endulza con piloncillo, la deposita frente a su madre.

—Tome, le va a caer bien.

—¿Crees que Dios existe?

—No lo sé, supongo.

—¿Supones? Esas cosas no se suponen. O se cree o no se cree.

—Creo, amá.

—¿En Dios?

—En algo superior a nosotros, un dios, una fuerza… no lo sé, no pienso mucho en eso.

—O sea que no crees. ¿Te acuerdas cuando íbamos los tres a misa todos los domingos? Tu padre nunca creyó. Iba porque había que ir, para que lo vieran, como su padre y su abuelo. Ya ves cómo son en este pueblo. Yo sí le rezaba cada domingo.

Pero te digo un secreto, acá entre tú y yo, no se lo vayas a decir a nadie.

Ana María se inclina sobre su hija y susurra:

—No existe. Es una mentira. Me lo dijeron las reses.

María Antonieta no había tenido tiempo para la lástima ni la preocupación. Siempre se le cruzaba algo más importante. Ahora siente que una recua de caballos le pasa por encima. La arrolla, la pisotea. Está aturdida. Le ganaría la risa si no se diera cuenta, por fin, de que su madre está enferma. Se trata de una cachetada seca y violenta que le voltea la cara. Es un hecho. Algo físico que ocupa un espacio concreto. Una revelación brutal. Su madre necesita de cuidados, atenciones, tratamientos que en ese lugar, en esa nada, en esa nocturnidad gigante, son impensables. Peor que eso, inimaginables. Prohibidos.

Devastada, se sienta a su lado y hace torpes intentos de abrazarla. Pero eso es algo que se aprende. Al final, la toma de las manos y las aprieta fuerte entre las suyas.

—¿Te digo algo más que me contaron las reses? Al rancho se lo va a llevar la chingada y a todos nosotros con él. ¿Dónde está Zacarías? Tengo que avisarle.

—Ya no tarda, amá. Tómese el café, ande.

Tus entrañas no niegan un asilo

1

No puede concentrarse en las aves. De golpe, su existencia, su distinción, su periplo en el mundo ya no le despiertan ese asombro que le ayuda a relajarse, a olvidarse de las tensiones del trabajo.

Atardece en el campamento de exploración. Los trabajadores descansan en las casas móviles. Guy se ha alejado un kilómetro con los prismáticos y la libreta azul. Tiene ese andar pingüino de los obesos que, lentamente, lo lleva a donde desee ir. En este caso, a un claro en medio de un bosque de encinos. Sentado en un tronco caído, procura hacerse uno con el entorno, mimetizarse lo más posible para no despertar la perspicacia de los pájaros. Pero la distancia no parece suficiente, de vez en cuando le llegan voces y ruidos humanos que los alertan.

Guy no tiene fuerzas ni ganas para alejarse más. Su mente no es rama ni arbusto ni cielo. Es un manojo de descuidos. Es una obsesión por Julie, es un no debería estar aquí.

El problema es que Ironwood se ha mostrado tan intratable, tan urgido, tan exigente. Nunca lo había visto así. Intentó explicarle la situación, hablarle de su hija viviendo en una cabaña con un grupo de hippies apestosos. Pedirle, incluso, consejo. Pero solo encontró un apremio salvaje, como si dentro de Ironwood lo hubieran dinamitado todo. Guy Chamberlain no

155

es tan ingenuo como para considerar al director general de la división mexicana un amigo. Nunca se ha engañado: las palmadas en la espalda, las cenas opíparas, las raras confesiones íntimas al calor de las copas se han dado en función de los resultados que ofrece. No obstante, con los años es fácil perder la perspectiva.

Por otra parte, una vez más sus cálculos no han fallado. A medida que estudian las nuevas tierras concesionadas, las lecturas que arroja la exploración están volviendo loco a todo el mundo. Pero de qué estamos hablando exactamente, le preguntó ayer Ironwood en la conferencia telefónica que sostienen diariamente. De uno de los yacimientos más grandes de América, le tuvo que confesar. ¿Estás seguro? Lo estoy. ¿Le puedo comunicar eso a los de arriba? Sí. Entiendes las implicaciones, ¿verdad?: buscar financiamiento externo, capitalizarse, encontrar socios estratégicos… Eso no me concierne, Jonathan, solo te informo de los resultados que se desprenden de la exploración hecha a conciencia, me conoces.

Guy Chamberlain nunca le había hablado en esos términos a Ironwood. La docilidad tiene su encanto. Es el sujeto que hace magia y les dice dónde se esconde el dinero. A sus espaldas se burlan de él. Las caras de aburrimiento y desdén cuando expone los procedimientos científicos de la búsqueda se iluminan en el momento en que se traducen en dólares. Entonces lo felicitan, lo celebran y lo olvidan de inmediato.

Ha podido vivir con eso hasta ahora. En alguna parte del entramado corporativo, alguien aprecia el valor de sus conocimientos y lo paga con creces, al menos, mucho más de lo que hubiera imaginado cuando se graduó de L'Université du Québec à Montréal. En el fondo sabe que no ha dejado de ser el provinciano de Trois-Rivières con un título bajo el brazo.

Ahora se trata de algo sencillo pero importante para él, otra forma de valoración. Después de todos estos años, es él quien necesita de ellos.

Los pájaros sobre su cabeza se muestran inquietos, se avecina una tormenta. Las bandadas surcan el cielo en espirales prodigiosas, una coreografía perfecta en la que no cabe la improvisación. ¿Cómo es que escalamos a la cima y nos convertimos en la especie más poderosa?, se pregunta Guy al contemplar el espectáculo de simetrías vertiginosas, trasmitidas durante miles de años, generación tras generación.

¿Qué hace en ese lugar?

Todos los días habla con Mildred por el teléfono satelital, la señal en esa zona de la sierra es inestable. No le reprocha haberse ido, las cuentas no se pagan solas. Mildred es una mujer práctica y ambiciosa. Se conocieron en una fiesta de la universidad, ella estudiaba mercadotecnia. Los planes que diseñaron para su vida, en términos generales, resultaron como esperaban. Hubo un punto en su matrimonio en el que la palabra amor se tornó en contrato. Hubo historias de amantes ocasionales que no trascendieron la solidez del proyecto. Ambos, cada quien a su manera, supieron digerirlo, adaptarse y continuar.

Pero en estos últimos días, en el tono de Mildred subyace una acusación ausente de ironía, de humor, que lo está matando. Mildred se desdibuja. Habla de Julie, solo de Julie, nunca de Margarite. Mildred le transmite los escuetos mensajes que le envía a su hermana. Estoy bien, soy feliz, no se preocupen, diles que los quiero.

Cuando cuelga, a Guy le queda la sensación de que su mujer está convirtiéndose en alguien triste, derrotado, ausente, como si también hubiera empezado a marcharse. Ya no alcanza el consuelo del tipo es una crisis, se le va a pasar, cuando sienta el rigor de la austeridad, la falta de comodidades, volverá. Algo les dice que Julie no saldrá ilesa de esta guerra que parece haber emprendido. En los últimos días, antes de despedirse, ha estado a punto de preguntarle a Mildred si quiere que regrese a su lado. No lo ha hecho.

La noche se presenta sin previo aviso, el bosque se amodo-rra. Hace frío. En Montreal ya cayeron las primeras nevadas. Tardías. El verano del indio se prolongó más de lo habitual. Julie diría que es a causa del calentamiento global. Agitaría sus largos y hermosos brazos en el aire soltando acusaciones a las codiciosas transnacionales como en la que él trabaja, a los políticos irresponsables y ambiciosos, a la inconciencia de la gente.

Lo peor del caso es que tiene razón, se dice Guy mientras encamina sus pasos al campamento alumbrado por la linterna del celular.

Pero lo que plantea su hija es inviable, no hay vuelta atrás. Nadie puede pararlo. No sabe por qué el idealismo de Julie lo desestabiliza tanto. Lo enfurece. La determinación y congruen-cia de su hija son un manotazo a su vida y a la de sus padres y abuelos. Se equivocaron, el plan que idearon ha llevado a la humanidad al borde del abismo. Julie propone detenerse, corregir una forma de existir asesina. La generación de Guy pretende saltar al abismo y negarlo mientras cae. Julie tiene razón, sí, pero eso no significa nada. No le da el derecho de convertirlo en ese monstruo al que culpabiliza de todo.

Se adentra entre las casas móviles del campamento hasta llegar a la suya, exclusiva, solo él cuenta con ese privilegio. Un par de ingenieros juega a las cartas a la entrada de una de ellas. Son mexicanos. Él es el único extranjero. Buenos muchachos, eficientes, trabajadores, serios. Sus aportes son fundamentales en la exploración. Lo saludan y lo invitan a unirse a la partida. Declina, está cansado, quiere acostarse, tratar de dormir.

Ya en el interior de su caravana, cena un par de sándwiches de jamón y queso cheddar que empuja con una Heineken. Se recuesta en la cama, incómoda, demasiado pequeña. Abre el ejemplar de *Birds of Mexico and Central America*, de Ber van Perlo. A medida que pasa las páginas, la ansiedad crece. Será otra noche pésima. La tormenta eléctrica se desata sobre sus cabezas. No cae ni una gota de lluvia.

El azul del cielo no tolera nubes. Es una mañana clara, como si la tormenta nocturna hubiera limpiado la atmósfera hasta devolverla al principio de los tiempos. La pick-up conducida por Andrés encabeza el convoy. A su lado, Guy repasa en la tablet los resultados del día anterior. Se dirigen hacia el norte por una brecha cada vez menos transitable. El optimismo en el equipo es contagioso, incluso para Chamberlain, que apenas logró pegar ojo. Su pesado cuerpo rebota en el asiento a causa de las piedras y hoyancos del camino. Si la tendencia continúa así, es probable que las propiedades del yacimiento se mantengan o incluso aumenten en la zona que se disponen a explorar.

De repente, Andrés le da un codazo y señala al horizonte. ¿Ya vio, jefe? Frente a ellos, en sentido contrario, se acerca una nube de polvo que poco a poco se convierte en dos viejas pick-ups. En sendas bateas, tres hombres, de pie, sujetándose del techo de las cabinas. Los dos vehículos se detienen formando una cuña en la vereda. Andrés desacelera y, al llegar a poco más de diez metros, frena.

—*What the fuck!* —dice Guy Chamberlain.

—*Problems, Mister.*

—*Who are these people?*

—Sabe, pero no se ven muy amigables.

—¿Amigos?

—No, señor *Chemberlen*, todo lo contrario.

El copiloto de una de las pick-ups desciende, se ajusta los pantalones en la cintura y camina hacia ellos. Se sitúa del lado de Andrés y le hace señas para que baje la ventanilla.

—Buenos días, señores.

—Buenos días —contesta Andrés, Guy permanece callado.

—¿Qué los trae por aquí?

—Somos de una compañía minera…

—Sé muy bien quiénes son. Lo que quiero saber es qué hacen en mis tierras.

Andrés voltea a ver a Guy en busca de auxilio. Este permanece callado, la vista obstinada al frente. Uno de los ingenieros del equipo ha descendido del vehículo en el que viaja y se aproxima al hombre, ya viejo, vestido como un vaquero, de manos como tenazas, bigote cano, ojos duros, rictus embravecido.

—Buen día, jefe. ¿Algún problema?

—Ninguno, joven, se me hace que andan perdidos, y pues vine a ayudarlos a encontrar el camino de vuelta.

El ingeniero, de no más de treinta y cinco años, de alguna parte del sur del país, sonríe amable.

—No, patrón, no andamos perdidos, estamos chambeando.

—Ah, jodido. ¿En mis tierras? ¿Cómo es eso?

—Sus tierras, dice. Mire, no queremos problemas. Tenemos todos los permisos en regla…

—Hasta donde sé, yo no he dado ningún permiso a nadie.

Guy no alcanza a entender lo que dice el hombre, pero puede imaginarlo. Empieza a ponerse nervioso. Los sujetos que tiene enfrente también lo están.

—Jefe, escúcheme, contamos con una concesión del gobierno federal, no sé si me entiende. Y todos los permisos del gobierno estatal y municipal, si quiere aclarar las cosas, hable con ellos.

—A ver cómo te digo esto, pareces un buen muchacho. A mí los permisos del gobierno me vienen valiendo verga. Ustedes están en mi propiedad y no son bienvenidos. Así que les voy a pedir amablemente que den media vuelta y se regresen por donde vinieron.

El joven ingeniero se queda sin argumentos. No sabe qué hacer. Por fin, rodea la pick-up hasta el lado del copiloto. Guy

Chamberlain baja la ventanilla. El joven ingeniero, en un inglés básico pero solvente, le explica la situación. En todo ese tiempo, Guy y el vaquero se sostienen la mirada. Hay una ironía implacable en los ojos del viejo, un deje de burla que resulta peor que el coraje.

—*Let's go* —ordena Guy Chamberlain.

Después de reportarle el incidente a Ironwood, decide darse una ducha. La regadera es diminuta, apenas cabe su enorme cuerpo, salpica por todas partes dejando el baño empapado. Igual el agua caliente ha conseguido macerar sus músculos. Se frota enérgicamente con la toalla mientras putea contra Ironwood. Se siente estafado. Le aseguró que no iban a enfrentar este tipo de problemas. Todo está arreglado, le dijo. Le viene a la mente el viejo vaquero, su mirada fría, testadura, socarrona.

Desde que empezó a trabajar para la compañía, Guy Chamberlain ha procurado mantenerse al margen de los conflictos sociales. Es una de las cosas que más le reprocha Julie, la negación cómplice en la que vive. Son otros, gente como el tal Pierce, quienes allanan el camino para que él haga lo que sabe hacer. Ese viejo ranchero, en medio de la nada, defendiendo un puñado de hectáreas muertas, no lo ha dejado en paz en toda la mañana. Como si fuera el fantasma de todos los hombres y mujeres y niños sepultados por la minera a lo largo de los años.

Guy Chamberlain ha perfeccionado durante décadas esa capacidad de hundir en lo más profundo de su ser cualquier dato que no sean los hidrogeológicos y las muestras del zanjeo. Una pasión subterránea que lo aísla de los ruidos del mundo, en el que nunca se ha sentido a gusto. Eso y los pájaros, otra expresión perfecta de la evolución del planeta. Ahora está molesto, fúrico. En un batido de culpas y remordimientos, se le aparece Julie junto con el viejo vaquero, los dos lo observan con esa mirada de los fanáticos y las víctimas. *Tabarnak!*

Jonathan Ironwood es el imbécil más grande de la tierra.

Escucha voces que vienen de afuera. Se destaca la del joven ingeniero. Se llama Raúl. Eficiente y dispuesto a ascender hasta la cima, posee esa hambre que Guy tuvo alguna vez. Toca a la puerta. Chamberlain le abre una vez que termina de cambiarse.

—*Mister, your wife on the phone.*

—*Mildred?* —se sobresalta Guy.

—*I don't know, is a woman. She said is your wife.*

Ambos se encaminan hacia la caravana que hace las veces de oficina. En el camino, el ingeniero Raúl echa pestes del ranchero que les cerró el paso. Guy tiene la sensación de que el joven pretende disculparse en nombre de la nación mexicana. Siente lástima por él. Deja de oírlo. No es normal que Mildred le hable al campamento. Al entrar, un trabajador le extiende el teléfono satelital. Antes de contestar, pide que lo dejen solo.

—*Mildred?*

—*Guy, please, wait a second, someone needs to tell you something serious about Julie.*

—*Mildred… Mildred, what's going on?*

Silencio. Al cabo de unos segundos, una voz de hombre se identifica como el abogado Alfred Brown. Es una voz grave, pausada, serena. Dice haber sido contratado por su esposa para representar a Julie. Su hija se encuentra detenida por delitos contra la propiedad privada y daños económicos. Julie, junto con un grupo de jóvenes, está acusada de liberar cientos de visones de una granja ubicada en Val-d'Or.

Guy mastica la información como si le hubieran encajado un puñado de estiércol en la boca. No acierta a decir nada. Por fin pide que le pase a su mujer.

—*Is it true?*

—Yes.
—But...
—It's very serious.
—Our Julie in prison?
—Yes. Come home, Guy, please. We need you.

2

Ironwood se desliza por la botella de malta (*single*) como un esquiador kamikaze. La mansión en Jardines del Pedregal está muy silenciosa. El servicio se manda guardar temprano y la casa sucumbe a un conjuro que le provoca una inquietante melancolía. Podría reconocerlo, pero se resiste. Echa en falta los gritos de los niños y la divertida frivolidad de su mujer. Derecho, sin hielo, el licor celebra su añejamiento en el paladar de Ironwood y se transforma en fuego al llegar a su estómago, jodido, un nudo, una ansiedad constante.

Era un trago nada más. Un dedo (horizontal) para reunir el valor y dar la orden. Te necesitamos en Sonora, urge. Pero siempre que habla con Pierce le queda esa sensación de lodo en la piel, de basural en la boca, de suciedad en el culo. Le habían prometido que nada de esto iba a suceder. Todo el mundo espera con los brazos abiertos la gran oportunidad, le dijeron. Son una pandilla de inútiles estos politiquillos mexicanos, no sirven para nada. Mentirosos y codiciosos, ladinos, impredecibles. Nadie quiere otro Michoacán. La piel de los mexicanos anda muy sensible con la desaparición de los estudiantes.

Son las dos de la mañana y Ironwood lleva media botella encima. La idea es derrumbarse alcoholizado para alcanzar el sueño que, de otra forma, se le escapa. Le tiene pánico al insomnio, una iguana sobre su pecho que se marcha con los primeros rayos del sol. Sucede que, con los años, los somníferos ya no lo tumban. Además, al día siguiente se levanta como un zombi, turbio el cerebro y sin testosterona. Y si algo necesita Jonathan Ironwood es testosterona, una droga de la que nunca tiene suficiente. Solo así se toman ciertas decisiones.

¿La misma estrategia?, le preguntó Pierce con esa lengua navaja, sórdida. La misma. Igual. Idéntica.

Un escalofrío le sacude el escroto cuando piensa en todo lo que está en juego. Se sirve otro trago. Esta vez no se trata de zinc, hierro, oro. Si las predicciones de Chamberlain son ciertas —rara vez se equivoca el pobre diablo—, se encuentra ante la oportunidad de convertir Inuit Mining Corporation en una pieza estratégica en el porvenir geopolítico del planeta. En dos décadas los combustibles fósiles serán historia. Las guerras del futuro se celebrarán por el litio y el coltán.

Ironwood bebe porque está asustado y muy solo. Aún no encaja las palabras de su mujer, dichas con esa ligereza cruel, de peluquería: alcánzanos en Navidad, no pensamos regresar nunca a ese país, no quiero que mis hijos se críen en un lugar en donde pueden desaparecer cuarenta y tres jóvenes como si nada. Era ella la que movía los labios frente a la cámara de la computadora, pero era la voz de su suegra la que articulaba esa cuchillada. Vieja cabrona, aristócrata de pacotilla. Descendiente de los primeros colonos ingleses. Apellido de abolengo. Pandilla de ladrones y muertos de hambre.

Ironwood siente ganas de vomitar. No ha cenado y el whisky en su estómago es un volcán en erupción. Regurgita. Eructa. Se sirve un trago más.

Tiene deseos de llamar a su mujer y armarle un desmadre. ¿Qué hora es en Vancouver? Las doce de la noche. ¿Qué quiere decirle? Que vuelva. Tiene miedo aunque los hombres no usen carmín. Siente un vacío en el corazón que, peligrosamente, reclama ser llenado con rabia, ira, desprecio. La gente entonces se convierte en pequeñas marionetas en sus manos. Bultos informes. Cifras, infográficos y pasteles. Preciosos pasteles proyectados en un monitor, de hermosos colores, cómo se antoja morderlos. Engullirlos hasta que no queden ni las migajas. En unas horas será el hombre en su torre de cristal en Santa Fe. Ahora necesita de esos otros cuerpos, cálidos, carne de su carne, que lo justifican todo.

—*Jonathan?*

—*...*

—*Jonathan, it's you?*

—*...*

Cuelga. Se queda viendo la pantalla del celular con una expresión idiota pero vesánica. Probablemente espera que su mujer le devuelva la llamada. La hora, la fecha, los íconos en la parte superior derecha aparecen borrosos. Las dos y media. Los párpados tiemblan. Es hora de acostarse. El silencio del teléfono es otra derrota.

Arrastra su humanidad famélica del salón al dormitorio. Las escaleras parecen vivas. Se detiene a la mitad, el grado de inclinación lo empuja al vacío, está a punto de rodar, se agarra del barandal. Grita, luego ríe. Se ayuda con las manos para continuar con el ascenso. Le dan ganas de acurrucarse ahí, en uno de los peldaños, y dormirse. Por fin logra alcanzar la cima y a los tumbos caer sobre la cama.

Ni siquiera se quita los zapatos. Cierra los ojos, abre la boca, le falta el aire. La cama es un barco y un precipicio. Le parece oír a lo lejos el timbre del teléfono. No sabe dónde está, no encuentra las fuerzas para buscarlo. Renuncia y se sumerge en una zona hadal en la que monstruos marinos, animales innombrados, aguardan.

Hay días, cuando la soledad apremia, en que la invita a desayunar, ahí mismo, en Polanco, cerca de la embajada. Ese barrio poblado por judíos y libaneses, con nombre de cura jesuita (un lujo de sincretismo), funciona como una burbuja de la que rara vez escapa. La fiel Jennifer acepta como parte de su deber, cosa que a Margaret no le molesta, de algo le ha de servir el poder que tiene.

Suelen acudir al Garabatos, un pequeño restaurante y boutique repostera, sencillo pero exquisito. Conoce a los dueños, los Bleier, dos ancianos encantadores, judíos que emigraron de Rumanía al final de la Segunda Guerra Mundial. Son los hijos los que impulsaron el negocio hasta convertirlo en una cadena.

Ambas mujeres, por distintas razones, piden sendos bowls. La fiel Jennifer, de avena con chía; Margaret, de frutos del bosque. Café americano y jugo verde, antioxidante. El bullicio chic de la avenida Presidente Masaryk (fundador de la extinta Checoslovaquia, tiene gracia) abruma la terraza del pequeño restaurante. Margaret debe hacer un esfuerzo para escuchar a su asistente. No sabe por qué, pero esa joven, en lugar de hablar, susurra.

Jennifer es oriunda de un pequeño pueblo de la provincia de Nueva Escocia, un lugar inhóspito, duro. Que esté haciendo carrera en el servicio diplomático es una muestra de tesón, de rebeldía contra un destino gris, escrito por ancestros que llegaron al fin del mundo huyendo de hambrunas y persecuciones religiosas. A Margaret, la fiel Jennifer le despierta la curiosidad y una cierta admiración. Impenetrable, en apariencia tímida, posee la capacidad de resolver rápido y bien las pequeñas tareas que, de otra forma, agobiarían a la embajadora. Jennifer ya estaba ahí, como secretaria, cuando Margaret llegó a la embajada. La mantuvo en el puesto y con el tiempo la promovió a indispensable.

La joven funcionaria, entre otras cosas, es depositaria de las diatribas y especulaciones de su jefa, consciente de que, sobre todo, se trata de un monólogo, un desahogo. Esa muestra de confianza a veces la sobrepasa.

Hoy la señora embajadora parece distraída. Hay en sus ojos una marejada que Jennifer no sabe cómo interpretar. Se pone a la defensiva. El silencio se vuelve incómodo. Las dos mujeres juguetean con el desayuno, una inapetencia impostada. Flota un resuello de funeral en el ambiente. Margaret, por fin, abre la boca. Quiere saber cómo era Connor, el anterior embajador. A Jennifer la pregunta la toma desprevenida. Suelta algunos lugares comunes, clichés que no la comprometen. Respetuoso, amable, exigente pero buen jefe.

Margaret insiste, presiona. Cómo era su relación con las empresas canadienses, especialmente con Inuit Mining. Jennifer conoce el contexto, casi toda la información pasa por sus manos; de todas formas, opta por la superficialidad.

—*Please, my dear Jennifer. It's very important for me.*

Jennifer entiende que la persona que tiene delante no es la embajadora, sino una mujer en proceso de demolición. Por primera vez se detiene en las ojeras de su jefa, en el descuidado pelo, en las arrugas que bordean sus labios, acentuadas por la crispación y los desvelos. Le confiesa entonces que Connor y Ironwood eran grandes amigos. Sus familias convivían, hacían viajes juntas por el país.

—*I see* —dice Margaret ausente, una confirmación que es un paso más al abismo.

¿Qué significa representar y defender los valores y los intereses de un país? A esas alturas ha dejado de entenderlo. ¿Qué es un Estado? ¿Cómo se conforma, en todo caso?

Margaret Rich carece de un confidente. Lo más cercano es esa joven tensa y asustada que siente estar caminando sobre arenas movedizas. La entiende bien. Ella, hace muchos años…

Al final terminas por hundirte, querría decirle, no importa lo que hagas.

En lugar de ello, le anuncia que le queda poco tiempo en la embajada. Pronto la enviarán a otro destino, si no es que la instalan en Ottawa en un puesto administrativo, el fin de su carrera. Hay demasiado en juego, le confiesa aunque no debería. Y ella no ha estado a la altura de las expectativas. Es un dinosaurio de la diplomacia. ¿Cuándo? La semana que viene, dentro de un mes, poco importa.

—*So, you don't know for sure.*

Las señales son claras. El ministro no le responde las llamadas, toda la comunicación se da con asistentes. Aún tiene un par de buenos contactos en el ministerio: se rumora que están buscando un sustituto.

—*Why?*

A Margaret la pregunta le despierta ternura. Porque se metió con quien no debía.

—*I hope you learn the lesson.*

Jennifer esconde la cara en el plato. Se da cuenta de que casi no lo ha tocado. El de la señora embajadora permanece intacto. Jennifer piensa en su futuro. Es sombrío. ¿Qué sucederá con ella? Margaret adivina la incertidumbre de su asistente y le dice que no se preocupe, los informes que ha enviado sobre su desempeño son excelentes. Jennifer se avergüenza. Le agradece. Quisiera encontrar palabras de aliento y consuelo. Esa mujer hasta hace unos minutos era su ídolo. ¿Cómo consuelas a una gigante? ¿Cómo evitas que no te aplaste en su caída?

Hace un esfuerzo por acabar el desayuno. Se trata de una cuestión educacional. En su casa, allá en Nueva Escocia, los platos debían quedar limpios antes de levantarse de la mesa. Margaret ni lo intenta. Suspira. Sonríe maternalmente y le pregunta por su vida en México.

Le gusta el país, le confiesa, le gusta su gente, le gusta el idioma, los lugares que ha visitado. La embajadora, como si quisiera recuperar el tiempo perdido, se interesa por su vida privada. ¿Novio, marido, amante? ¿Mexicano, extranjero?

—*A girlfriend, a beautiful young mexican. She's an artist.*

—*Whaaat?*

Margaret se carcajea de su propia reacción. Jennifer sonríe cohibida. La embajadora no se lo esperaba. Le dice que le gustaría conocer a su novia, que la invite a cenar a la residencia. Jennifer abre los ojos como platos y balbucea un *sure, I'd love to.*

—*I would have liked to be a lesbian. Fucking men!* —exclama Margaret, en voz alta, y ríe, en voz alta, como si estuviera deshaciéndose de un corsé. ¿Cómo se abraza a una gigante?, se pregunta la fiel Jennifer.

3

Por tercer día consecutivo, Marc Pierce examina la dirección que le proporcionó la chica esmirriada de Tepito. Se trata de un despacho en la calle Sinaloa, en la Roma Norte. Una casona porfiriana remodelada. Sobre la fachada, en un letrero de acero con letras azul rey, se lee: RQ CONSULTORÍA LEGAL. En la entrada hay un guardia y un arco de seguridad básico. Durante la vigilancia ha comprobado la constante entrada y salida de clientes.

Gracias a una búsqueda superficial en internet pudo constatar que se trata de un bufete especializado en derecho corporativo, de gran prestigio, con veinticinco años de experiencia. La erre corresponde a Ramírez y la cu a Quintero, los socios fundadores.

Le ha dado vueltas al asunto y nada encaja. Ha desarrollado las hipótesis más descabelladas. Se ha quebrado la cabeza tratando de hallar una explicación lógica, una conexión entre algún posible enemigo y el despacho. En todo caso, detesta estar en esa posición. Paranoia, insomnio, furia, desasosiego. Una presa acosada por cazadores invisibles. Hace años que no tenía la sensación de no poseer el control. Ha pulverizado todas sus rutinas a niveles desquiciantes. Está convirtiéndose en una persona que odia.

Ha llegado la hora de actuar. De improvisar. De balancearse en el trapecio sin red en un circo que podría ser cualquier cosa: una inmolación, el fin de todo o el principio de algo.

Entregado a la intuición y a la inventiva, cruza la calle, se introduce en el edificio, pasa el arco de seguridad bajo la mirada somnolienta del vigilante y se planta en medio de un recibidor de altos techos, un contraste alucinante con el exterior: mármoles, aluminio, cristales, piel. Al fondo, una recepción. Se detiene apenas un segundo para registrar el entorno. Todo parece diseñado para la amabilidad y el confort.

La recepcionista —menuda, morena, bajita, muy maquillada, con el pelo recogido en un alto moño que tensa el rabillo de sus ojos y una diadema para teléfono que le da un aspecto alienígena— le sonríe desde la distancia, simpática y profesional.

Marc Pierce avanza hacia ella sin un plan. La recepcionista le desea las buenas tardes en inglés. Marc le aclara que habla español. Le pregunta en qué le puede ayudar. Pierce le dice que necesita entrevistarse con el señor Ramírez o el señor Quintero, cualquiera de los dos. La recepcionista desea saber si tiene una cita concertada con alguno de ellos. No tiene cita. Entonces es imposible que lo atiendan, le hace saber, y le propone que saque para la semana que viene, la agenda de ambos licenciados está muy apretada. Marc le dice que no necesita cita alguna, que sea tan amable de anunciarles que el señor Marc Pierce desea hablar con ellos.

—Disculpe, señor *Piz*, pero no puedo hacer lo que me pide, ese no es el procedimiento habitual.

—Comprendo, señorita, pero tendrá que hacer una excepción. Es muy importante, urgente, diría, solo tiene que levantar el teléfono y decirles que el señor Marc Pierce, Pi-er-ce, ¿comprende?, está aquí.

—Señor, le voy a solicitar de la manera más atenta que saque una cita, si no, le voy a pedir que se retire.

La recepcionista voltea a ver al vigilante, distraído con el trajín exterior, en busca de auxilio.

—Mire, voy a ser muy claro. No voy a moverme de aquí hasta que hagan un hueco en su agenda y me reciban. Le recomiendo no llamar al vigilante porque se va a armar un relajo (relajo está bien dicho, ¿verdad?), un grande, muy grande relajo, un desmadre, algo que no quiere que pase delante de toda esta gente. ¿Entiende, señorita? Así que tome ese teléfono y anúncieme.

Pierce inclina su cuerpo sobre el mostrador y acerca su rostro al de la recepcionista como si fuera a robarle un beso o a morderla. La muchacha echa la cara hacia atrás. Vuelve a buscar al vigilante con los ojos, las pupilas dilatadas por el miedo, pero el cuerpo del hombre se interpone. No sabe si dar un grito, insultar al sujeto o salir corriendo. La corpulencia y la determinación del extranjero invaden su cerebro, le impiden pensar. El hombre, con el mentón, señala el teléfono. Con la mirada, una rabia fría, una tundra nevada, un mandato incuestionable, la insta a hacer la llamada.

La recepcionista cede, manipula las teclas y, a través de la diadema, anuncia la presencia de Pierce en el vestíbulo. Marc pasa de la ira a la dulzura en un parpadeo, le sonríe a la muchacha, le agradece sus atenciones. En cuatro zancadas largas que pretenden mostrar una seguridad que no tiene, llega hasta un sillón de cuero. Se sienta a esperar.

Tontea con el celular sin dejar de vigilar a la recepcionista. La muchacha ya no es la misma. Ha logrado desestabilizarla. No sabe por qué, pero se alegra. Los movimientos fluidos y, hasta cierto punto, armoniosos con que se desempeñaba detrás de la media luna han cedido a una torpeza nerviosa.

En un momento dado, abandona el puesto, se dirige a lo que Pierce imagina que es un baño. También imagina que la chica soltará alguna lágrima y se retocará el maquillaje. Saldrá del despacho al término de su jornada laboral —a cambio de un sueldo de porquería— y volverá en metro a su casa, en una colonia de mierda en Iztapalapa, dos horas de transporte agotador. Viajará abrumada por los acontecimientos, incapaz de dejar atrás un episodio que le recuerda su vulnerabilidad. Tal vez se lo cuente a un novio insignificante que le dirá que es una exagerada, o a una madre tan extenuada como ella después de diez horas de limpiar casas, que la tranquilizará con alguna frase del tipo aprieta los dientes, aguanta.

Marc Pierce imagina todas estas cosas mientras espera.

La recepcionista ha regresado a su lugar con la máscara retocada pero con una sonrisa rota. Como si la sostuviera con alfileres. Pasan los minutos. Quince, veinte. ¿Lo estarán observando? Localiza las cámaras dispuestas de forma estratégica en los techos del recibidor. Probablemente. Cada dos segundos ojea la entrada, alerta a que suceda algo, a que entre la policía en tropel o un par de guardaespaldas de esos que suelen escoltar a la gente de dinero en México, brutos, incompetentes pero de gatillo flojo.

La incertidumbre empieza a hacer estragos en sus nervios. Al primer movimiento sospechoso, se larga. Veinticinco minutos. De repente se levanta y se dirige a la recepcionista. Esta se hace para atrás en un gesto instintivo. Le pregunta por un baño. Al fondo a la izquierda, le indica la muchacha.

La uretra le arde como si un ejército de avispas nadara en su orina. Brota muy amarilla, casi roja. Tal vez ahora sí tenga que ir al médico. Se lava las manos, sale del baño. Se da de bruces con una mujer casi tan alta como él, muy morena, delgada y fuerte, con un traje sastre negro entallado.

—Señor *Pir*, el licenciado Ramírez lo espera.

—Pi-er-ce, Marc Pierce.

—Por aquí.

La mujer tiene una cadera muy estrecha, masculina, piensa Marc. No se contonea al caminar por un pasillo de mármoles, tal vez de Carrara, aunque puede que sean imitación. La mujer se desliza como si estuviera habitada por una inteligencia artificial, lo cual, se dice Pierce, es una total idiotez.

—Pase, por favor.

Traspasa el umbral de una puerta de doble hoja, un despacho enorme se extiende ante él. Al fondo, un escritorio de cristal posmoderno, con un hombre de traje sentando tras él y otro hombre de traje, de pie, a su lado. A sus espaldas, un ventanal se asoma a un jardín minimalista.

Huele a poder, a condescendencia.

Los dos hombres, de una robustez contenida, parecen estar posando para una fotografía. Se asemejan entre ellos, Pierce imagina que es por los años de trabajar juntos. El que está parado sonríe, el otro no. Los trajes, de lana —inglesa, probablemente—, están hechos a la medida, pero el sastre, siguiendo los dictados de la moda, los confeccionó demasiado ajustados para esos cuerpos que rozan la sesentena. No lucen como quisieran lucir, tampoco importa gran cosa.

—Señor Pierce, mucho gusto —dice el hombre sentado—, soy el licenciado Ramírez. Él es mi socio, el licenciado Quintero. He de reconocer que ha sido toda una sorpresa su visita. Pensábamos contactarlo muy pronto, pero se nos adelantó. Siéntese, por favor.

Ramírez le señala una silla también posmoderna, verde pastel, divertida en sus formas. Marc Pierce obedece. No dice nada. Ha caído en una trampa, pero aún no alcanza a calibrar su dimensión.

—¿Se le antoja algo? ¿Un café, un refresco, agua? —ofrece el hombre sonriente, todavía de pie, el licenciado Quintero.

Pierce niega con la cabeza. Ramírez retoma la palabra.

—Bueno, vamos al grano. Representamos a un cliente muy importante del que, de momento, no puedo revelar su identidad. Tenemos plenos poderes para negociar en su nombre y ofrecerle una jugosa oferta a cambio de sus servicios.

—No tengo ni idea de qué me está hablando. Yo vine aquí por unas fotos.

—Ah, las fotos, claro —interviene el licenciado Quintero. Marc tiene la sensación de que alguien les ha escrito un guion que interpretan de forma terrible—. Digamos que son parte de la negociación.

—Digamos que nuestro cliente quiere asegurarse de su conformidad con el trato —complementa Ramírez.

—Digamos que su negativa es inadmisible —agrega Quintero. Por primera vez Ramírez voltea a ver a su socio y le reprocha con la mirada su entusiasmo.

—Mi negativa a qué, exactamente.

Los licenciados hacen una pausa. Quintero, con el mentón, invita a su socio a continuar.

—Por su posición en la empresa Inuit Mining Corporation, usted tiene acceso a información privilegiada, concretamente a un proyecto sobre el que nuestro cliente tiene especial interés: Sonora Lithium.

Ahora Marc Pierce ya sabe la dimensión de la trampa. Un hormigueo empieza a morder sus extremidades. De nada sirven los arrepentimientos. ¿Dónde está la salida de emergencia? El coraje que le invade es directamente proporcional al sentimiento de estupidez.

—A ver si entiendo bien. Esto es un chantaje; a cambio de no difundir las fotos, me imagino, su cliente pretende que espíe para él.

—Quisiéramos que no lo viera así —dice, fascinado de su propia sonrisa, el licenciado Quintero—. Nuestro cliente está dispuesto a pagarle por sus servicios la cifra que usted considere que valen los mismos…

—Siempre y cuando sea razonable, proporcional a la información que proporcione —aclara Ramírez.

—¿Y si me niego?

—Me temo que, en ese caso, nuestro cliente estaría dispuesto a darle uso a esas fotos tan comprometedoras. No son las únicas, ¿sabe? Hay algunas bastante más explícitas —dice el mismo Ramírez y, por primera vez, sonríe.

Lo han de poner caliente, piensa Pierce.

—Otra opción es que los denuncie por extorsión, creo que contaría con el respaldo de mi empresa, tendría los mejores abogados a mi disposición —contrataca Pierce. Su tono de voz lo traiciona; la rabia no tiene lugar, se reprocha.

—No creo que usted desee eso, señor Pierce —dice Ramírez, parece el más perverso de los dos—. Analicemos ese escenario. En este país, los delitos cibernéticos son prácticamente indemostrables. Hay más lagunas que leyes. Llevaría años el término de la denuncia. En el ínter, usted tendría que presentar las fotos como prueba, las cuales, ya sabe cómo es la justicia en este país, podrían ser filtradas a la prensa, a la opinión pública. Por otro lado, en efecto, las susodichas fotos fueron enviadas desde este despacho. Para usted sería fácil demostrarlo. ¿Quién las envió? Un empleado secundario, sin nuestro conocimiento, un amante despechado al que usted abandonó.

—De telenovela, ¿no le parece? Morbo garantizado —interrumpe el licenciado Quintero—. Usted sabe que, con dinero, en este país, es muy fácil…

—… fabricar un testimonio —termina Ramírez.

A Marc Pierce le empieza a cansar el dúo dinámico que tiene enfrente. Se encuentra trabado. Tiene sed. Pide agua. Quisiera arrancarles la cabeza, podría. Pero están las fotos, no se engaña, serían el fin de su carrera. La empresa no dudaría ni un segundo en correrlo ante la mínima insinuación de un escándalo en las redes sociales, en un país de machos, homofóbico, confesional. Una cosa es matar gente en nombre de las ganancias, otra que el jefe de seguridad levante chacales en la Alameda. No le sirve de nada engañarse con eso de que, en pleno siglo XXI, él puede hacer de su culo un papalote, los licenciados siameses lo saben, él también.

Bebe de un solo trago el agua que trajo la mujer alta y muy morena, de rasgos afro, ha de ser de la Costa Chica de Guerrero, especula Pierce. Buenos recuerdos. Recuerdos que lo han llevado a esa situación. No hay cabida para lamentos, debe concentrarse y empezar a pensar en sobrevivir. El agua limpia su paladar de bilis.

—No le saldrá barato a su cliente, no es nada fácil lo que pide.

Ambos socios sonríen, por primera vez, al mismo tiempo.

—Como le dijimos, la generosidad de nuestro cliente le sorprendería.

—Siempre y cuando la información lo valga.

Pierce ya no distingue quién dijo qué. Son como un monstruo de dos cabezas en un teatro de marionetas. Ridículo pero peligroso.

—Obviamente, se me harán llegar todas las fotos y copias que puedan tener. Todas. Porque si me llegara a enterar de que no es así, entonces conocerán un aspecto de mí que no desean conocer.

—Obviamente, señor Pierce, no se preocupe por eso, estamos entre caballeros. Su vida privada no le interesa a nuestro cliente. Y sí, conocemos muy bien algunos de sus talentos —dice Quintero, y añade Ramírez:

—En esta memoria encontrará una serie de archivos encriptados en los que mi cliente le explica sus necesidades y requerimientos, aquí está la clave para acceder a ellos, memorícela y rómpala, por favor.

Ramírez le extiende una USB y un pedazo de papel con una serie de números y letras.

—En esta misma memoria usted le hará llegar la información requerida, siempre a través de nosotros, no le está permitido intentar contactar a nuestro cliente. Como verá, este es un contrato de confidencialidad entre RQ Consultoría Legal y usted. Al firmarlo, pasa a ser nuestro cliente, lo cual nos protege a todos.

Ahora es Quintero quien desliza un fólder sobre la mesa. Contiene tres juegos de un contrato que Pierce no se molesta en leer. Le parece inútil. Lo único que quiere es largarse de ahí. Procede a firmarlos bajo la benevolente mirada de los licenciados siameses.

—No se olvide de consignar los honorarios por sus valiosos servicios. En uno de los archivos encontrará toda la información referente a una cuenta no rastreable a su nombre en un paraíso fiscal. Que tenga una buena tarde —dice Ramírez o Quintero, no puede saberlo, les ha dado la espalda ya.

Deja el despacho con una copia del contrato, la USB, la clave y un sentimiento de impotencia que alguna vez pensó que no volvería a tener. Tantos años trabajando en lo impecable.

Parece que, a pesar de todo, la suerte le sonríe. Triste consuelo. Ironwood le habló al día siguiente del encuentro con los abogados para pedirle que se trasladara a Sonora de inmediato. Hace veinticuatro horas que aterrizó en Hermosillo. Acaba de sostener una reunión con el secretario particular del secretario de gobierno del estado, un joven dicharachero y parlanchín, un trepa en toda regla, que lo puso en contexto.

También le gestionó una cita con el alcalde y el jefe de la policía de un pueblo perdido en el mapa, de nombre impronunciable, al que partirá al día siguiente a primera hora. Lo esperan dispuestos a colaborar en todo lo necesario, le dijo. Me pidió el señor secretario que le expresara a usted y a su empresa que cuentan con el absoluto respaldo del gobierno del estado, estamos a su entera disposición, concluyó el funcionario con esa forma de babear que tienen cuando huelen más dinero.

Está acostumbrado, los conoce bien: predecibles, manipulables. Responden a estímulos básicos. Carecen de escrúpulos, son ambiciosos y serviles. Lleva años tratando con ellos, las siglas que los respaldan no cambian nada. Poseen un especial gusto por la secrecía y lo siniestro. Venderían a sus madres si es necesario. Son sus aliados. Es lo único que importa. El problema es que cada vez que sale de ese tipo de reuniones, el olor a podredumbre se le impregna un poco más, en un efecto acumulativo, y cada vez le cuesta más deshacerse de él. Imagina que le sucede lo mismo que a los sepultureros.

Recorre las calles de una ciudad simple, deslumbrada por un sol impío —a pesar de asomar diciembre a la vuelta de la esquina—, con la sensación de ir despidiendo un desagradable tufo a mango podrido. Cruza un puente sobre un canal sin agua, lleno de basura, y encamina sus pasos al hotel Lucerna. La avenida se llama Río Sonora, un espejismo, por lo que puede constatar. Cae en la cuenta de que muchas de las ciudades de México carecen de ríos; pero los hubo en algún momento. Ahora son canales encementados o pútridos o secos.

Evita la analogía aunque le es difícil. Anda sentimental.

La idea de que está llegando al final del camino le ha despertado ciertas sensibilidades. Sabe que, una vez que entregue la información al misterioso cliente, tendrá que desaparecer. En los archivos encriptados no ha encontrado ningún rastro que lo lleve a él. Adivina que se trata de la competencia: ¿chinos, ingleses, gringos, otra organización canadiense?

Durante las últimas horas, la idea de estar en manos de un poderoso titiritero que anula su voluntad y somete sus actos lo puso, primero, al borde de la desesperación. Después fue entrando en una especie de sopor retrospectivo en el que los balances lo desconcertaron. Luego llegó la melancolía y la resignación. Ahora está en Sonora, mucho más cerca de eso que codician todos y en cuyo nombre están dispuestos a cometer cualquier crimen.

Él es el agente del caos, no le debe fidelidad a nadie, es como si quisieran controlar a un tornado.

Se instala en el bar del hotel, fresco, silencioso, a esas horas vacío. Pide una margarita para abrir el apetito. Piensa comer ahí mismo. Cuando caiga la noche saldrá de caza. Se siente moralmente liberado, ya nada importa. Cada vez se halla más cómodo con la idea de servir a dos amos.

Gracias a una búsqueda aleatoria en internet le ha sido fácil localizar el lugar donde merodea la fauna que busca: las calles del centro de la ciudad. Carne norteña, célebre, dicen, por sus texturas y sabores.

La margarita sabe a rayos. Está preparada con jugo de limón artificial. Recuerda una noche en el Kentucky, en Ciudad Juárez, uno de los muchos bares que se disputa la invención del coctel. El chacal en turno le explicó que ahí mismo, en esa barra célebre, setenta años atrás, un caballero quiso sorprender a su esposa con una mezcla insólita. La mujer se llamaba Margarita. Recuerda la monumental borrachera y la noche salvaje en un hotel de El Paso. Atraído por el mito de la ciudad del pecado, al día siguiente descubrió que los pecados no tienen geografía, que viajan en la piel allá donde va uno.

Marc Pierce nació y creció en un hogar cristiano, mamó de las tetas de su madre la noción de pecado. En la Winnipeg de su adolescencia nadie salía del clóset. No si quería sobrevivir socialmente. No si quería escapar de las terapias de reconversión de la parroquia de la comunidad. Después, cuando los vientos soplaron más favorables, no supo cómo, no encontró la vía, le dio pereza. La ocultación del acto le parecía tan o más excitante que el acto en sí. La transgresión residía en el pecado.

Marc Pierce se pregunta si su situación sería diferente de haber hecho pública su preferencia sexual. ¿Qué cambiaría si existiera un señor de Pierce esperando en casa, un amoroso maridito con delantal y la cena lista? La sola imagen le provoca

181

náuseas. Siempre ha pensado que el matrimonio igualitario es una trampa, un adocenamiento, una forma de adoctrinar la sexualidad, sea cual sea. Eres puto, de acuerdo, qué le vamos a hacer, pero monógamo e institucionalizado…

Saldrá esa noche a la caza de las deliciosas sombras que venden sus vergas y sus culos y sus bocas para llevar la comida a la mesa de un hogar cristiano y hambriento. Mañana, cuando emprenda su viaje a la sierra, será el primero de otros días, de otra vida, de otra invención.

Vendedora de chía

1

Las contradicciones no ocupaban un lugar en la vida de Heriberto. En su momento tuvo que tomar una serie de decisiones, lo hizo y siguió con su existencia como si fuera un árbol que crece impulsado por las fuerzas de la naturaleza. Nadie se pregunta por qué una rama va en esta o en aquella dirección.

Sin embargo, ahora que gira a la izquierda en la desviación de Moctezuma, a Heriberto lo carcomen las dudas. Regresa del ejido, de una visita relámpago a los parientes, enojados porque la demanda contra Grupo México no avanza, congelada en el despacho de un juez en Hermosillo.

Se los encontró con el ánimo rabioso, dispuestos a tomar medidas más drásticas. ¿Como cuáles? Bloquear el acceso a la mina, por ejemplo, hasta que nos escuchen, le dijo Florencio, enturbiado el espíritu por un bacanora tan silvestre que quemaba el hígado. Creen que son dueños de todo, de la tierra, de nuestras vidas, mira lo que pasó en el río Sonora, le dijo con un desaliento que le desconocía.

Ya en las confidencias del alcohol le preguntó si estaba con ellos, si se vendría a dar la batalla. Esto también es por tu padre, le dijo.

Váyanse todos a la verga, piensa Heriberto cuando enfila rumbo a Granados. Resulta que ahora se trata de estar con unos o con otros, de tomar partido, de reivindicarse, como si sus pasos sobre la tierra hubieran sido un equívoco permanente, un errar sin brújula.

Añora los tiempos en los que su lugar en el mundo parecía estar definido por pequeños actos que, no obstante, tenían un gran significado. Era el brazo derecho de don Zacarías, un miembro importante de la junta local de ganaderos, respetado en la comunidad. A su muerte, no le faltaron ofertas de trabajo en los ranchos vecinos, pero decidió quedarse, lo consideró una cuestión de honor.

¡Flores en El Tazajal! Tuvo que pagar un precio por el sacrilegio.

El problema, piensa Heriberto al dejar atrás Granados, es que los credos cambian rápido, a conveniencia de sus sacerdotes.

Y, sin embargo, andaba tan contento porque Rosario le abrió la puerta de la casa de sus padres, después de tantos años, y lo dejó entrar con ese rictus de mala leche, resignada, café, coricos y la constatación de la decadencia de las paredes entre las que creció.

Sintió vértigo por el espacio vacío, por la pobreza de su hermana. Y unas ganas locas de repararlo todo, los daños externos y los internos. Restañar heridas, recuperar el tiempo perdido, borrar las ofensas, encontrar en el corazón de Rosario un sentido que ha empezado a escapársele.

¿Debe defender la casa de su padre contra los lobos, contra la sequía, contra la usura?, se pregunta cuando el pueblo aparece a lo lejos, un pueblo que ha perdido la inocencia de su aislamiento, la lealtad con sus ancestros, que se abre ingenuo a unos sátiros de miembros descomunales.

Antes de encontrarse con Florencio, la charla con Rosario le había proporcionado cierto optimismo. No fue fácil soportar la lluvia de reproches, reclamos, insultos. Aguantó el chaparrón estoico, sin intentar justificarse, consciente de que el perdón que buscaba no admitía réplicas. Después del desahogo de su hermana, inerme, desnudo, humilde, Heriberto recurrió a la memoria.

Hubo una época en la que Rosario y él urdieron una alianza contra el resto de los miembros de la familia. Se protegían, se cuidaban mutuamente de la violencia que ejercían contra ellos: Rosario por ser la hembra de la casa; él, por desmadroso, una anomalía en la herencia familiar. ¿Es posible recuperar ese lazo? ¿Cómo asumir las otras traiciones? A él mismo, a María Antonieta, a Ana María, vieja y enferma, la tía Ana María.

Las primeras casas del pueblo le dan la bienvenida. El atardecer es ese horizonte en llamas característico de la época del año. Un incendio que siempre lo fascina.

Ramón se conduce como si fuera el dueño del pueblo. Algunos de los westerns que vio de niño en el cine de húngaros que se instalaba en la plaza durante el verano han de haber influido en esta percepción. Cree ser la medida de todas las cosas, una brújula moral. El uniforme y el revólver a la cadera contribuyen al mito que este John Wayne serrano está fabricando de sí. Es posible que los dioses nunca castiguen su *hýbris*. Tal vez el castigo se extienda por toda la región como una plaga, asolándola.

Poco importa.

Las convicciones de Ramón van más allá de sus consecuencias. A diferencia de Cipriano, el alcalde, sus motivos pasan por la abnegación y el sacrificio por una causa que considera crucial para el pueblo, del que se siente salvaguarda y esencia. A Ramón no le alberga ninguna duda en cuanto a las necesidades de la comunidad que juró proteger. El municipio soy yo, ha de decirse en sus sueños más delirantes.

Por eso aguarda paciente en la salida norte del pueblo, en la única patrulla que aún funciona, acompañado del oficial

Gálvez, miembro de la policía municipal desde que Ramón era un joven pendenciero. Una reliquia a punto de jubilarse. Guardan silencio porque no tienen gran cosa que decirse. Ya agotaron los pocos temas en común en esa espera que para Gálvez es una incógnita.

Ramón está sentado en el cofre de la patrulla viendo el camino. El oficial, dentro del automóvil, mata el tiempo con el celular, a pesar de que la señal de internet viene y va de forma intermitente. Gálvez, a sus sesenta y un años, es un gran entusiasta del Facebook.

Ramón sonríe al divisar a lo lejos los reflejos que el atardecer arranca de la Ford pick-up del 65. La patrulla está ubicada de forma que corta el paso de quien transite por esa vía. Se incorpora del cofre, reacomoda la cartuchera en su cintura y se planta en medio del camino como Ringo Kid frente a la diligencia. La pick-up poco a poco desacelera. Alrededor de Ramón no se mueve ni una brizna. El mundo parece haberse detenido. Estatuario, aguarda a que el vehículo frene a escasos tres metros de sus botas. Las llantas, al detenerse, levantan una nube de polvo que se posa sobre sus perneras.

Heriberto, desde la cabina, ambas manos en el volante en posición de las diez y diez, enarca las cejas y extiende la comisura de los labios hacia abajo, lo que le da un aspecto bastante grotesco.

Ramón salva la distancia hasta la puerta del piloto arrastrando la pierna izquierda y lanzando la cadera al frente, con los pulgares enganchados en la pretina del pantalón.

¿Y ahora qué quiere este payaso?, se pregunta Heriberto.

Ramón le da las buenas tardes como si fuera un desconocido y le solicita el permiso de circulación del vehículo y la licencia de manejar.

—¿Cuál es el motivo por el que me paras?

—Exceso de velocidad en una vía secundaria por la que transita ganado y otros animales.

Heriberto mira a todas partes, nada hay a su alrededor, nadie, solo las sombras que el crepúsculo arroja en el páramo.

—El permiso de circulación y la licencia, vamos.

Heriberto extrae de su cartera la licencia y de la guantera el permiso.

—Están vencidos —dice el comandante.

—No me chingues, Ramón, nadie en toda la sierra tiene vigente nada de eso. Ni tú. De cuándo acá.

—Forma parte de un nuevo programa vial que hemos implementado en el ayuntamiento: cero tolerancia. Es por la seguridad de los habitantes del municipio. Mucho me temo que tendré que requisarte el vehículo, según el reglamento de tránsito...

—Pero qué jodidos me cuentas de reglamentos de tránsito. ¿Te has vuelto loco?

Ramón da un paso atrás y lleva su mano a la cacha del revólver.

—Te voy a pedir que desciendas del vehículo tranquilamente.

—Ramón, carajo, ¿te estás escuchando?

—No me obligues a arrestarte por resistencia a la autoridad.

Heriberto por fin entiende que el comandante va en serio. No es ninguna broma.

El oficial Gálvez baja de la patrulla y observa la escena boquiabierto. En sus cuarenta años de servicio ha presenciado muchas cosas: pleitos de borrachos, broncas por los linderos de las tierras, pasiones desbordadas por infidelidades, abigeato, escándalos en la vía pública que resolvían con mano izquierda y una noche en la comandancia. Todos se conocen ahí. La mitad del pueblo está emparentada con la otra mitad. La endogamia siempre ha dictado las normas de convivencia. El oficial Gálvez está de acuerdo con Heriberto: Ramón ha perdido la cabeza.

Heriberto se apea de la pick-up. Deja las llaves puestas. El comandante se acomoda en el asiento del piloto.

—Oficial Gálvez, sígame a la comandancia —ordena a los gritos—. Cuando renueves el permiso de circulación y la licencia podrás recuperar el vehículo, previo pago de la multa y la estancia en el corralón. Buenas tardes.

Heriberto, paralizado por la incredulidad, incapaz de reaccionar, aturdido, mira alejarse su pick-up. La noche asoma tímida, aún no se desembaraza de los últimos rayos, un parpadeo que se despide por el oeste. Para cuando salga del estupor, la oscuridad será un hecho, y con ella, los siseos del monte. Alimañas noctámbulas que lo acompañarán durante su travesía a pie hasta la cabaña. Una hora y media de marcha ligera.

Pero todavía no da el primer paso, a pesar de que todo gran viaje inicia con uno. Las piernas no lo obedecen, enraizadas en ese pedazo de tierra, como si no se dieran por enteradas del descomunal absurdo del que ha sido víctima.

Poco a poco se sobrepone a la impresión onírica que le embarga para dar paso al razonamiento. Y con él, se echa a andar. Los pensamientos parecen empujarlo. Con cada tranco, asume la magnitud de la afrenta. El coraje ni siquiera alcanza su punto de ebullición, desplazado por una leve sombra de miedo.

Miedo a lo que vio en los ojos de Ramón. Miedo a lo que están dispuestos a hacer. Miedo a la ruptura de las viejas reglas de convivencia. Miedo por esas dos mujeres que, a diez kilómetros de ahí, solas en El Tazajal, cultivan flores y desmemoria. Miedo a los demonios que andan sueltos.

2

Ese hombre de la edad de su padre siempre la ha llamado María, como lo hacía su padre. Llegó hace media hora y se instaló en la sala con un café que María Antonieta le ofreció. Es lo más cercano a un tío. Su rancho colinda con El Tazajal. Cincuenta hectáreas y unas sesenta cabezas.

Vivió mejores épocas, ahora es lo que hay.

Cuando Zacarías murió, le compró las diez hectáreas que puso a la venta; durante el estío le renta las demás para evitar el sobrepastoreo a causa de la sequía. Se han puesto al día rápidamente. No se frecuentan mucho, pero se saben. El hombre de la edad de su padre se llama Rómulo y fue su mejor amigo. Ahora, entre sorbo y sorbo, le cuenta que lo extraña y que, por los tiempos que corren, más que nunca hacen falta hombres como él.

María Antonieta está un poco sorprendida por la inesperada visita. Rómulo tiene esa forma serrana de hablar, pausada, llena de metáforas, que la impacienta. Intercala entre frase y frase un *tiempos jodidos, hum,* que aumenta su desconcierto. De repente le pregunta por su madre, como si se acordara de que tiene una, como si cayera en cuenta de que no murió junto con Zacarías.

La mujer le explica que está descansando en su habitación, que no se ha sentido muy bien últimamente. El señor Rómulo se interesa por sus padecimientos. Años, nada más, le dice María Antonieta restándole importancia. No halla las fuerzas para confesarle que prácticamente vive encerrada. Apática y extraviada, se la pasa viendo por la ventana de su cuarto sin reconocer a nadie.

El señor Rómulo parece satisfecho con la explicación y continúa con las remembranzas del buen Zacarías, ya no quedan hombres como él, dispuestos a defender la sierra.

Entonces, sin más, empieza a narrarle cómo hace unos días, era de mañana, limpia y clara, de esas mañanas en las que todo parece nuevo, se hallaba con sus hijos y algunos peones supervisando el estado de los cercos cuando a lo lejos miraron una nube de polvo avanzar hacia ellos, tenía la forma del diablo, nada bueno podría traer esa nube, recuerda don Rómulo. El caso es que fueron a su encuentro y, en efecto, era el diablo mismo que había invadido sus tierras para envenenarlas, secarlas como a una ubre de vaca vieja. Lograron ahuyentarlo, dice, pero sabe que volverá mucho más fuerte y dispuesto a todo.

—Se me figura, tío, que se refiere a los trabajadores de la minera que andan explorando la zona.

—Esos meros, María. El diablo mismo.

—Son hombres de carne y hueso, que es peor.

—En eso tienes razón. ¿Ya vinieron por acá?

—Algo parecido. Quieren comprar.

—¿Y?

—El rancho no está en venta.

—Allá donde se encuentre, tu padre ha de estar muy orgulloso. A mí también y a otros el alcalde nos pidió que diéramos las nalgas, con perdón, María. Pinche payaso, nunca me gustó ese Cipriano.

—No solo es él, tío. Se diría que todo el pueblo anda muy contento con lo de la mina. No sé qué tanto les prometieron.

—Si viviera tu padre…

—Nada cambiaría. Las cosas son como son.

—No digas eso, María. A tu padre lo escucharían. Sus antepasados fundaron este pueblo, esas cosas importan.

—Si usted lo dice... Pero son otros tiempos, tío.

—Ey, tiempos jodidos, quién lo dijera, ¿verdad? Como sea, vine a saber cómo estabas y a decirte que en El Gavilán tampoco estamos en venta, que nos sacarán con las patas por delante, antes no. Ponte buza, María, cualquier cosa, ahí estamos, lo que necesites.

—Gracias, tío.

—Y el Heriberto qué dice.

—El Heri es gente, lo sabe. Tiene palabra, esto es tan suyo como mío.

—Lo sé. Me alegro. Me lo saludas. Y ya me voy, que el día es corto.

—Ándele, pues, me saluda a todos allá en el rancho.

—De tu parte.

La espalda del señor Rómulo anuncia derrotas que vienen gestándose desde hace muchos años. Ese hombre, Zacarías y otros como él fueron orgullo y símbolo de una región que se miraba al ombligo embebida en su grandeza.

No supieron cuándo y cómo se convirtieron en un estorbo. En algo obsoleto, vergonzoso. Las señales parecían bastante claras. Las políticas gubernamentales del desabasto, la impunidad asesina del crimen organizado, las concesiones indiscriminadas del agua a las grandes industrias, la migración desesperada de los jóvenes a las urbes, de aquí y del otro lado, la tramposa romantización de una forma de vida que habían empezado a aniquilar mientras la cantaban.

La espalda del tío Rómulo trepando a su camioneta carga con todo un cementerio de hombres y mujeres que ya están muertos sin saberlo. A María Antonieta, la espalda del tío Rómulo le parece un vaticinio. Le dan ganas de cerrar la puerta y las ventanas, esconderse en su cuarto, bajo las sábanas, como cuando era niña y los coyotes aullaban en las noches de verano. Coyote malo, coyote bueno.

Luna, desde el zaguán, observa la partida de ese hombre cuyo olor le es totalmente familiar. Tan parecido al de su amo. Se mezcla con el olor a incertidumbre de la mujer.

María Antonieta cae en la cuenta de que van a ser las diez de la mañana y de Heriberto ni sus luces.

Hace una semana que los dos peones no se presentan a trabajar. Ni siquiera las gracias dieron, ni reclamaron el finiquito. No ha tenido el espíritu de ir al pueblo a contratar nuevos trabajadores. Después del encuentro con Angelina, la idea de presentarse en el pueblo le parece cada vez más un despropósito. Le da coraje reconocer que el miedo tiene algo que ver en ello. Sabe que sus vecinos pueden ser poco razonables si ven amenazados sus intereses.

Le manda un mensaje de texto a Heriberto, consciente de que en ese lugar es una lotería. ¿Dónde andas? Una palomita. Pasan los minutos. Una palomita. Decide ir a asomarse a la cabaña, aunque la opción de dejar sola a su madre no le gusta nada. Al final, toma las llaves y cierra la puerta de la casa con seguro, por fuera. Se siente una carcelera. Le encarga a Luna, dormitando en el porche, el cuidado de la anciana.

En el momento de subir al Jeep, le parece escuchar la voz de su madre llamándola. Duda. Termina por ignorarla y prende el motor. Tiene la sensación de que una ola está arrastrándola hacia los riscos.

Tal vez se trate de la luz del día entrando por las ventanas de la cabaña, piensa María Antonieta, aún desnuda en la cama revuelta, impregnada de bosque. Sin la complicidad de la noche, quizás —o porque las cosas están cambiando velozmente—, no pudieron terminar de coger. Heri no logró sostener la erección por más empeño que puso y a ella la vagina no se le mojó ni con el recuerdo. Heri se dio por vencido echándose a un lado como un buey viejo.

Se lo agradece. Empezaban a ser bochornosos los esfuerzos de esos dos cuerpos otoñales para que sucediera lo que ha sucedido otras veces, pero no ese día, no a esa hora, no con esas pieles que parecen ajenas.

Cuando llegó a la cabaña se tiraron uno en los brazos de la otra como lunáticos, con furia y desesperación. Heriberto le iba explicando la forma en que Ramón le había quitado la pick-up mientras le arrancaba la ropa y María Antonieta puteaba a toda la estirpe del comandante mientras le sacaba la camisa.

Luego, nada. Las salivas, los poros, los dedos, los sexos se convirtieron en algo extraño que les fue enfriando las ganas, avergonzando.

Heri, a su lado, recupera la respiración con los ojos cerrados y el antebrazo en la frente. Ella le da la espalda.

Fue una mala idea.

Siente que se le escapan la libertad y la desenvoltura con que mostraba su cuerpo, sus ganas, ante él. Más que de vergüenza, se trata de tristeza. Quisiera aliviar el daño con frases que no fueran hechas. Son tan frágiles los egos de los hombres. Una fragilidad que se torna en brutalidad en un abrir y cerrar de ojos. Una violencia que nace en el corazón de sus testículos y que encarna en un lenguaje cruel. Al regresar la calma miran al mundo desconcertados, igual que los niños, incapaces de asumir las consecuencias.

María Antonieta la conoce bien. La vivió durante casi veinte años. Las agresiones físicas, en su caso, fueron empujones y jalones. Pero las palabras marcaron su piel como el fierro quemador la piel de los becerros. Tras el perdón y las promesas venían los días de atenciones, de ternura, incluso. Entonces, algo sucedía, tan nimio a veces: un pequeño desacuerdo, un jarrón en el lugar equivocado, una falda demasiado corta, un suspiro en el momento erróneo.

Heriberto se sienta en la cama y apoya su espalda desnuda en la pared.

—No sé qué me pasó, han de ser las preocupaciones.

—Eso ha de ser, sí.

María Antonieta se muerde la lengua, no pretendía sonar irónica. Heriberto la mira a los ojos. Ahí está, puede verlo en sus pupilas, ese terror oscuro a no cumplir con las expectativas.

—Voy a tener que bajar a Hermosillo a renovar el permiso de circulación —dice.

—Agarra el Jeep, yo no lo necesito.

—Hijos de la chingada.

—Ey.

—Esto apenas empieza.

—Lo sé.

—Venía del ejido cuando me la quitaron, de ver a Rosario.

—Me dijiste.

—Rosario está mal, sola y enferma.

¿Tenía que elegir este momento?, se pregunta María Antonieta mientras se levanta de la cama y empieza a vestirse a manotazos. Con el coraje, los calzones se ponen rebeldes, los pantalones no encuentran las piernas y los calcetines se han dado a la fuga.

—Aguanta, mujer. Te digo que Rosario no tiene ni para comer. Es mi hermana.

—Me tengo que ir, dejé encerrada a mi amá.

—¿Encerrada?

—Sí, encerrada, qué tiene. Pasa por el Jeep cuando vayas a Hermosillo, si quieres.

—Espera, te acompaño.

María Antonieta ha cerrado la puerta tras de sí con más fuerza de la que pretendía. Los tres perros, que no tienen raza ni nombre —si acaso hey, tú, perro—, que merodean libres alrededor de la cabaña, que cazan conejos de vez en cuando, que duermen en el porche durante el verano y adentro en el invierno, se arremolinan a sus pies con una felicidad irritante. Le lamen las manos, le ponen las patas en las nalgas y los muslos, le mueven la cola tan rápido que parece que va a desprenderse de sus cuerpos.

Se deshace de ellos como puede, se trepa a la camioneta, arranca. Por el retrovisor alcanza a ver a los tres animales sentados sobre sus cuartos traseros, el desconcierto en sus rostros es gracioso. Heriberto aparece bajo el dintel de la puerta, se diría que ladea la cabeza como sus chuchos, con el mismo desamparo.

El Jeep se sacude como una licuadora por la brecha que toma rumbo al rancho. Le ha entrado un apremio bárbaro. Pisa a fondo el acelerador y los viejos amortiguadores chillan, desvarían. Se siente mal por haber dejado a su madre encerrada. Como si de pronto entendiera las prioridades de la sangre. Bota dentro de la cabina con cada hoyo y montículo, se aferra fuerte al volante y embiste el camino con determinación. Sortea los obstáculos a base de pericia, una roca grande está punto de sacarla de la huella, pero mantiene el control.

Ahora imagina todas las cosas que han podido pasar con su madre encerrada. Se reprocha su irresponsabilidad, se siente estúpida: soy una mujer tonta, eso es lo que soy, una pendeja, una mujer que siempre toma las peores decisiones.

Al llegar al rancho todo parece tranquilo. Pero Luna no está en el porche. Desciende ágilmente, introduce la llave en la cerradura, entra como una loca. Llama a su madre. Ahí está, en el sillón de la sala, ida, la mirada extraviada en la ventana, con la escopeta de Zacarías en el regazo.

3

Luna ladra como posesa. ¿Quién llegó? ¿Dónde está la Mery? ¿Y Zacarías? Zacarías está muerto, no lo olvides, muerto, muerto, muerto.

Pero alguien está en la puerta.

Luna ladra y Ana María, en su habitación, le pregunta a Cochi quién puede ser. Cochi no le responde, pero apunta el hocico hacia la entrada. Puede que sea su sobrina Rosario, hermana de Heriberto, últimamente ha pensado mucho en ella. Y en su madre, la prima Jesusa, lo más parecido a una amiga que tuvo en el ejido. También muerta, como todos, como ella si no fuera porque su corazón se resiste a dejar este mundo cada vez más sombrío y confuso. ¿Por qué su corazón no se detiene de una buena vez?

Alguien insiste, las voces se sobreponen a los ladridos y llaman a la Mery.

¿Dónde está esa chiquilla? Siempre fue necia, nunca quiso este destino de vacas y estiércol. Muy pronto se dio cuenta de que su hija huiría a la primera oportunidad. No así su padre, hasta que un día regresó de Hermosillo y ya no la mencionó más. Ana María no quiso averiguar por qué, pero esas cosas una madre las intuye. Nunca le gustó ese hombre insolente y altivo, que los miraba con el desprecio con que suelen mirar los de la capital a la gente de la sierra. Muy poco hombre para su Mery. Zacarías murió con ese dolor en el pecho, el pobre: su hija los había olvidado.

Esa voz que grita abran, abran no es la de Rosario, por qué tendría que serlo, ni la de Florencio ni la de nadie del ejido, también los olvidaron. Es una voz torva que trae malas noticias, por eso Luna, perra inútil, ladra enloquecida. Una voz agria de alguien que no sabe de modales.

Cochi avanza por el corredor de la casa, Ana María lo sigue. Ambos aguardan en la sala. Es una voz de hombre joven que grita algo de una inspección. ¿Dónde está Zacarías? Muerto, recuérdalo. Si anduviera en este mundo, ya los habría corrido escopeta en mano, menudo era su Zacarías.

¿Dónde quedó la escopeta?

La voz insiste, abran a la autoridad, dice. Qué tontería. Los ladridos no paran. La escopeta de caza de Zacarías está encima del viejo clóset de su cuarto. De roble, macizo, grande, como eran antes los muebles. Herencia de los suegros. ¿Por qué puede recordar esas cosas y no otras más inmediatas?

Ana María regresa a la habitación. Coloca una silla a los pies del armario. Se sube con mucha dificultad. Cochi, inquieto, da vueltas alrededor de la silla, cada vez más asustado. Ana María tienta la parte de arriba del mueble y da con el arma. Desciende con ella en las manos. Tarda una eternidad en hacerlo.

Las voces de afuera insisten, dicen que saben que hay alguien, que abran ya. Las voces naufragan en el mar de ladridos. Ana María arrastra los pies de vuelta a la sala. Se asoma por una de las ventanas de la fachada.

En efecto, dos hombres jóvenes están a los pies de las escaleras que suben al porche. Luna los mantiene a raya. Uno de ellos, al detectar movimiento en los visillos de una de las ventanas, se dirige a ella.

—Somos de protección civil del ayuntamiento. Venimos a realizar una inspección de rutina al invernadero de María Antonieta Ochoa. ¿Se encuentra en casa?

El doble cañón asoma entre la reja de la ventana. El disparo retumba en la sala, en los oídos de Ana María, en su pecho. El retroceso la hace tambalear. Se sujeta del marco de la ventana. Resulta que estaba cargada. ¿Pero cómo? Zacarías le enseñó los principios básicos. Quitar el seguro, apuntar, jalar del gatillo con el centro del dedo índice. Cuando se ausentaba del rancho, le gustaba pensar que su mujer podía reventarle la cabeza a un intruso.

Ana María ha disparado lejos de los dos hombres. Luna ha salido corriendo. Todavía pecho a tierra, uno de ellos repta hacia el auto. El otro traga polvo. Inmóvil, tal vez reza o mienta madres.

—Sáquense de aquí, órale, están en propiedad privada.

La voz de Ana María surge con una fuerza que la sorprende. Una voz que viene de antes, de tiempo atrás, cuando bregaba con el mundo a golpe de ovarios. Les grita que su marido está por llegar, que se las verán con él si no se largan.

Al oír aquello, los funcionarios piensan que la señora se ha vuelto loca. Ambos acudieron al entierro de don Zacarías. Todo el pueblo lo hizo, o casi todo.

El ruido del motor alejándose se filtra en la ensoñación de Ana María como el murmullo de un arroyo.

Se ha sentado en el sillón de la sala con la escopeta en el regazo y la mente en otro mundo, un mundo antiguo en el que su cuerpo lozano cargaba con una paca de heno o un lechón. Cargaba con el cuerpo de Zacarías embistiéndola macho y febril. Cargaba con la niña en la espalda y el trinche en las manos. Cargaba con la parte del rancho que le tocaba, hembra serrana, animal de trabajo, montuna, irreductible. Hembra medida por hembras como ella: la madre, las tías, las hermanas de Zacarías, todas bajo tierra ya, rancheras de estirpe, cabronas. La pusieron a prueba cuando su hombre se la trajo de Nacozari. Vamos a ver de qué estás hecha. De adobe, de roca, de pino, de nogal. De eso y de hambre.

Cuatro viejas fueron en su casa. Ella, la menor. Las cuatro se casaron bien. Las tres mayores se fueron muriendo en lugares de los que nunca supo, como sus padres.

Qué ganas de pegarse un tiro, piensa al reconocer ese hierro caliente entre sus manos, y acabar con todo. Está cansada de vivir en las nieblas del pasado mientras el presente se le escapa entre los dedos como la arena.

El ruido de la cerradura la trae de vuelta a la sala, al disparo, al coraje incomprensible. Se abre la puerta y aparece una mujer alterada.

—¿Rosario?

Lo que me faltaba, piensa María Antonieta. Aún no se acostumbra a que la nombre con otros nombres, a que la confunda con otra gente.

—¿Pero qué chingaos hace con esa escopeta?

Ana María no comprende qué hace Rosario ahí y por qué le grita.

—¿Cómo está tu madre?

—La tía Jesusa está muerta, amá; no soy Rosario, soy su hija María Antonieta.

—¿Mi hija? Mi hija se casó con un pendejo y vive en Hermosillo.

—Eso ya lo sé, amá, no es necesario que me lo recuerde a cada rato.

Ana María coloca el arma de forma vertical, la culata en el piso y el cañón a la altura de su cara. A María Antonieta se le atenaza el estómago. Se desplaza cauta hacia su madre, con los brazos extendidos como un ruego, un gesto aprendido en las películas que no tiene ni idea si garantiza algo.

Se dice que no hay forma de que su madre se pegue un tiro, es su madre, las madres de la sierra no se suicidan. El razonamiento no tiene mayor lógica que la del deseo. Se aferra a él. Se sitúa frente a Ana María, toma el arma del guardamanos y se la quita con delicadeza. Expulsa el aire de golpe, se había olvidado de respirar, al tiempo que se deja caer en el sillón opuesto. Le pone el seguro. Zacarías también le enseñó a ella, cuando era una adolescente más flaca que la escopeta misma.

María Antonieta siente unas repentinas ganas de llorar. Es un llanto silencioso y pacífico. Las lágrimas corren por sus mejillas, por su cuello, incontenibles. No hay aspavientos. Inmóvil, se ve incapaz de cerrar la llave.

—¿Por qué lloras?

Descubre que no puede articular palabra. Solo acierta a negar con la cabeza. Cochi, a los pies de su madre, la observa. Parece que la comprende. Entonces ríe y llora al mismo tiempo, ese estado contradictorio pero placentero. Luna aparece de la nada, María Antonieta no cerró la puerta al entrar. Se tira al piso y gimotea. En sus buenos tiempos fue una perra valiente, inmutable a los disparos del amo cazador. Ahora tiembla aún y busca el consuelo de Ana María, que sigue sin entender por qué esa mujer que tiene enfrente llora.

—¿Por qué lloras, muchacha?

—Ay, amá, porque todo se está yendo a la chingada.

—Eso no es nuevo. Siempre todo se va a la chingada y siempre vuelve. Hasta que te mueres, claro.

—Deje de hablar de muerte, carajo, últimamente no habla de otra cosa.

—¿Quién eres? ¿Qué haces en mi casa?

—Soy Rosario, tía, ¿que no me recuerda?

—¡Rosario!

María Antonieta se emociona con la emoción de su madre. Luego, se suelta riendo, una especie de catarsis. La ironía lo merece.

Un paraíso de compotas

1

Apenas hace una hora que llegó al campamento de exploración, cuando recibe de boca del propio Chamberlain la noticia de que se ausenta por unos días a causa de una emergencia familiar. A Marc Pierce ese sujeto siempre le ha parecido blando, timorato, afeminado. La noticia se la suelta de sopetón, en la caravana que le han destinado, fría e incómoda. Una porquería. Toca a la puerta, entra con su desagradable corpulencia y, sin más, le dice que está a punto de marcharse, que siente mucho no poder atenderlo pero que ha dejado instrucciones de que lo apoyen en todo lo necesario.

—*Engineer Raúl is in charge. He is the man.*

Marc Pierce se molesta por la irrupción y por la noticia. Acaba de terminar de acomodar las pocas pertenencias que trajo consigo. Lo siente como una invasión a su intimidad, de la que se ha vuelto muy celoso. No se interesa por la emergencia familiar de Chamberlain, sin embargo, le pregunta si el señor Ironwood tiene conocimiento.

El gordo pelirrojo parece ido, angustiado, hace tiempo que ya no está en ese lugar.

Le contesta que sí. Pierce intuye que miente.

—*Is this necessary?*

—*Yes, Mister Pierce, of course. Who do you think I am?*

Marc se encoge de hombros, le da la espalda y verifica si su celular tiene señal. No la tiene. Perdido en el culo del mundo y ese imbécil lo deja ahí varado. Guy Chamberlain continúa bloqueando con su masa corporal la pequeña puerta de la caravana. Marc siente que le está robando el aire.

—*Good luck, Mister Chamberlain.*

—*Yeah, thanks, you too, Mister Pierce.*

El gordo titubea, pero al final desplaza su informe volumen afuera. La caravana parece balancearse como lo haría una barca. Pierce deja pasar unos segundos antes de asomarse por la puerta. Observa cómo Chamberlain se introduce en una caravana más grande que la suya, a unos cien metros. Al cabo, sale con una maleta en la mano, cierra con doble llave la puerta y se sube a una pick-up de la compañía. Un mexicano pequeño y feo es el chofer. El vehículo deja el campamento en medio de una nube de polvo.

Desde su entrevista con los abogados de RQ Consultoría Legal, carga una cólera helada que no lo deja en paz. Una montaña rusa de la furia. Está a punto de estallar todo el tiempo y todo el tiempo se contiene, en una simulación que lo deja exangüe. Se consuela con el hecho de que ha llegado al lugar indicado. No contaba con la ausencia de Chamberlain. Tendrá que ingeniárselas. Lo primero es presentarse con el tal Raúl.

Se adentra en el campamento y pregunta por el ingeniero al primer trabajador con que se cruza. Este se sorprende por el español del güero alto que acaba de llegar. El gordo es una papa. Le señala un grupo de personas en el centro del campamento. Pierce se dirige a ellos. Uno de los hombres sostiene una tablet e indica con el dedo índice algunos lugares en la pantalla. Los demás asienten.

—¿Ingeniero Raúl?

El aludido suspende la tarea con un sobresalto. Cambia de manos la tablet y extiende la derecha.

—Para servirle. Imagino que usted es el señor Pierce.

—Así es —dice Marc estrechándola—. ¿Le gusta el mezcal?

Todos los hombres del grupo sonríen: ¿qué pregunta es esa?

—¿Oaxaqueño?

—¿Hay de otro?

El joven ingeniero asiente satisfecho. Le entra bien el extranjero alto y arrogante, no como el otro, un tipo raro al que le gustan los pájaros.

—Lo espero en mi caravana. Traiga dos vasos, no tengo.

—En unos minutos estoy con usted.

Marc se aleja despacio, merodea como para reconocer el lugar. No pierde de vista a Raúl. El joven da por terminada la reunión, se desplaza a una de las casas móviles de la entrada, la que hace las veces de oficina. Extrae unas llaves del bolsillo, abre, entra y sale un minuto después, sin la tablet en las manos y con dos vasos de plástico. Cierra y encamina sus pasos a la caravana de Pierce.

Sacrilegio. Detesta el mezcal en plástico.

Marc se apura a llegar antes que el ingeniero. Una vez rentada la camioneta en Hermosillo, pasó a una licorería a comprar una botella de Carreño cristalino, no le salió barata. Nunca se sabe, pero si llevas meses aislado en el monte no rechazas un regalo de ese calibre. El mezcal afloja la lengua y el alma. Aunque sea en vasos de plástico. Espera que sea una larga noche de confesiones.

A Marc Pierce le gusta juzgar y encasillar de inmediato a las personas con las que se relaciona. La considera una cualidad indispensable en su trabajo. No cree en la complejidad del ser humano, al que percibe como un mecanismo simple que responde a necesidades básicas. En el caso del ingeniero Raúl, una vez intercambian las primeras impresiones, lo califica en la categoría de esclavo.

Por su parte, el joven Raúl se encuentra fascinado con la enigmática y arrolladora personalidad de Pierce. De alguna forma, encaja en la idea que tiene de los altos ejecutivos de la empresa para la que trabaja, esos extranjeros que siempre parecen saber lo que quieren y cómo conseguirlo. No en vano habla un inglés perfecto, se ha esforzado por escalar en la compañía y, ahora que las finanzas se lo permiten, planea sus vacaciones en Estados Unidos o Canadá.

Al tercer mezcal se avergüenza de sus compatriotas y arremete contra el viejo ranchero que les impidió el paso hace un par de días. Marc le pide detalles específicos del incidente. La lengua de Raúl se libera con el alcohol, es una máquina implacable de buscar aceptación, halago, recompensa.

A partir de los resultados obtenidos en la reciente exploración, están convencidos de que las tierras propiedad del viejo vaquero y las de un pequeño rancho aledaño concentran la mayor cantidad de litio. A partir de ahí, hacia el noreste, el yacimiento tiene un potencial invaluable, mucho mayor del que siquiera se hubieran atrevido a imaginar.

Al joven ingeniero le brillan los ojos, embriagado de la atención que le presta Marc Pierce, que no pierde ocasión de llenar el vaso de su interlocutor. El canadiense manipula. Presiona sutilmente. Plantea preguntas en apariencia inocuas que le ayudan a hacerse una composición de lugar. Pero necesita datos específicos, cifras de proyección, kilómetros cuadrados, profundidad, riqueza cuantitativa, propiedades y características químicas e hidrográficas.

La botella baja de nivel, la locuacidad aumenta. Entran en el terreno de las confesiones. Sale a relucir el nombre de Chamberlain. El mejor con el que ha trabajado, pero carece de liderazgo, es un pobre diablo, barrunta el ingeniero Raúl, que viene diciéndose que debería pararle ya: ve borroso, piensa borroso, pero no halla la manera de negarse.

Marc Pierce llena de nuevo los caballitos. El señor Chamberlain, el mejor en su trabajo, sin duda, ha sido descuidado, desprolijo, los de arriba (esa fórmula vacía que, no obstante, apantalla al joven Raúl), no están muy satisfechos con su desempeño. La comunicación se ha roto.

—Entre otras cosas, vine, amigo mío, para llevarle a la junta de socios toda la información técnica que han acumulado durante estos meses de exploración. Se la pediría al señor Chamberlain, por supuesto, pero, como puedes ver, no está, se ha tenido que ir por un problema familiar. —Marc Pierce dibuja unas comillas en el aire—. Hay serias sospechas de que el ingeniero se ha reservado información clave del proyecto, lo que tiene muy nerviosos a los de arriba, ya sabes cómo son.

El joven Raúl no tiene la menor idea de cómo son, una asamblea de dioses innombrables, inimaginables, infalibles, a los que les debe obediencia ciega. Está convencido de que desconocen de su mortal existencia, a lo sumo es una hormiga obrera a los ojos del creador. Está fuerte el mezcal. Cómo, si no, se le ha podido ocurrir semejante analogía. Con solo pronunciar su nombre en el Olimpo, Marc Pierce obtendrá lo que quiera del ingeniero Raúl, que sale disparado a vomitar en el minúsculo baño de la caravana.

—*Gross!* —murmura Pierce.

La leve resaca le parece un precio menor. A esas horas de la noche es tan solo una sombra. Por el contrario, el joven ingeniero, cuando se encontraron en la mañana de ese mismo día para que le entregara la información, presentaba un aspecto lamentable. Apenas podía abrir los ojos, estaba abotagado, inconexo, un guiñapo.

De todas formas, agradece que el comandante de policía no le dirija la palabra y mantenga la mirada perdida en el horizonte mientras tararea canciones que desconoce. El comandante sentado a su lado se trata de un sheriff de la vieja escuela. Un tipo que hace lo que hace por convicción, un héroe aquiliano. A diferencia del otro, el alcalde, cuyos motivos pasan por la codicia y la acumulación de poder: un reyezuelo.

No recuerda el nombre de ninguno de los dos, es mejor así. Lo que sí tiene claro es la disposición que mostraron a entender las razones, las metas, los objetivos y la necesidad de actuar de forma drástica. Para el primero, la gloria, para el segundo, el dinero.

La noche en ese páramo invita a la reflexión. Marc Pierce se pregunta si será capaz de renunciar a esa forma de vida. No se engaña. En el momento en que entregue los datos que guarda en la memoria electrónica —el pequeño dispositivo está a buen resguardo en la caña de su bota—, deberá desaparecer. Será cuestión de días, semanas a lo mucho, para que la compañía descubra la brecha en la seguridad. Una rápida investigación lo conducirá a él.

Se pregunta si el hecho de haber actuado de manera tan chapucera no esconde un deseo oculto: cambiar de aires, de rumbo, de piel. Se le presentó la oportunidad y la aprovechó. Trata de imaginarse, entonces, en dónde estará en una semana. Qué paisajes, qué caras, qué acentos lo rodearán. Detecta un rastro de alegría en la incertidumbre, una liberación. Empezar de cero, reinventarse con el respaldo de una nutrida cuenta de banco indetectable.

Renacer.

Piensa en paraísos tropicales de cuerpos bronceados y apolíneos. Todo un contraste con ese frío serrano, seco y gris, que se cuela en la camioneta como la mano de un muerto y le aprieta el culo y el ánimo. Hace media hora que esperan. El comandante le aseguró que no faltarían a la cita. El comandante es de esos tipos que se ufanan de su palabra.

Lo mira de reojo, aparenta una tranquilidad que Pierce aprecia. Recostado en el asiento del piloto, silba y lleva el ritmo con los dedos en el volante, como si nada de lo que está a punto de suceder le concerniera. Marc supone que tiene la conciencia tranquila, o que carece de ella. Más bien lo primero. Ese hombre lleva años construyendo coartadas éticas para sus actos.

—Ya están aquí —dice el comandante.

Unos focos de automóvil iluminan la noche. Los ciegan. Marc cree distinguir tres camionetas que se han alineado enfrente, apuntando las luces hacia ellos. Todo lo que percibe son sombras y voces.

El comandante desciende del auto, calmo, se diría que relajado. Marc Pierce permanece en su asiento. A pesar del resplandor, alcanza a ver que el policía y un hombre se saludan, charlan con desenfado, se desprende un halo de camaradería. Al cabo de unos minutos, el comandante le hace una seña con la mano.

Es su turno.

Reconoce la adrenalina que fulmina su cuerpo y lo transforma en un ave rapaz. Sus oídos, sus ojos, su olfato se agudizan. Hay códigos, la contención es uno de ellos. Ni nervioso ni asustado ni sumiso. Se trata de acordar los términos de una transacción en la que todos ganan. Ha funcionado hasta ahora y seguirá funcionado en adelante, con o sin él.

Se adentra en la cueva de luz en medio de la noche con su cuerpo de garza, su paso elástico, su arrogancia blanca. Su sombra es una caña de bambú que sesga las otras sombras, compactas y armadas. Nada nuevo. A sus ojos todos se parecen. En Michoacán, en Guerrero, en Zacatecas, siempre son los mismos sujetos que tiemblan de odio, insaciables de sangre, mercenarios del miedo, prepotentes mensajeros de la muerte, cuya gran épica es la destrucción al servicio del mejor postor. Dinero e impunidad, ambas cosas puede ofrecerles en esa hora en que se pronunciarán nombres y sentencias.

—Buenas noches, señor Arriaga —dice Marc Pierce.

—Buenas noches, güero. Me dice aquí mi compadre que nos trae un negocio que nos podría interesar. A ver si es cierto, platíquenos.

2

Por momentos alcanza a vislumbrar tramos del San Lorenzo transportando pedazos de hielo en su lomo. Algo que le otorga la calma que necesita. Por eso ha elegido la Autoroute 40, un poco más larga, pero que bordea la ribera norte, sus bosques, sus llanuras nevadas, un pastel blanco con velas verdes: abetos, pinos, arces. La carretera está limpia, las máquinas hacen su trabajo. El frío advierte del frío que vendrá. El cielo, encapotado, amenaza con tormenta. Por suerte, están a una hora de Quebec, en donde se celebra el juicio contra Julie.

Mildred, a su lado, escucha música en unos audífonos conectados a su celular, la cabeza recostada en el asiento, agotada de gritos y llantos, la mirada fija en el paisaje inmutable. Tienen poco que decirse. Ya pasaron los abrazos de consuelo, los reproches, las culpas y los perdones.

Hay algo que Guy no puede sacarse de la mente: su niña en una celda. Pero entre el instante en que aterrizó en Montreal y esa hora de ese día en que conduce el Audi camino a la corte, tuvo una epifanía: los posibles responsables se desdibujaron. Su Julie, una joven promesa para un mundo dorado, emergió en el centro del desastre con voluntad y agencia. Aceptarlo ha significado para Guy aceptar que debe entender su causa, dejar de pensarla como a una niña, incluso, ponerse de su lado.

Mildred se resiste a ello. La embaucaron, dice. La manipularon. A esa edad, por amor, haces cualquier estupidez. La arrastraron. La convencieron con trucos mesiánicos de mierda. ¿Por qué Julie atentaría contra la propiedad privada, transgrediría la ley y el orden, se comportaría como una delincuente, si no? La negación de Mildred a concederle a su hija la responsabilidad de sus actos esconde, para Guy, una trampa que ha terminado por alejarlos.

Es curioso, desde que empezó ese infierno, su mujer lo ha acusado en reiteradas ocasiones de no ver a su hija. Y ahora que por fin lo hace, es Mildred quien rechaza las consecuencias.

El abogado Brown se ha mostrado un tanto pesimista. Ni por un momento piensen que la fiscalía y el juez lo van a ver como una travesura, les ha advertido. El grupo de jóvenes al que pertenece su hija atacó a una de las industrias más poderosas del país. En la causa, la palabra terrorismo aparece sin ningún rubor. Ahí está, englobándolo todo: la liberación de unos animales, la revuelta de unos iroqueses por la expropiación de sus tierras para construir un oleoducto, la marcha de las putas en contra de las violencias machistas. Este gobierno dispara la palabra terrorismo con mucha facilidad, la lleva a flor de labios, se trata de propaganda y acción política.

El panorama que les ha pintado el abogado Brown es bastante desalentador.

Guy verifica la hora en el reloj del salpicadero. Van bien de tiempo, aún faltan tres horas para la audiencia en que fijarán la fianza. Los letreros anunciando la proximidad de la ciudad de Quebec lo tranquilizan.

Desciende un par de números la calefacción, la cabina retiene el aire caliente como el aliento de un dragón, lo cual le provoca dolor de cabeza. Quisiera abrir la ventanilla unos centímetros y dejar al viento helado —el termómetro marca diez grados bajo cero— y sus olores árticos golpearle el rostro.

A diferencia de Mildred, él ama el frío, la nieve, el hielo y el arrogante San Lorenzo que en esa época del año se ralentiza.

De niño, en Trois-Rivières, su padre lo llevó alguna vez a pescar en lo más crudo del invierno. Su padre taladraba el hielo con el torniquete manual, deslizaba el hilo de la caña por el agujero y aguardaban durante horas, muertos de frío, a que picara alguna trucha. En silencio, sintiendo la poderosa corriente deslizarse bajo sus pies, una capa de hielo de frontera. Luego su padre perdió el trabajo en la fábrica de papel y se convirtió en ese hombre con una cerveza en la mano, un juego de los Nordiques en la tele, en amarga espera del cheque del desempleo.

Mildred, de pronto, se arranca los audífonos y exclama que no empacó el pijama preferido de Julie. Lo dice como si fuera la peor de las faltas.

Guy trata de tranquilizarla con el argumento de que no será un problema para Julie, teniendo en cuenta todos los problemas que enfrenta. Mildred lo observa con desdén. La condescendencia de su marido la está enfermando.

El pijama de Jimmy Neutron que, a pesar de los años, sigue utilizando para dormir. Le queda muy pequeño, se ve ridícula, presenta algunos descosidos, pero igual se lo pone la porfiada. Aunque es un hecho que no se lo llevó cuando se fue de casa. Mildred pensó que sería todo un detalle. La noche anterior preparó la maleta de su hija, aferrada a la esperanza de que la dejarán libre en unas horas.

Piensan hacer noche en Quebec. La tormenta se abalanza sobre la provincia como un perro hambriento.

Margarite se negó a acompañarlos, se quedó al cuidado de Yamile, la pobre, un espectro errando por la casa tras las sombras de su niña Julie, a quien crio desde el destete. Mildred debía reincorporarse al trabajo una vez terminada la lactancia. *Ma petite fille*, suspira de vez en cuando la negraza cuando plancha, limpia o cocina.

Mildred no entiende la razón por la que Margarite se negó a acompañarlos. Trató de convencerla, la chantajeó, la presionó. Debía comprender lo importante que sería para Julie ver a toda su familia en la corte apoyándola. Margarite se rio sarcástica, con una saña que le desconocía, y le dijo que tenía mucho que estudiar, los exámenes de diciembre están a la vuelta de la esquina. Cuando quiso obligarla, Guy la disuadió.

Entre esto y aquello, ha de haber olvidado el pijama sobre la cama de Julie.

Hay una parte de Mildred consciente del absurdo de su zozobra por una nimiedad así. Pero está esa otra parte que se empeña en no equivocarse ni en los detalles más pequeños. Ha ensayado en su cabeza todos los posibles diálogos que mantendrá con Julie una vez sea liberada. Según el abogado, la fianza es un hecho, solo hay que esperar en cuánto la fija el juez. Diálogos en los que sopesa cada palabra, cada gesto, cada silencio. Con los que pretende recuperar los años perdidos, la confianza herida.

Solo espera que Guy mantenga la boca cerrada, como ahora, concentrado en la señal de entrada a esa ciudad de cuento de hadas, un pedazo de Francia en el corazón del nuevo mundo, en cuyos calabozos su hija ha pasado las últimas noches.

Quieren hacer del juicio un escarmiento, les dijo el abogado cuando el juez fijó la fianza: diez mil dólares. Quieren dejar bien claro que no tolerarán ninguna clase de agresión a la industria peletera del país. Mildred se indignó al escuchar la cifra. En la audiencia previa, el mismo juez estableció una fianza de mil dólares a un hombre acusado de agresión sexual.

Guy se limitó a pagar para que su hija saliera cuanto antes. Por fortuna, disponen de la cantidad.

Aún no dice nada sobre las amenazas de Ironwood. Aún no le cuenta a su mujer que haberse ausentado de México muy probablemente le cueste el trabajo. Debía estar de vuelta hace una semana, mejor, no debió marcharse como lo hizo, sin solicitar permiso, avisando de su decisión una vez que había aterrizado en Montreal. Ironwood está fúrico. Lo ha insultado, humillado, hecho pedazos. Guy aguanta como puede, trata de ganar un tiempo que no tiene: el tiempo es litio, el tiempo es un lujo prohibitivo para Chamberlain. Chamberlain es un imbécil al que ya le están buscando sustituto si no regresa en ese mismo instante.

Eso fue hace dos días. Después, el silencio.

Hace un frío brutal y la ventisca impide ver con claridad la fachada de la correccional de menores. Por esa puerta saldrá Julie en cuestión de minutos, les ha prometido el abogado. Tuvo suerte. A algunos de los otros chicos, mayores de edad, reincidentes, el juez les negó el derecho a fianza.

Mildred y Guy Chamberlain aguardan dentro del Audi, la noche naranja apenas se abre paso entre la nieve. A Mildred la espera le ha enfriado la indignación. Todavía hace quince minutos no dejaba de repetir lo absurdo que le parecía que la justicia de su país considerara diez veces más grave liberar unos visones de una granja que agredir sexualmente a una mujer.

Ahora calla. Se obstina en la puerta del desdibujado correccional. Cualquier movimiento es Julie. Pero todos los movimientos son un fantasma debido a la tormenta. No pierde detalle, teme que a su hija, en cuanto ponga un pie en la calle, se la lleve el viento que arrecia a cada minuto. Que salga volando por los techos de Quebec y nunca la vuelva a ver.

Por más que trata, no puede borrar de su recuerdo el perfil duro, desafiante, altivo de Julie sentada en el banquillo de los acusados. Ni una mirada les dedicó cuando el juez se pronunció.

Guy hace números. Hubiera vendido un riñón de ser necesario, pero igual calcula y recalcula, sin rencor, por practicidad pura, los honorarios del abogado, los diez grandes de la fianza, la hipoteca, el colegio de Margarite, los autos, las tarjetas de crédito, las vacaciones de verano en España de las que ya pagaron un adelanto, el mantenimiento de la cabaña en Trois-Pistoles, las vacaciones de invierno en la estación de esquí de Whistler, en la Columbia Británica. La ropa, los gadgets, el sueldo de Yamile, del jardinero, las clases de alemán de Margarite, las de yoga de Mildred, el seguro médico de gastos mayores, el de vida, el de la vivienda.

Siente que el corazón se le detiene un segundo ante el hecho muy probable de que se quede sin empleo. Ante quién puede rogar, suplicar, arrastrarse si es necesario, que no sea el cabrón de Ironwood. Quién en Inuit Mining Corporation mostrará un resquicio de conmiseración cuando le exponga las causas de su repentina marcha del proyecto más importante del corporativo en las últimas décadas.

Mi hija es una terrorista que atenta contra los fundamentos del capitalismo, perdone usted, cosas de la edad, ya sabe. Pero a su pesar, no está enojado con Julie. Desea tanto como Mildred verla atravesar esa puerta y marcharse a casa después de dormir en el Hilton. Sería una locura aventurarse a Montreal en esa noche de lobos en la que los osos polares vuelan por los aires.

Es Mildred la primera en verla. Salta del auto y atraviesa la tormenta con una fragilidad que a Guy le asusta. Chamberlain reacciona y la sigue. Al llegar, su mujer estrecha a su hija entre los brazos como una náufraga. Julie entrecierra los ojos por la ventisca, una mueca insolente se adivina tras la nieve que azota su rostro.

—*Get into the car, quickly* —dice y empuja a las dos mujeres hacia el coche.

Julie se sienta en la parte trasera, Mildred y Guy adelante. Guy piensa tontamente que va a ser una odisea llegar al hotel con esa tormenta. Los limpiaparabrisas apenas pueden con la marabunta de copos que golpean el cristal y las calles renuncian poco a poco a sus contornos. Avanza despacio, concentrado, una forma de evitar el momento.

Mildred, a su lado, contempla a su hija extasiada y le pregunta cosas como qué tal está, si la trataron bien, si pasó mucho frío, hambre, en la evocación de un imaginario carcelario alimentado por las películas.

Julie la tranquiliza, le dice que estaba como en un hotel. Habla con una frialdad quirúrgica, como un líder bolchevique: no tenían por qué pagar la fianza, estaba dispuesta a enfrentar las consecuencias de una acción ética y política totalmente justificada, que desnuda al sistema de justicia de este país, al servicio del gran capital y de sus intereses.

—*The minks are the victims here, not the farm owners, not you, not me.*

Mildred regresa la mirada al frente como si le hubieran volteado la cara de una cachetada. Busca en el Google Maps la ruta al hotel. Trata de asistir a su marido. Guy le dice que no se preocupe, que recuerda el camino al hotel, al que fueron a dejar el equipaje después de la audiencia.

Las calles están desiertas. Son escasos los vehículos con los que se cruzan. Las luces de los semáforos apenas se distinguen. La marcha se vuelve tortuosa por la lentitud, por el silencio espeso al interior de la cabina. Todos los posibles diálogos que Mildred había imaginado son pulverizados por esa chica sentada en la parte trasera, absorta en el celular, a quien han de haber cambiado por su Julie en la correccional.

Las luces del alto edificio son pálidos destellos a lo lejos. Guy se guía por ellas y por la fortuna que parece acompañarlos en la travesía. En el mutismo de Julie hay una hostilidad que está empezando a sacarlo de sus casillas. No esperaba agradecimiento, pero tampoco ese desprecio.

¿Se imaginaba su hija mártir de la causa?

De reojo observa a su mujer: perpleja, atónita, vencida. En cosa de tres meses, Mildred ha perdido peso, frescura, energía, diligencia. Ahora aparenta la edad que tiene, otra derrota contra el tiempo.

Por fin llegan al hotel. El aparcamiento subterráneo les da una tregua. Bajo todas esas toneladas de cemento y hierro sienten que han entrado en un vientre cálido. Afuera, el viento aúlla, la nieve se precipita tan espesa que se vuelve una cortina sólida, impenetrable.

Un elevador los lleva al lobby, profusamente iluminado de sonrisas y voces. Hay vida después de todo. Otro elevador los sube al decimoquinto piso. La suite tiene una cama matrimonial y una individual. Mildred quisiera que su marido les dejara la king size a ella y su hija para instalarse en un tiempo en el que la inocencia era aún una posibilidad. Es algo que le pasa por la cabeza durante una fracción de segundo y que desecha de inmediato.

Esa muchacha que se ha encerrado en el baño no es su Julie. Esa muchacha que abre las llaves de la regadera no se parece en nada a la hija que crio. Vuelven el miedo y la desconfianza. Interroga a su marido: ¿qué sigue? Guy escribe un mensaje en su celular. Frenético y ceñudo.

—*Troubles?*

Alza la vista de la pantalla y observa a su mujer como si se hubiera aparecido de pronto en un acto de prestidigitación. Suspira, quería postergar el momento todo lo posible. A estas horas es muy probable que ya no tenga trabajo. Hay frases que funcionan como una espoleta. Guy quisiera poder acallar los gritos de Mildred. Detener las palabras hirientes que vomita contra su hija: malcriada, desagradecida, estúpida, delincuente juvenil, nuestra ruina, destructora de la familia.

Julie sale del baño envuelta en una bata. Aún le chorrea el cabello, apenas acababa de entrar a la ducha. Trata de mirar a su madre con ternura, con conmiseración, como a una niña caprichosa. Deja que se desahogue, no es personal.

La rabia y la impotencia tienen que ver con una historia que empezó hace ya algún tiempo. Su lucha no es la de ellos, lo sabe. Se lo explica calmadamente. Su lucha no admite afectos personales, son un lastre. Ha tratado de decírselo desde que se fue de casa. No era suficiente, debía dar el paso. Renunciar a su vida en aras de una causa mayor, urgente. Entiendo que se engañen, les dice, que se aferren a la idea de que aún hay tiempo, de que podemos postergar lo impostergable. Pero están mintiéndose y nos están mintiendo a nosotros, a los que heredaremos un mundo en ruinas, les dice sin alterarse un ápice.

Me reclamas, mamá, mi falta de amor y consideración hacia la familia, a ustedes que me lo han dado todo. No te has puesto a pensar que esto que hago puede ser una forma de amor más grande. Lo hago por ustedes, por Margarite, por Yamile, por toda la gente que está en este hotel, allá afuera, en todas partes, por los hijos que tendremos si es que alcanzamos. No les pido que abran los ojos a la sistemática destrucción del planeta, a las múltiples formas de violencia asesina del sistema contra los animales, las personas, la tierra. Lo sabes mejor que nadie, papá. Lo has visto con tus propios ojos. Pero ustedes no tienen derecho a pedirme que renuncie a una lucha que no responde ni a un capricho ni a una moda pasajera, sino a una convicción profunda.

No quise lastimarlos cuando hace un rato, en el coche, les dije que no les pedí que me pagaran la fianza, no estuvo bien, lo siento. Siento mucho lo de tu trabajo, papá, aunque no puedo decir que no me alegre, empresas como esas nos tienen al borde del precipicio. Quisiera que me entendieran, de todas formas, con su apoyo o sin él, voy a seguir luchando.

—*Bullshit!* —exclama Mildred—. *You're a fanatic and an unconscious girl...*

—Mildred, be quiet, please. We all need to be calm for once —corta Guy.

La mirada que le echa su mujer es la de quienes se sienten traicionadas, heridas por la persona en la que más confiaban. El ruido de la grieta que se abre en el témpano bajo el que se esconde Julie lo ensordece. Su hija niega impotente con la cabeza y desaparece en el baño. Guy se siente exhausto, un soldado al que abandonan en el campo de batalla.

3

El director del proyecto Sonora Lithium corta la videollamada antes que él, sin despedirse. Es una cuestión de jerarquías. Pero detrás de su arrogancia, Ironwood sabe que está contento con las nuevas proyecciones. Ya viene en camino el sustituto del imbécil de Chamberlain y Pierce le aseguró que la poca oposición a la mina dejará de ser un problema muy pronto. Han adelantado el año de inicio de operaciones al 2023. La tecnología para explotar el metal en arcillas avanza a buen ritmo y hay una fila de posibles socios, desesperados por inyectarle capital al proyecto. Ingleses, chinos, gringos, todos han empezado a babear por el yacimiento que, al principio, desdeñaron por inoperante.

El director le ha pedido que selle cualquier posible fuga de información, ellos deben controlar el flujo, los tiempos y las estrategias. Es de vital importancia, le ha dicho Mister Li3, como se le conoce en la compañía al hombre que inició con lo que muchos ejecutivos calificaron de quimera, un imposible, una pérdida de tiempo: el oro blanco, si no se da en salmueras, no rentabiliza.

Pero así son los grandes hombres, se dice Ironwood, inmunes a la crítica y al fracaso. Los visionarios, los transformadores, los motores del progreso. Qué sería del mundo sin ellos.

A Ironwood los triunfos como ese le abren el apetito. Se reclina satisfecho en el asiento, gira hacia el ventanal y contempla el horizonte de cemento que se extiende ante sus ojos. Es uno de esos raros días en que la atmósfera está limpia de smog, por lo que alcanza a distinguir a lo lejos las cumbres nevadas del Iztaccíhuatl.

Se le antoja comida japonesa. Le pedirá a su secretaria que le reserve mesa en el Izakaya Kura. No quiere comer solo. Se detiene un segundo a pensar en quién podría acompañarlo.

Está Sonia, la gerente de recursos humanos. Buen culo, mejores tetas, le sonríe mucho, diría que le coquetea. Carne mexicana de postre, por qué no. Un hombre tiene sus necesidades y su mujer ya tomó una decisión sin siquiera discutirlo. Los niños y yo nos quedamos en Vancouver, nos vemos en Navidad, no quiero que crezcan en un país en donde desaparecen a cuarenta y tres jóvenes como si nada.

Extraña a sus hijos de una manera vaga, casi obligatoria. En cuanto a ella, el rencor que Jonathan ha acumulado durante su ausencia anestesia cualquier tipo de memoria.

Qué pensará Sonia si la invita. Puede inventar un pretexto laboral. La llegada del nuevo director de la división de exploración, por ejemplo. No sirve, no es competencia de Sonia, dependen directamente de la matriz en Toronto.

Pobre estúpido de Chamberlain. Ahora cae en la cuenta de que nunca le explicó por qué se ausentó de esa manera tan abrupta. ¿Problemas familiares? Aún conserva sus últimos mensajes de texto en los que le ruega, se arrastra como un cerdo en el lodo, gordo asqueroso, indigno, qué humillante. Los guarda como un recordatorio. Piensa mostrárselos a algunos colegas en la reunión de fin de año, cuando repartan los bonos, el suyo, uno de los más jugosos, por encima de los directores de las divisiones boliviana y guatemalteca, está casi seguro. Qué risas echarán.

La adrenalina lo tiene loco. Comer y coger, eso necesita. Sake y el culo de Sonia. Celebrar que está vivo, en la cumbre de un monte dorado, futuro rey del litio. ¿Acaso necesita pretextos para invitar a una mujer a comer? Las políticas y protocolos internos no se hicieron para el director general. Esto es México, aquí las mujeres conocen muy bien las necesidades de un hombre como él, no como en su país, putas feministas.

La secretaria se le adelanta. Le comunica que al otro lado de la línea espera la embajadora. Hablando de putas feministas. Dile que estoy en una reunión, que luego le devuelvo la llamada, y resérvame una mesa para dos en el Izakaya Kura.

Él no habla con cadáveres políticos. Margaret Rich tiene los días contados. Margaret Rich no entiende los nuevos tiempos, es un dinosaurio. Su extinción es lo mejor para todos. Margaret Rich le ha dado muchos quebraderos de cabeza con su superioridad moral y su patriotismo pacato. Margaret Rich está muerta, descanse en paz.

Tal vez no debió haber deslizado tan pronto la mano bajo la minifalda de Sonia. Pero es que la tiene casi en el ombligo, la muy puta, y esos muslos abundantes, jugosos, morenos, no lo han dejado en paz durante la comida. La chica se la ha retirado con bastante delicadeza, casi como un ruego. Qué le pasa, señor Ironwood, tengo marido, le ha dicho ruborizada, bajando la vista. Creí que se trataba de una comida de trabajo, no se confunda.

Jonathan piensa que él nunca se confunde. Que haber aceptado la invitación, que le enseñe las piernas como se las enseña, que le sonría como lo ha hecho, que le haya apretado el antebrazo casualmente con sus chistes sin gracia significa lo que significa, no hay equívocos, no hay malentendidos.

Para el segundo plato dejaron de hablar de trabajo. Ya están en los postres, achispados por el sake, tontuelos y confesionales. Ya mostró la baza del abandono de su mujer, su vulnerabilidad, su campechanía. Es un dios que se ha dignado a departir con una pobre mortal. No entiende por qué se acabaron las risas. Por qué se muestra nerviosa y cortante. Por qué ha dejado de hablar, voltea a todas partes y checa su celular cada minuto. No entiende por qué le dice que debe volver a la oficina si está con el puto jefe.

Yo decido cuándo regresas a la oficina y si regresas, le dice en un susurro y posa su mano en la rodilla de Sonia. Ahí se queda la mano, firme, conquistadora. Ahí se queda la rodilla, con un ligero temblor que a Jonathan excita aún más. ¿Conoces Valle de Bravo?, le pregunta. Sí, le contesta Sonia sin hablar, asintiendo con la cabeza. Tengo un chalet a orillas del lago que te va a encantar.

Ironwood no entiende que le ponga de pretexto a su marido, un pobre diablo, un indio fracasado que gana al año lo que él en una hora. Esto no se trata de amor, es sexo, un buen rato, una buena cogida y mañana será otro día.

Ironwood empieza a pensar que esa mujer es tonta, que no comprende en la posición en la que se encuentra. Tal vez se equivocó con ella, tal vez tendrá que buscarse a una nueva gerente de recursos humanos. Tal vez cree que vale más que una noche en el chalet con champán y caviar. Tal vez tendrá que bajarle las ínfulas a la putita. Y qué carajos quiere ahora su secretaria. Lo están buscando de la dirección general en Toronto. Es urgente que se comunique con ellos. *For God's sake!* Qué oportunos.

Hace dos días que tiene preparada la maleta. Hace dos días le llegó la notificación de su traslado a Ottawa, en donde quedará a disposición del ministerio hasta nueva orden. En la maleta ha empacado lo necesario, el resto llegará vía valija diplomática. La maleta le recuerda que su mundo cabe ahí, en ese pequeño receptáculo. A pesar de haber vivido en diferentes países, nunca los habitó por completo. La maleta le recuerda que un país no entra en un veliz, que ha sido un caracol cargando a sus espaldas la abstracción de una patria.

Sabe que no la destinarán a un consulado, mucho menos a una embajada. La enviarán a un rincón administrativo a la espera del retiro. No habrá honores ni grandeza. La maleta a los pies de su cama le recuerda que nadie la extrañará en ninguna parte.

Entonces imagina su vida en el coqueto departamento que compró hace algunos años en Somerset Street. Imagina largos paseos a la vera del canal Rideau, entre frondosos parques, llenos de patinadores en invierno y corredores en verano. Imagina la puesta al día con la Atwood y la Munro, lo mejor que ha dado su país, cree, y cuyas obras ha ido acumulando para ese día que llegará inevitablemente. Imagina las noches frente a la tele viendo todas las películas clásicas que no ha visto. Imagina las ocasionales visitas a su hermana en Vancouver.

Thomas no está en la fotografía. Quizá lo único bueno de esta historia: podrá mandarlo a volar, a nadie en el ministerio le importará ya su divorcio. Imagina un gato o dos, nunca fue de perros. Imagina un club de bridge con viejas como ella. La fotografía es deprimente, aun sin Thomas en ella.

La fotografía la lleva a la idea de fracaso, ese fantasma contra el que luchó durante toda su carrera. Tal vez nunca existió el lugar al que pretendía llegar. Tal vez esa es la trampa más sofisticada y perversa del sistema: hacerte creer que existe ese lugar. La maleta, testimonio mudo de su debilidad.

Ha tratado de comunicarse varias veces con el miserable de Ironwood. Cada vez que lo invoca siente una arcada. Esquivo, cobarde, le niega las llamadas. Muy probablemente no se sienta mejor cuando le diga todo lo que quiere decirle, no tiene mayor importancia: gusano traicionero, machista, ambicioso, ojalá se muera de una enfermedad lenta, larga, un cáncer en el hígado, una leucemia prolongada, un síndrome desconocido que lo postre en una cama durante un año, con dolores insoportables, enfermeras brutales que le limpian el culo con cara de asco y en absoluta soledad. Es lo que se merece.

A Thomas aún no le informa de su situación. El vividor de su marido ha de encontrarse en alguna parte del mundo, a la caza de unas piernas largas o una antigüedad obscenamente cara. Las piernas de la embajadora son largas, demasiado para su gusto, sostienen un talle corto, lo que le da un aspecto de grulla.

En eso se fijó Thomas cuando se conocieron, durante una exposición sobre el Egipto faraónico en Roma. Ella era agregada cultural de la embajada; él, un coleccionista aburrido y sexy como un dios escandinavo. Thomas Karlsson, de Uppsala, heredero de una fortuna maderera, podía enamorarse al instante de una mujer cuyas piernas nunca llegaran a la cadera. Eso o algo parecido le dijo cuando la abordó al término de la inauguración con una copa de Moët & Chandon.

¿Pudo ser tan estúpida e ingenua? Tenía veintiocho años y estaba deslumbrada por ese mundo al que acababa de entrar, casi como un accidente, con el síndrome de la impostora a flor de piel. Thomas Karlsson, de Uppsala, pudo olfatearlo como los perros olfatean el miedo.

Es el único consuelo que le queda después de todo. Ha pospuesto el momento de decírselo porque desea que sea un hecho consumado. Quiere encontrarse en el punto más bajo de la humillación, cuando los títulos y los oropeles ya no existan, para mandarlo a la mierda de una vez por todas. Una humillación, piensa, que lo salpicará, que lo pondrá en el centro de su narcisismo como la principal víctima de la desgracia. Quiere paladear el momento como paladeó hace treinta años esa copa de champán en manos de un príncipe canalla. Aunque… qué príncipe no lo es.

En cuanto a las despedidas, serán breves e indoloras. No extrañará ese país huérfano, bravucón, que se desangra entre fiestas de guardar, masacres y desaparecidos.

Tampoco a los empleados de la embajada, que han visto pasar embajadores como quien oye llover, salvo a Jennifer, la única complicidad posible en esos pocos años. Le hubiera gustado conocerla mejor, tratarla más, y a su encantadora novia, esa muchacha sensible y de gran talento, divertida y cariñosa. Una cena inolvidable. Por unas horas consiguió olvidar su pequeña tragedia, su caída libre, y pudo extraer de entre todas las capas de vileza que ha acumulado a la Margaret Rich que hubiera querido ser.

Ahora, frente a la maleta lista para su último destino, se siente vieja y cansada, ya no hay manera de escapar de esa forja mentirosa, un espejismo que persiguió toda su vida.

La carretera alegórica de paja

1

Cuando las manos entran en contacto con el volante, una descarga fugaz recorre sus brazos. Antes de prender la Ford del 65, Heriberto siente la armonía de sus formas, atento a la historia que cuentan el cuentakilómetros, las llantas, el motor. Los significados que tuvo alguna vez, los símbolos que encarnó, la nobleza de su diseño.

Dos días perdió en Hermosillo renovando el permiso y la licencia. A Heriberto no le gustan la capital ni sus habitantes. Siempre que puede, evita ir a esa ciudad sanguijuela. Le sacan de quicio su burocracia, su avaricia, su insolencia, su ensimismamiento, su desdén. Amén del ruido, el tráfico, las prisas y sus conductores gandallas. Pero ahora que está de nuevo sentado al volante, que pisa amorosamente el acelerador para salir del corralón, se dice que valió la pena.

El corralón es un lote baldío adyacente a la comandancia, cercado con malla ciclónica. No hay más de cuatro o cinco fierros viejos que sus dueños olvidaron recuperar.

En la salida, Ramón aguarda tranquilo, sonriente, la condescendencia está a punto de reventarle el uniforme. Heriberto imagina que el payaso se ha de estar diciendo que triunfó la justicia o alguna tontería parecida. Le hace gestos para que se detenga. Heriberto obedece.

—¿A poco no se siente bien tener todo en regla? Como debe ser, somos un pueblo civilizado.

—Espero que a todo el mundo le apliques la ley como a mí, parejo, como le corresponde a un pueblo civilizado.

—Ah, qué Heriberto tan desconfiado. No sé qué andes creyendo, pero en eso estamos; por encima de la ley, nadie. ¿Quién fue que dijo eso?

—Algún guacho, seguro.

—Seguro. ¿Sabes?, este pueblo tiene un gran futuro, muy pronto nos alcanzará a todos la prosperidad, saldremos del agujero en el que estamos. Y déjame decirte algo como amigo, como alguien que se preocupa por ti: nadie se va a interponer, nadie podrá evitarlo, sin importar lo que haga, no sé si me explico.

Heriberto necesita largarse de ahí. La sensación de que ese tipo lleva un tiempo soplándole en la nuca lo envilece, aflora lo peor de él. Últimamente le han dado ganas de matarlo. Ha soñado incluso con el crimen perfecto. La impotencia puede llevar a un hombre a descender a los infiernos más fríos. Nadie es inocente hasta que demuestre lo contrario.

La afable fachada de Heriberto está a punto de venirse abajo, si no es porque, en ese momento, una Pathfinder se detiene frente a la entrada de la comandancia, a unos treinta metros. De ella baja una mujer mayor cuyo rostro corresponde al de la señora Francisca, esposa del señor Rómulo, aunque no es fácil adivinarlo: la máscara desencajada de su cara deforma sus rasgos. Espera a que descienda uno de los trabajadores del rancho. De pronto, por casualidad, la mujer divisa a Ramón y arranca hacia él. Hay en su caminar una urgencia guerrera.

—¿Dónde están?

—Buenos días, señora Francisca, ¿qué la trae por aquí? ¿Algún problema?

—¿A dónde se los llevaron? No te hagas, Ramón.

—Vamos a tranquilizarnos. Acompáñeme dentro y me cuenta cuál es el problema.

—¿Qué hicieron con ellos?

—No sé de qué me habla, señora.

—¿No sabes de qué te hablo? Estoy vieja pero no pendeja. ¿Dónde carajos están mi marido y mis hijos? Será mejor que me digas, porque si no, no respondo, cabrón.

—Un respeto, esas no son formas de hablarme. Acompáñeme adentro y me cuenta con calma qué sucede.

—Sabes muy bien lo que sucede. Los levantaron, y sabes muy bien quiénes y por qué. ¿Acaso crees que no nos damos cuenta de todas las chingaderas que andan haciendo el Cipriano y tú con esos cabrones de la mina? Y tú, Heriberto, más vale que se pongan listos porque también se los va a llevar la chingada.

—Esas son acusaciones muy graves. Es mejor que le baje dos rayitas, si no, se va a meter en serios problemas. Si tiene una denuncia que hacer, hágala por las vías correspondientes, pero no venga aquí a levantar falsos.

Heriberto aprovecha la discusión para irse sin mediar palabra, con el corazón en la boca y un granizo en los ojos que no lo deja conducir. Por el retrovisor alcanza a ver a doña Francisca gesticulando como una fiera. El trabajador trata de calmarla, de llevársela de ahí antes de que el comandante pierda la paciencia. Heriberto acelera y pone rumbo al rancho.

Deja la pick-up a la entrada del Tazajal y se echa a andar hacia el invernadero. Media milla por delante. No tiene muy claro por qué lo hace. De repente sintió la necesidad de caminar y ordenar las ideas.

Marcha sin prisa entre matorrales y recuerdos.

Se trata de un mapa de la memoria. Cada piedra, árbol y arbusto contiene una historia que lo define. Tiene la sensación de que sus piernas van echando raíces a medida que avanza, la tierra absorbe sus pies, en cualquier momento podría quedarse quieto, inmóvil, como ese álamo o ese saguaro. Un hombre-árbol a la espera de que arrasen con todo, que borren las huellas que él, María Antonieta, la tía Ana María, el tío Zacarías, los padres de Zacarías, sus abuelos y bisabuelos fueron dejando a lo largo de siglo y medio. Una escritura en arcilla que narra las vidas de hombres y mujeres que pronto se quedarán sin memoria. Por fin se hace las preguntas que ha venido evadiendo: ¿tiene madera de héroe? ¿Qué significa morir por un pedazo de tierra?

El sendero asciende ligeramente hasta un promontorio. Desde ahí pueden apreciarse la casa y el invernadero. No son una casa y un invernadero. No son solo una casa y un invernadero. Son un universo a punto de extinguirse. Según desciende, alcanza a distinguir a María Antonieta entre las flores, traslúcida por los plásticos, y a la tía Ana María sentada en el zaguán con Cochi y Luna a sus pies.

Una imagen detenida en el tiempo.

Hay otras imágenes que se superponen, cuando, en lugar del invernadero, estaban el establo y las caballerizas, el tío Zacarías y los trabajadores. Las reses y los caballos. Los mugidos, los relinchos, los ladridos, las voces broncas de los vaqueros. Silbidos y mentadas de madre. Risas, gritos, llantos, oraciones a Dios y al diablo. Cuentos al anochecer de las fogatas. Tragedias mínimas, desventuras, dedos truncos, tobillos rotos, muñones y deslomes. Lunas llenas y nuevas. Soles abrasadores, heladas inclementes. Nacimientos, funerales, bacanoras, cafés de talega, asados y gallina pinta.

Heriberto, de súbito, tiene una visión. Nada de eso queda, tan solo la tierra silente profanada por las máquinas. Dura un parpadeo. La nostalgia no es la mejor consejera.

Llega a la entrada del invernadero. Observa a María Antonieta inclinada sobre su nuevo proyecto: tulipanes amarillos. Le habló de ello hace unos días, no le prestó atención. No entiende cómo logra ignorar el derrumbe a su alrededor e imaginar un futuro de tulipanes. A veces lo enoja esa ceguera, otras, lo enternece, unas pocas, despierta su admiración.

—¿Y la troca? ¿No te la regresó el cabrón?

—La dejé en la entrada. Se me antojó caminar.

—¿Y eso?

—Sabe. Es bueno ejercitarse.

La música de Los Apson subraya tenuemente el escarbar de la pequeña pala en la tierra fértil. «El último beso»: Íbamos los dos al anochecer, oscurecía y no podía ver..., tararea María Antonieta. Parece satisfecha, recóndita. Parece que toda la vida ha estado en ese lugar.

—¿Ya no han vuelto?

—¿Los de protección civil? Han de estar todavía zurrándose en los pantalones. Pero regresarán.

—Esos u otros —dice Heriberto y se sirve un vaso de agua del garrafón ubicado a un lado de las rosas. Bebe ávido, le sabe a gloria.

—¿Otros?

—¿No supiste? Andan desaparecidos don Rómulo y sus hijos.

—Pasó por acá doña Francisca temprano en la mañana.

—¿Y?

—Pues eso. Tiene dos días que no sabe de ellos. Encontraron la troca por el rumbo del Cerro del Muerto, las puertas abiertas, vacía.

—¿Se sabe...?

—Claro que se sabe. Todo el mundo lo sabe. ¿Tú no?

—Don Rómulo no andaba en chingaderas.

—Dirán que sí.

—¿Y luego?

—Ahí está mi amá con la escopeta.

231

—No me chingues, esto no es un juego.

—No estoy jugando. Fíjate bien, ahí la tiene, a un costado de la mecedora.

Heriberto no tiene ganas de comprobar semejante disparate. Vuelve a servirse otro vaso de agua. Una vieja demente con un arma y una mujer necia, ciega ante las evidencias. Le da rabia su miedo, sordo, que se filtra en los huesos como la humedad. Un miedo silente.

—En lugar de estar ahí como un monigote, mejor échame una mano con los tulipanes, últimamente como que te viene valiendo madre el invernadero. Anda.

—Pinche Mery.

—Ey, pinche.

Heriberto se pone manos a la obra. Cava un agujero de unos ocho centímetros y deposita una semilla de la especie *Liliaceae*. La cubre con delicadeza, dejando los sustratos sueltos, aireados. Prosigue con el otro hoyo, a unos treinta y cinco centímetros, y con otro más. Los Apson ahora cantan «Sueña, dulce nena».

La noche trae esa engañosa sensación de normalidad. Heriberto se guarda en la cabaña con el cuerpo molido, satisfecho, las manos sucias de tierra, la emoción de las cosas simples en el esternón. Se siente ligero por primera vez en muchos días. Los tres perros sin nombre lo detectan y revolotean a su alrededor. Heriberto les prepara un plato de arroz y tortillas a cada uno. Se los sirve en el porche. Se sienta a contemplarlos comer con esa devoción del hambre insaciable.

Le entran ganas de rasgar la guitarra. Va a buscarla, se instala de nuevo en el porche y comienza a puntear acordes al azar, cuerdas templadas sin pericia. No importa. El sonido del instrumento inhibe la canción del monte, la silencia para imponer un nuevo orden musical que llama a una dulce melancolía, reconfortante. Heriberto se entrega a ese paréntesis, consciente de que se trata tan solo de un lapso de calma, la que antecede a la tormenta. Se toma unas vacaciones de la angustia, las dudas, la culpa, sabedor de que alguien en alguna parte moverá las fichas y solo entonces se verá obligado a reaccionar.

Los tres perros sin nombre han terminado de comer. Sentados en semicírculo sobre sus cuartos traseros, estudian a su amo, aguardan con la esperanza de que haya más arroz, caricias, juegos. Después de unos minutos, se recuestan resignados, mientras el humano emite extraños sonidos con la boca y las manos. A Heriberto el cuadro le hace suspirar. Siempre se ha conformado con poco, no pide tanto, hay anhelos mucho más ambiciosos, y sin embargo.

Deja de rasgar la guitarra y aguza el oído. Un ruido sordo, mecánico, se acerca por el sendero. Motores roncos, potentes, brutales. Aparecen los haces de luz y de inmediato las máquinas, de las que brota una música a todo volumen, himnos a la muerte.

Tres camionetas se presentan ante el cerco que limita el terreno. Empiezan a rodar en círculo, aceleran, queman llanta, la música apalea a la noche. Heriberto, estático, contempla ese desfile de carnaval que se muerde la cola. Los perros ladran, ladran, se revuelven erizados de los lomos, gruñen, ladran y aúllan. Heriberto decide no actuar. Quedarse ahí hasta que sean ellos los que atraviesen el cerco o se larguen. Después de unos diez minutos de girar sin pausa, de perseguirse absurdamente en medio de una nube de polvo cada vez más espesa, se detienen. Revolucionan los motores, el ruido hiere los tímpanos de Heriberto y de los tres chuchos que se desgañitan atormentados por una amenaza que no consiguen ahuyentar.

Heriberto tiene la engañosa sensación de que tanto ladridos como motores se escuchan a kilómetros a la redonda, pero en realidad la sierra se los traga volviéndolos un rumor.

Por fin, los autos dejan de rugir y se abandonan a un ronroneo aterciopelado. Heriberto chista para que los perros callen. Poco a poco, a regañadientes, se diría, obedecen. La música cesa. Siguen unos segundos en los que no sucede nada, el jadeo de camionetas y chuchos significa al tiempo.

Un sujeto desciende de uno de los vehículos, se acerca al portón hechizo del cerco, lo abre sin dificultad —Heriberto nunca creyó en los candados—, se adentra en el terreno. Por momentos es una sombra, hasta que se sitúa lo suficientemente cerca de la cabaña para que la luz del porche lo ilumine de forma parcial. Medio rostro, medio cuerpo. No aparenta más de veinte años, un muchacho. Seguramente está armado, se advierte Heriberto, no es fácil saberlo.

Piensa en la muerte, tiene suficiente miedo como para no demostrarlo. Trata de adivinar lo que sentirá cuando las balas penetren su cuerpo. Si será rápido o lento el tránsito a ese lugar en el que nunca se ha detenido. Heriberto no es un hombre religioso. Tampoco lo contrario. Opta por permanecer callado.

—¿Tú eres el que trabaja allá en El Tazajal, en lo de las flores?

La voz del emisario es aguda, chillona, desagradable.

—El mismo.

—Traigo un mensaje.

—Qué otra cosa iba a ser.

—¿Cómo?

—Nada, di lo que tengas que decir.

—No te pases de verga.

—Disculpa.

Heriberto siente la boca seca, el pulso desbocado, el estómago hecho un nudo de serpientes. El sujeto habla, Heriberto trata de entender lo que dice. No es que no comprenda el español del joven sicario. Hay algo en su cerebro que le impide procesar las palabras. Una idea estúpida, estridente: el muchacho ahí parado tiene cara de ardilla.

2

Ha postergado la llamada demasiado tiempo. Pero después de la visita de la señora Francisca, se dice que, si no la hace, se le va a romper una tripa. La rabia de la esposa de Rómulo se ha vuelto contagiosa. Esa mujer de la edad de su madre conserva todavía los ovarios intactos.

María Antonieta se instala en la pared sur de la casa, donde es más potente la señal. No quiere que su madre la escuche. Busca en los contactos el número de Angelina. Marca. Suena varias veces antes de que entre el buzón de voz. Cuelga. Deja pasar un par de minutos.

No pretende una conversación. Se trata de una bravuconada, pero debe hacerlo, se prometió no dejarse intimidar nunca más. Una promesa abstracta hecha en la huida. Un juramento con la sierra por testigo, el día —ya van para tres años— en que un camión la dejó en la plaza del pueblo, con la muerte de su padre aún palpitando en el celular.

Marca una vez más. Entra el buzón de voz de nuevo. Contempla el teléfono en su mano un poco asombrada por su inoperancia. Piensa en la posibilidad de enviar un mensaje de texto. No será lo mismo. Tal vez al rato. Angelina se la lleva pegada al celular. ¿La estará evitando?

El teléfono de repente cobra vida, vibra y timbra alegremente. El nombre de su amiga en la pantalla. Contesta.

No busca una conversación, solamente una declaración de principios. Algo así como dile a Ramón que no pienso vender, que no pienso moverme de aquí, que le hagan como quieran. No me asustan sus amenazas. Sonaba bien en su cabeza, pero al pronunciarlo le parece estar viviendo un melodrama barato. Le tiembla la voz, no es convincente.

—¡Qué dramática, amiga!

María Antonieta guarda silencio, pero no cuelga.

—¿Sigues ahí? No sé qué tanto crees, pero aquí nadie está amenazando a nadie.

Las palabras le rasgan la garganta, al final logra expulsarlas:

—Díselo a la señora Francisca.

—¿Eso te tiene así? Por qué no vienes a mi casa, para variar, y platicamos con unas cheves. Aquí te cuento en qué andaba ese Rómulo y cómo se metió con la gente que no debía.

—No me chingues, Angelina. Ese hombre es ley, me consta, puro trabajar, siempre derecho. Ahora no vengas a enlodar su nombre… ¿Angelina? ¿Angelina?

Sin señal. Puta madre. Va y viene a su antojo. Territorio Telcel mis huevos, exclama María Antonieta y con el brazo en alto persigue esa cosa intangible que a veces se ausenta por minutos, a veces por horas. Así, a la caza de dos o tres rayitas en el pequeño triángulo rectángulo de la parte superior de la pantalla, se desplaza al frente de la casa.

Ahí se encuentra a su madre, adormecida por el vaivén de la mecedora, la escopeta en el piso, Cochi y Luna observándola como si fuera una lunática. Puta madre, vuelve a exclamar.

—¿Ahora vas a andar con la escopeta para todas partes, amá? Vas a terminar matando a alguien.

Es algo que no sucederá. María Antonieta se aseguró de descargarla y de esconder los cartuchos en su cuarto. Ana María abre los ojos lentamente, sonríe, no a su hija. Nadie —ni ella— puede estar seguro de a qué.

—Es por si regresan, aquí estaré esperando. Es lo que haría tu padre.

María Antonieta se sorprende. Al parecer, su madre tiene uno de esos días en que la reconoce, cada vez son menos.

—Tu padre no permitiría que nos quitaran lo que es nuestro. Si vienen, que lo harán, les vuelo la cabeza y listo —dice Ana María como si estuviera explicando una receta de cocina.

María Antonieta ríe abiertamente. Su madre retorna al duermevela en el que estaba.

Cuando empieza con una nueva clase de flores, lo que más le gusta es plantar las semillas. La promesa que guardan en su interior, la incertidumbre del resultado, el proceso mágico del crecimiento, los primeros brotes, tiernos e ingenuos, que asoman de la tierra inconscientes de las amenazas, las enfermedades, las plagas. El milagro de que, gracias a su ciencia, germinarán en un delirio de colores, de geometrías perfectas, delicadas, sorprendentes.

Los tulipanes son caprichosos, requieren de atenciones extremas. Se pone manos a la obra después de prender el estéreo: Los Apson. Una vez que mecaniza la siembra, puede echar a volar su mente por parajes inexplorados. Pero en esta ocasión, la reciente visita de la señora Francisca apaga el vuelo.

Se presentó a primera hora de la mañana acompañada de uno de sus trabajadores. En sus ojos, el desvelo, la angustia, la rabia. La señora Francisca es lo más parecido a una tía, a falta de parientes cercanos, allá en Nacozari, irreconciliables quién sabe por qué historias. Durante muchos años fueron amigos de sus padres. Heriberto le contó alguna vez que, cuando las deudas empezaron a apretar, Zacarías acudió a Rómulo para pedirle un préstamo. Este se negó, no creyó que podría pagárselo.

Conocía bien a su padre, con mucha frecuencia lazaba nubes y tormentas.

Eso hizo que se distanciaran. A su muerte, Rómulo y Francisca se acercaron con ella para brindarle apoyo. María Antonieta les propuso la venta de la mitad del rancho, diez hectáreas. Aceptaron.

Francisca le recuerda a las hermanas difuntas de su padre. Fueron muriéndose cuando ella vivía en Hermosillo. Mujeres que no sabían llorar, en cuyas venas corría savia en lugar de sangre.

Francisca le contó que llevaban dos días buscándolos. A Rómulo, a los dos muchachos, algo mayores que María Antonieta, poco los ha tratado desde su regreso. Francisca y los trabajadores del rancho peinaron toda la región, de norte a sur, de este a oeste. ¿La policía? Pero si son ellos los que los levantaron, le aseguró Francisca. No vine a pedirte ayuda sino a prevenirte, le dijo. Quieren nuestras tierras, no van a parar hasta conseguirlas. Esa cosa maldita que esconden vale más que nuestras vidas, le dijo.

María Antonieta trató de reconfortarla con palabras vacuas. No le reveló lo que pensaba: los encontrarán dentro de meses o años, huesos y jirones, o tal vez nunca. Serán una ausencia y una presencia simultáneas, no habrá duelo, solo un dolor perenne, un pálpito de vida y muerte. Este es un país en el que pueden desvanecerse cuarenta y tres estudiantes de la noche a la mañana.

Francisca se marchó, no le confesó a dónde, dejando un rastro de puteadas.

«No la busques, dijo, muy bonita, porque al paso del tiempo se le quita... busca amor, nada más que amor», canta María Antonieta a voz en cuello como para borrarse a Francisca de la piel. Se niega a ceder al miedo, aunque sea muy tentador. Volver a ser esa mujer paralizada, un espectro huidizo a la espera de que las cosas cambiaran por sí solas. Quince años al menos necesitó para reunir el valor y escapar de esa enfermedad crónica en que fue convirtiéndose su matrimonio. Se reinventó. Sintió que el regreso a sus orígenes, el contacto con la sierra, despertaba en sus genes una herencia bravía que la ciudad había amordazado.

Ahora su exmarido vuelve con otros rostros y otros argumentos, pero son los mismos. No esta vez.

Su madre, que parece saberlo todo sin saber nada, aguarda con una escopeta en el zaguán del que ha sido su casa, sarmiento y vid, genealogía. La diáspora también es una forma de morir, así que...

Continúa plantando tulipanes con una alegría rabiosa. El celular le advierte de un mensaje de texto. De nuevo hay señal. Angelina le pide que se vean para aclarar las cosas, que le conviene escucharla. Para luego será tarde. ¿Tarde? ¿Es consciente Angelina de lo que insinúa? ¿Sabe lo que está pasando o prefiere ignorarlo, como la mayoría de los habitantes del pueblo, escondidos como cobayas en sus madrigueras? No contesta. Sigue esparciendo semillas.

Al poco tiempo de casarse, y a pesar de las promesas, perdió el contacto con Angelina. Era otra época, la sierra estaba mucho más lejos de la capital que ahora. Cada quien hizo su vida. Su padre le traía noticias sueltas de embarazos y nacimientos, pero un buen día su padre dejó de visitarla. Así se consumó el aislamiento. La soledad entonces fue tan palpable y aterradora que llegó a considerar el suicidio. La siguiente vez que vio a su padre fue en un cajón de pino. Angelina, durante el funeral y los días siguientes, se comportó como si hubiera sido ayer cuando se abrazaron a los pies del camión que la llevaría a Hermosillo, entre llantos y mocos.

Habían pasado dos décadas.

Angelina decidió borrarlas de un plumazo. Pero nunca se esfumaron, imposible, ahí están, recordándoles que cada una se encuentra en diferentes lados del cerco, dos extrañas que no saben casi nada de la otra.

María Antonieta se sorprende al divisar a Heri descender por el camino que lleva a la casa. Supone que el malnacido de Ramón no le regresó la pick-up. Teme que su socio no soporte la presión. Se aferra a una fidelidad que la sabe frágil, más ahora que los fantasmas del pasado de Heri lo acosan como lobos. La amenaza sobrevuela sus vidas, una baba espesa que lo moja todo. Sin embargo, no se han sentado a discutir qué harán. María Antonieta ha evitado ese momento porque, en el fondo, entiende que Heri no puede ni quiere emprender esa guerra.

Heriberto llega al invernadero. Observa a María Antonieta inclinada sobre su nuevo proyecto: tulipanes amarillos. Le habló de ello hace unos días, no le prestó atención. No comprende cómo logra ignorar el derrumbe a su alrededor e imaginar un futuro de flores. A veces lo enoja esa ceguera, otras, lo enternece, unas pocas, despierta su admiración.

—¿Y la troca? ¿No te la regresó el cabrón?

—La dejé en la entrada. Se me antojó caminar.

—¿Y eso?

—Sabe. Es bueno ejercitarse.

Se sirve del caldo de queso que cocinó su madre al mediodía. Con la llegada de la noche, la determinación mengua. Los susurros de la sierra se magnifican. Hace frío, mucho, un viento helado recorre el campo llenando de voces la oscuridad. Cena pegada a la estufa de leña con el oído atento a los sonidos externos.

Ana María duerme en su cuarto. O no. A veces, en la madrugada, se asoma a su habitación y la sorprende acostada bocarriba, los ojos abiertos contemplando el techo. Le habla quedito, pero no contesta, como si soñara despierta.

El caldo de queso era uno de los platos preferidos de su padre. ¿Cómo no iba a darle un infarto con esa dieta? Debe reconocer que a su madre le queda riquísimo. Pero come sin apetito. Lo acompaña con una cerveza. Tiene la espalda entumida, los brazos cansados, el cuello adolorido. Una pesadez la arrastra hacia un pozo sin fondo mientras su cerebro fabrica monstruos que acechan en el aire.

¿Cómo es este asunto de la valentía? ¿De dónde te agarras para no caer?

La noche —y el frío— la ubica de golpe en la realidad: una vieja enferma y su hija en medio de la nada. El cerebro crea imágenes alimentadas por las noticias y los rumores: mujeres torturadas, violadas, desfiguradas, arrojadas en fosas clandestinas. Una violencia sádica que se ensaña en sus mensajes.

María Antonieta flaquea.

Recoge la mesa y se asoma por la ventana de la cocina. Las luces exteriores de la casa apenas iluminan unos tres metros a la redonda, el resto es una negrura que el viento y la luna nueva oscurecen todavía más. A lo lejos, por el sendero, parpadean dos puntos blancos. María Antonieta cruza sus brazos sobre el estómago y aprieta. Los puntos blancos avanzan hacia la casa, se convierten en dos faros potentes que atrapan insectos bobos. A María Antonieta le punza el hígado. Piensa en la escopeta. Su madre va a tener razón. A medida que los focos se acercan, cree reconocer la pick-up de Heriberto.

¿Es? ¿Es? ¿Es? Sí es.

El miedo la abandona de golpe y siente que el cuerpo se le dobla en dos, necesita sentarse, recuperar el resuello, dejar de temblar. Quisiera llorar, pero se lo prohíbe. El motor de la Ford se filtra a través de la ventana junto con el viento. María Antonieta no halla la forma de incorporarse de la silla. El

motor cesa. Un portazo. Pasos. Toquidos. Una voz tranquiliza-
dora que susurra Mery, Mery, soy yo, Heriberto.

—¿Qué tienes? —le pregunta su socio en cuanto entra
como una tromba, cierra la puerta y pone el seguro.

—Me diste un susto de muerte.

—No es para menos.

Heriberto recorre la sala asegurándose de que las ventanas
estén cerradas. Se ve alterado. Hace lo mismo con la de la cocina. María Antonieta lo sigue como una cachorra.

—¿Qué traes?

Heriberto regresa a la sala y se adentra por el pasillo que da
a los cuartos.

—Mi amá durme. ¿Quieres decirme qué está pasando?

Heriberto se detiene, regresa sobre sus pasos, se queda en
medio de la sala. No sabe qué más hacer. Se asegura de que la
puerta esté cerrada una vez más.

—Carajo, Heri, ¿me quieres decir qué chingaos traes?

Heriberto se sienta en uno de los sillones y le hace un gesto a
María Antonieta para que lo imite. La mujer obedece como em-
brujada, presa de la firmeza del hombre. Nunca lo ha visto así.
La gravedad de su rostro le pide silencio. María Antonieta calla.
Espera. Entiende que Heriberto busca las palabras. Intuye que se
le resisten porque hay cosas que no deberían nombrarse nunca.

—Tuve que negociar con ellos. Lo siento.

—¿Negociar qué, con quién?

—Tu vida, la de tu madre.

—¿Cuándo?

—Hace cosa de una hora. Fueron a la cabaña.

—¿Quiénes?

—¿Quiénes van a ser? Los Arriaga, mujer.

—¿Qué te dijeron?

—Que alguien te estaba haciendo el paro, pero que igual
nos tenemos que largar de aquí.

—¿Y?

—Pues eso.

—Sabes que no pienso irme a ninguna parte.

—No tienes opción.

—¿No tengo? ¿Yo solita? ¿Qué onda contigo?

Heriberto se encoge de hombros. Sonríe con tristeza.

—No quiero morir.

—Yo tampoco, pendejo. Hagamos algo, vayamos a los periódicos, a la Comisión de Derechos Humanos, a alguna asociación ambientalista, alguien estará de nuestro lado, ¿no?

María Antonieta se ha puesto de pie. Camina de un lado a otro de la sala hablando consigo. De pronto se detiene. Afuera el viento se convierte en motores, llantas y voces. En órdenes que rugen cortantes como el frío. María Antonieta voltea con Heriberto pidiendo una explicación.

—No salgas.

—Hijo de la chingada.

María Antonieta corre hacia la puerta. Trata de abrirla. A su espalda, Heriberto hace tintinear las llaves. María Antonieta tira del picaporte con furia. La puerta no cede. Heriberto la toma de los hombros e intenta llevarla de vuelta al sillón. La mujer se resiste, manotea, grita enfurecida. Heriberto la abraza, la reduce con la mayor suavidad posible, la arrastra hasta el sofá y la sienta.

—No podemos hacer nada.

—Vete a la verga, eres un pinche traidor, un cabrón, poco hombre, puto.

Heriberto no se inmuta. Los primeros lengüetazos del fuego se reflejan en los cristales de las ventanas. Pronto, las llamas, alimentadas por los plásticos y el viento, lo devorarán todo, calcinarán las flores y la tierra. Arderá la vida entera en el invernadero.

María Antonieta hace un intento por levantarse, Heriberto la regresa de un empujón.

—Lo siento.

El resplandor ahora es más intenso, un humo negro envuelve la casa, el hedor es nauseabundo.

—Déjame salir.

—Para qué.

—Son mis flores.

—Te matarán si sales. Les prometí que no lo harías.

—Eres un hijo de la chingada.

—Lo sé.

El crepitar de las llamas va y viene, como si estuvieran a punto de morir y encontraran de nuevo el alimento que las aviva. María Antonieta imagina las orquídeas, los crisantemos, las rosas retorciéndose, marchitándose, ennegreciéndose hasta pulverizarse. El fuego dura lo que dura el viento y la madera y los plásticos. María Antonieta imagina a los hombres afuera, fascinados por el espectáculo como niños homicidas. Ya no tiene fuerzas para intentar salir, impedir la destrucción de aquello que le da sentido a su existencia, para inmolarse. Se siente vacía. Tan vacía como antes, cuando era un ratón asustado, un espectro atrapado en el tiempo. Una persona sin rostro ni sombra ni nombre, sin historia, sin pasado.

Las voces y los autos se marchan con las volutas de humo. El amanecer será testigo de los últimos rescoldos. El invernadero, un cuerpo carbonizado.

—Vete.

—En unas horas pasaré a buscarlas. Empaquen lo necesario. Nos vamos a Nacozari. Cuando se haga efectiva la venta, vendremos por lo demás.

—Que te vayas.

3

Así ha de arder el infierno. Así se lo pintaron los curas de niña. Así ha de ser la condena eterna. Así los demonios, como esos hombres que danzan alrededor del incendio. Así sus risotadas y contorsiones. Qué hermosa es la noche iluminada por el fuego. ¿Es ella la causante de la destrucción? Todo ese tiempo deseando que el invernadero desapareciera, esa afrenta a la memoria de Zacarías, y ahora sus deseos se hacen realidad.

La despertó el olor a quemado. Se asomó a la ventana del cuarto y se encontró con la alucinante estampa de las llamas lamiendo el cielo. Si afina el oído le parece escuchar los gritos de las flores. Son gritos como de niño, maullidos de gata en celo. Ana María parece imantada por la ventana, no puede dejar de contemplar la noche iluminada por la muerte.

De la sala le llegan las voces de una mujer y un hombre. No las reconoce. ¿Quiénes discuten así en su casa? Pero no desea dejar de mirar la insaciable fiesta del fuego. Tal vez sea Francisca, esa mala amiga. En la mañana —¿o fue ayer?—, la vio charlar con la Mery. Se escondió en el baño. Todo se le olvida últimamente, cierto, pero hay cosas que no debe olvidar. Cuando más los necesitaron les dieron la espalda. Recuerda el regreso de Zacarías del rancho de Rómulo. No quiso, le dijo, hundido como nunca se había hundido ese hombre que no sabía doblegarse.

¿Y ahora? No lo sé, morrita. Ya no sé qué más hacer, le dijo, quebrado, hecho un espanto.

No pasaron ni quince días cuando le dio el infarto.

Hay cosas que no debe olvidar. Hay lobos con piel de oveja, como ese Rómulo y esa Francisca. Buitres. Les faltó tiempo para comprar las tierras que la Mery puso a la venta.

Las llamas bailan en las pupilas de Ana María y consumen sus recuerdos. De alguna forma sabe que todo está llegando a su fin. Como si las tinieblas que la envuelven cada día se tragaran también el mundo que conoció. Cuando se apague la última cara, se apagará todo.

El amanecer la sorprende aún en la ventana. Tiene frío, sed, hambre y ganas de orinar. Un líquido caliente escurre entre sus piernas y forma un charco a sus pies. Afuera, el invernadero es una escultura negra, retorcida, gimiente, de una belleza fúnebre. Ya no hay llamas, tan solo fumarolas que se elevan de las cenizas como si fueran las almas de las flores. Los primeros rayos del sol resaltan la desolación de la tierra quemada.

Un ruido a sus espaldas la saca del ensueño en el que se encuentra. Es la puerta que se abre. Es una mujer que entra.

—Amá, ¿qué haces ahí parada? ¿Te orinaste encima? No puede ser.

¿Amá? Esa voz le es tan familiar. Se abre paso en el laberinto de su mente y encarna en una hija que tuvo alguna vez, antes de que todo perdiera su nombre. Pero su hija se fue a Hermosillo y nunca regresó. ¿O sí?

—¿Hija?

—Sí, amá, soy yo, la Mery. Ven.

Unas manos la acuestan, le suben el camisón de franela. Unas manos le quitan los calzones. Unas manos pasan una toalla húmeda por su sexo, sus muslos, sus pantorrillas.

—¿Mery?

—Sí, amá, tranquila, soy yo.

—¿Qué haces?

—Busco una maleta, una bolsa, algo donde empacar algunas cosas. Nos vamos a Nacozari, con Heriberto.

—¿Y con Jesusa?

—Y con Jesusa.

—¿Y con Rosario?

—También.

—Anoche escuché a tus flores llorar.

María Antonieta deja de buscar en el closet y contempla a Ana María tendida en la cama. Camina hacia ella. Se acuesta. Se acurruca en el pecho de su madre. Esta la envuelve en sus brazos.

—No llores, hija, tu padre no tarda en llegar. Él sabrá qué hacer con los demonios.

La suave patria

El letrero de SE VENDE se pierde entre las luces rojas, blancas y verdes, renos de plástico, un trineo de Santa Claus inflable y hojas de muérdago. Guy Chamberlain dedicó varios días a sacar del sótano las cajas con los adornos navideños y decorar la fachada de la villa. Solía hacerlo el jardinero, pero tuvo que despedirlo.

Es su manera de decirle al mundo que hay espíritus, como el navideño, inquebrantables.

Cree que hasta febrero o marzo del año siguiente no habrá una oferta razonable por la casa. La agencia inmobiliaria se muestra optimista al respecto. El mercado sigue al alza, el dinero está fluyendo y hay ganas de invertirlo. Mientras tanto, con la Nochebuena a la vuelta de la esquina, Guy Chamberlain pretende aprovechar esa fecha tan sentimental para subsanar las heridas. Cuando inicie el 2015 se planteará qué hacer con su vida. Por la edad que tiene, sabe que ninguna empresa se tomará la molestia de revisar su currículum. Tal vez inicie un pequeño negocio por su cuenta.

Pero todo ello forma parte de un futuro que, de momento, percibe lejano, tal vez por el engañoso fin de un año y el inicio de otro.

La Navidad, se dice satisfecho con el resultado de la decoración, es un paréntesis para recapitular y concentrarse en lo esencial. La familia es el bien más preciado, se repite como un mantra lleno de campanitas y villancicos.

Guy, a pesar de su corpulencia, se subió a la escalera de mano para colgar los adornos de la cornisa y las ventanas del segundo piso.

Te vas a matar, le dijo su mujer al salir rumbo al trabajo.

Por fortuna Mildred conserva su puesto directivo en la consultora. El plan de renunciar para concentrarse en la educación de las niñas cambió cuando Guy fue puesto de patitas en la calle. Es él quien atiende a Julie y Margarite, con la ayuda de Yamile, a quien no han tenido el valor de correr, nadie echa a un miembro de la familia.

Le ha dado por ir a recoger a Margarite al colegio, cosa que detesta su hija. Preguntarle por sus amistades, sus actividades, sus sentimientos, sus pensamientos, su ideología, su forma de vestir, sus hobbies.

Margarite acepta esa nueva disposición con la esperanza de que sea pasajero.

Margarite se niega a confesar la melancolía que la embarga. Contiene con un dique frágil, resquebrajado, las ganas de llorar que le asaltan a cada rato. Se siente sola, incomunicada, incomprendida. Extraña a su hermana, un fantasma prisionero voluntariamente en su habitación, cerrado al mundo.

Julie debe presentarse en la corte todos los sábados a firmar. Toma, por imposición del juez, un curso de educación ciudadana. Realiza trabajo comunitario en los jardines de la ciudad y en los edificios públicos. Su minoría de edad y la ausencia de antecedentes penales la salvaron de ir a prisión. También el compromiso de sus padres para supervisarla (vigilarla, controlarla, cree). Julie se siente culpable por despertar cada mañana en esa suntuosa casa mientras algunos de sus compañeros se pudren en la cárcel.

Piensa que le falló a la causa, que no estuvo a la altura, que traicionó lo más sagrado para ella.

Se ha recluido en su cuarto, del que no sale más que para ir al baño y a las actividades que le impone su condena, a las que acude en total silencio. Yamile, paciente y socarrona, le sube de comer. Es con la única que intercambia algunas palabras. Sus padres creen que los está castigando, cuando en realidad la penitencia es para ella. Impotente, mantiene un intenso activismo en las redes sociales en pro de los derechos de los animales. Lo hace bajo un nombre falso, el juez fue muy claro en cuanto a cualquier manifestación que demostrara su no arrepentimiento. Solo es un año, se consuela, al término de la condena habrá cumplido la mayoría de edad y podrá reincorporarse a la lucha.

Guy Chamberlain, cada día sin falta, se ubica de este lado de la puerta, toca tímidamente y espera que su hija le abra para charlar. No sucede. Después de cinco minutos se dice: mañana será. Renuncia y trata de llenar el excesivo tiempo libre que ahora tiene. Se encierra en el estudio a hojear las guías de aves que se apilan en la biblioteca. Inventa planes con Margarite: ir al Mont Royal a patinar, al cine, a un café, al Centro de Ciencias. Descubrió hace poco que a Margarite le fascina la astronomía. Se parece tanto a él. Su hija esquiva las propuestas, siempre hay una amiga a punto de llegar, una invitación a una fiesta, una salida inesperada.

Aguarda con ansia la llegada de su mujer del trabajo. Pero Mildred entra exhausta, malhumorada, harta de esto y aquello. Abre una botella de vino, se sirve una copa —no le ofrece—, se pone a ver la televisión, encerrada en un mutismo hostil, impenetrable. Mildred no ha intentado hablar con Julie, tiene la firme convicción de que es su hija la que debe recapacitar y pedir perdón.

Por eso Guy Chamberlain ha puesto un inquebrantable empeño —naíf por momentos— en el decorado navideño y en la cena de Nochebuena. Se ha confabulado con Yamile para confeccionar un menú divertido y variado. Ha comprado regalos para todas. Tiene fe en que la magia de la fecha actúe como un bálsamo sobre los corazones heridos de esa casa en venta y restaure algo parecido a la armonía, la paz, la felicidad. Una fe ciega, sorda.

Es lo único que le queda.

Cierra la cabaña con doble llave. En la batea de la pick-up, lo indispensable. No ha echado la guitarra, sí el rifle y los tres perros sin nombre. Cuando la minera concrete la compra de El Tazajal —su terreno incluido—, vendrá por el resto, aunque nada vale la pena, piensa, nada significa gran cosa.

Al ir al ejido a comunicarle a Rosario que se mudaba con ella y se traería consigo a la tía Ana María, a la prima Mery, su hermana se quedó de piedra. No me puedo negar, también es tu casa, le dijo, pero no estoy de acuerdo. Trató de reblandecerla contándole lo sucedido: el acoso, las amenazas, el incendio. No está seguro de si lo consiguió. Le pareció detectar un destello de conmiseración en sus ojos muertos. Cree que la compañía le vendrá bien a Rosario. Cree que la soledad es la causante de todos sus males. Con los ahorros que tiene y el dinero de la venta, tal vez puedan formalizar el negocio de comida y retirar a su hermana de la orilla de la carretera.

A Florencio, por el contrario, pareció darle gusto. Solemne, patriarca de la familia, le dijo que eran bienvenidos.

Gracias a Dios, el primo Pancho les sacó de la cabeza esa locura de bloquear el acceso a la mina de Grupo México. Les pidió que confiaran en sus amigos abogados. Habían promovido un amparo ante la justicia federal contra la resolución del juez de Hermosillo, quien, como lo previó Heriberto, sobreseyó la demanda exculpando a la minera de cualquier daño.

Heriberto no quiere escapar de una guerra para caer en otra.

Está convencido de que el juicio de amparo sufrirá la misma suerte. Para entonces, espera que los parientes del ejido se resignen a su suerte. Que es la suya, la de todos los habitantes de esa sierra maldita.

Ayer fue con la señora Francisca a despedirse. Le regaló la media docena de gallinas que criaba. Ningún trabajador le salió al paso. Imagina que todos han desertado. Es cuestión de tiempo para que la señora Francisca se quiebre.

La encontró sola y destrozada. Veinte años le habían caído encima. Le dijo que hacía una semana que no pegaba ojo. Le dijo que todas las noches se quedaba despierta a la espera de que regresaran y que todos los días salía a recorrer la región. Le dijo que sentía que los huesos de sus hijos y su marido estaban cerca, que los podía oler en las madrugadas, cuando el viento es lo suficientemente limpio como para convocar todos los aromas, incluso los de la muerte. Le dijo que estaban vivos en alguna parte, que en el crepúsculo el viento le traía sus voces de auxilio.

Le dijo que si era necesario escarbaría con sus propias manos la sierra entera hasta dar con ellos.

En la agencia del ministerio público de Sahuaripa, cuando fue a poner la denuncia por desaparición forzada, se rieron de ella, la trataron de vieja loca, que mejor los buscara en el otro lado, seguro se habían ido para el gabacho, como todos se van, a hacer dólares, como todos en esa sierra maldita.

La dejó ahí, ida, consumida por la rabia y la angustia. Y sintió que huía. Y le dio un poco de vergüenza.

Heriberto se sube a la pick-up. Arranca. Piensa que de todos los finales posibles que había imaginado, ninguno era esa renuncia a todo, ese irse con lo puesto, ese abandono de la tierra en la que se hizo hombre.

La sombra de Zacarías lo acosa: cobarde, le susurra.

Pero qué hace con la voz del niño sicario que se le metió en la cabeza como una pesadilla: si no venden y se van, se las va a llevar la verga. Si aún están vivas es porque alguien pidió por ellas. Qué hace con esos emisarios de la muerte que lo contemplaban riendo, cadáveres ellos mismos, zombis armados hasta los dientes, títeres que han encontrado en la sangre una forma de escupir al mundo.

Recuerda lo que le dijo a María Antonieta la noche del incendio: no quiero morir. Le faltó añadir: no quiero que mueras. Vivir, aunque sea así, desplazados, con la impotencia y la rabia de haberlo perdido todo, humillados, sin raíz, sin futuro ni pasado, tan solo abrir los ojos cada día y respirar: es el único derecho que les queda.

Ahora que va rumbo al Tazajal a recoger a las dos mujeres, le entra la duda de si María Antonieta se marchará con él. No la ha visto desde la noche del incendio. Le ha mandado varios mensajes de texto informándole sobre sus pasos. Siempre recibe la misma respuesta: ok. Quiere creer que nada se ha roto entre ellos cuando todo parece haber naufragado.

Negarse ante las evidencias. Pensar que será razonable y que, con los días, entenderá que lo hizo por su bien, por el bien de todos, como si ese fuera un argumento que alguna vez ha servido de algo. Casi treinta años le llevó perdonar a sus padres por haberlo enviado a ese rancho con razones semejantes.

Un rancho que ahora recorre por última vez. La idea le cierra los pulmones, lo hace jadear, afirmarse en el volante para no caer.

Desde donde está puede divisar la casa. La tía aguarda en el zaguán, un par de bultos a sus pies, Cochi y Luna flanqueándola como guardias pretorianos. María Antonieta no se ve por ninguna parte. A pesar de todo lo que se había dicho para convencerse, no le sorprende. Y piensa en el próximo funeral de María Antonieta. Y vuelve a sentir esa vergüenza que, parece, no va a dejarlo nunca.

El Aeropuerto Internacional Simón Bolívar luce desolado. Únicamente un avión, de Conviasa —además del que lo trajo, de Copa Airlines—, se aprecia a esas horas en la larguísima pista y en las puertas de embarque. Parece un aeropuerto abandonado, como si una guerra con armas químicas hubiera acabado con todo asomo de vida y solo los edificios de las terminales, viejos, sin remodelar desde el año de su reinauguración, allá por los setenta, quedaran como testimonio de la debacle.

Marc Pierce observa a través de la ventanilla las consecuencias del bloqueo económico contra el chavismo. Los países latinoamericanos como juguetes de los intereses de las grandes potencias blablablá.

Hace siete horas embarcó en el aeropuerto Benito Juárez del DF, cuya frenética actividad acentúa la ruina del venezolano. Hace siete horas —hizo escala en Panamá City— se despidió de su vida en México para iniciar otra en la república bolivariana de Maduro.

La historia se repite como farsa, piensa Marc Pierce mientras se forma en el pasillo del avión para iniciar el descenso.

Eligió ese país precisamente por su paródica lucha contra el neoliberalismo y su aislamiento internacional. También porque recordaba la hermosura de los nativos, mulatos atléticos y sensuales, que gozó en Isla Margarita hace quince años, en unas vacaciones *all inclusive* —también recuerda a sus compatriotas borrachísimos en el vuelo chárter Toronto-Porlamar—, y de las que regresó con el culo goteando.

Marc Pierce enfila hacia la zona de aduanas. El pasaporte canadiense es bienvenido, no tendrá problemas para ingresar. Los pasillos están militarizados. Hombres y mujeres en uniforme verde botella, marciales, de vigilancia agresiva, exhiben la paranoia de don Nicolás, comprensible, por otra parte, se dice el viajero.

¿Motivo de la visita? Vacaciones. ¿Dónde se hospeda? Una noche en el Marriott de Caracas, luego quince días en el Margarita Real. Luego, ya veremos, piensa Marc mientras el funcionario sella su pasaporte.

El taxi lo traslada de La Guaira a la capital. Treinta minutos de cerros selváticos salpicados de casuchas miserables, amontonadas entre basura y odio. Una pobreza que conoce bien, endémica, que ni los caudillos populistas ni las promesas del capitalismo han solucionado. Una miseria de indios, negros, mestizos y mulatos, la misma en México, en Chile, en Bolivia, en Argentina.

El caos vial de Caracas es un caos de motos viejas en las que viajan tres personas y de autos viejos que vomitan humo negro. Los altos edificios del centro, titanes de cemento y rejas en las ventanas, se muestran deslavados, ancianos, colmenas secas de nostalgia.

El interior del hotel lo regresa de golpe al siglo XXI, a ese 2014 a punto de terminar. Le entregan la tarjeta-llave, rechaza la ayuda del botones: viaja ligero de equipaje. Piensa comprar en su nuevo destino ropa tropical, colorida: shorts y camisas hawaianas, trajes de lino blanco, sombreros Panamá… disfruta del cliché. Un número de seis cifras en dólares ingresó en su cuenta secreta hace unos pocos días.

Cada quien cumplió con su parte.

No tardó ni veinticuatro horas en organizar la huida. Dejó pagados los cuatro meses que le quedan de renta del departamento en la Condesa. Fue a Tepito con la chica esmirriada y le propuso que lo acompañara en el viaje. La hacker lo tiró de a loco. Marc le entregó la llave del depa y le dijo que era suyo por los próximos cuatro meses.

Lo que está adentro lo puedes vender, regalar o quedártelo, tú verás.

Se despidieron sin ceremonias.

Marc Pierce se instala en la habitación, confortable, moderna, de lujo moderado, y después de mear casi rojo —ahora sí debe acudir con un urólogo, se convence— se lanza por las calles histéricas del centro. Camina sin rumbo hasta que se topa con un grupo de turistas rusos que hacen fila para entrar a la casa donde nació el Libertador. Se forma junto con ellos y realiza el recorrido. No entiende nada porque la guía se expresa en ruso. Hay cuadros, muchos, grandes, al óleo, grandilocuentes, de Bolívar. El hombre, piensa Marc, encarna el delirio caudillista del continente. La veneración por Simón es una suerte de religión secular que lo deja frío.

Marc Pierce es ateo de dioses terrenales y celestiales.

Sale de la antigua hacienda criolla y continúa su paseo. Vaga sereno, registrando la ciudad sin gran esmero, relajado por primera vez en mucho tiempo. Va pensando en que, con los meses, entrará en contacto con los políticos de la región, ambiciosos y corruptos, como todos, para proponerles algunos negocios que tiene en mente y multiplicar su pequeño capital, producto de la traición. Es curioso, piensa y se detiene unos segundos: no siente ni el menor remordimiento. Si acaso, añoranza por su México lindo y querido.

Lo último que ve son las cabezas de Luna, Cochi y los tres chuchos sin nombre asomadas en la batea de la pick-up. Le aseguró a Heriberto que, después de solucionar algunos asuntos pendientes en Hermosillo, los alcanzaría en Nacozari. Solo así pudo deshacerse de él y de su madre, aunque a esta no pareció importarle mucho que no fuera con ellos. Se sentó del lado del copiloto con una expresión risueña, la promesa de ver a Jesusa y a Rosario la tenían en vilo. Que Jesusa haya muerto hace años carece de importancia en el mundo de su madre.

Heriberto no le creyó, al menos, no del todo.

Tuvo que hacer un esfuerzo tremendo para ser convincente. Son solo unos días y ahí les caigo, te lo juro. Heriberto quiso insistir, pero al final se dio por vencido. Para hacerlo más verosímil, le dijo que iba arreglar unos papeles del divorcio, lo cual es mentira, legalmente sigue casada con el imbécil de su marido y no piensa hacer nada al respecto, menos ahora.

María Antonieta no pierde tiempo. Una vez que desaparece la pick-up en el horizonte, entra a la casa, busca la escopeta de su padre y el puñado de cartuchos. La carga. Fija el seguro.

Sale de nuevo. Aborda el viejo Jeep. Arranca y parte rumbo al pueblo.

Ha tomado una decisión, solo espera que en el trayecto no se le enfríen las ganas de mandar todo al infierno. De enviar un mensaje claro e inútil. Al principio aceptó la propuesta de Heriberto. Podrían volver a empezar en el ejido con el dinero de la venta de las tierras. Qué más daba dónde estuviera el invernadero, la mayoría de sus clientes provenían de Arizona. En cosa de un año estarían de regreso en el mercado de las flores.

Quiso creerle. Incluso se atrevió a pensar que las razones de Heriberto también pasaban por el corazón. No se trataba de amor, claro, pero tal vez de algo parecido, más apacible: envejecer juntos, asistirse mutuamente hasta el último aliento.

Durante los días posteriores al incendio hubo momentos en los que la fotografía (en la que también aparecía su madre, ni modo) lograba conmoverla lo suficiente como para empezar a empacar sus cosas. Pero en las noches la mancha carbonizada del invernadero le reclamaba su partida, le echaba en cara su pusilanimidad, le recordaba con su boca retorcida por el fuego que se había hecho una promesa al regresar al rancho que la vio nacer, huyendo de los mismos monstruos de los que pensaba huir de nuevo.

Tan solo se trata de dejar clara una postura en los términos que manejan ellos, se convence a medida que se adentra por las calles del pueblo.

El pueblo no le dice nada.

Al volver nunca se sintió parte de él. Incluso mira con rencor a los pocos viandantes con los que se cruza. Su pasividad, su indiferencia, su aceptación de los hechos sin resistirse, de las mentiras que les cuentan una y otra vez, son un combustible para la rabia.

Llega rápido y fácil a la comandancia. Estaciona justo frente a la entrada. Ahí están Ramón y uno de sus ayudantes, el gordo Gálvez, charlando en la acera.

No apaga el motor. Desciende con la escopeta. Le quita el seguro. Apunta y dispara sobre Ramón a menos de diez metros. Los perdigones se abren como una flor de sangre en el estómago del comandante. La cara de Ramón, reclinado en la acera, es su mayor trofeo.

Gálvez titubea. El asombro es más grande que el miedo. Cuando intenta desenfundar su arma reglamentaria —piensa que hace años que no la usa—, una lluvia de perdigones le siega las piernas. Cae al piso aullando de dolor.

María Antonieta suelta la escopeta y se sienta en la acera, a un lado del comandante.

Este trata de taponar con las manos las heridas de las que mana la sangre con mucha discreción, quedito, sin escándalo. Sabe que se le escapa la vida.

María Antonieta empieza a hablar con la mirada extraviada en la calle:

—¿Sabías que las orquídeas tienen forma de vulva? Por eso se las considera flores de un gran erotismo, de una belleza que pone calientes a los hombres. Lo chistoso es que la palabra, de origen griego, significa testículo, por la forma de sus tubérculos dobles. Existen más de veinticinco mil especies y florecen en la mayoría de los climas, salvo en los extremos. Son las flores nacionales de Venezuela, Colombia, Guatemala, Costa Rica y Panamá. La más pequeña se da en Australia y mide unos cuatro milímetros. La más grande alcanza los cuarenta centímetros, crece en Ecuador. Te tengo una pregunta antes de que te mueras, hijo de la chingada: ¿cómo te atreviste a destruir tanta belleza?

El avión alcanza los treinta mil pies y Jonathan Ironwood reclina el asiento, cierra los ojos, trata de dormir. Pero en cuanto caen los párpados, todos los sucesos de los últimos días machacan su cerebro, lo licúan.

Solo abriéndolos de nuevo puede parar la masacre.

Le cuesta respirar, ha estado ya dos o tres veces a punto de un ataque de pánico. Se siente burlado, humillado, indefenso, traicionado, al borde del precipicio. Los acontecimientos se desencadenaron a tal velocidad que llegó un momento en que quiso esconderse en el chalet de Valle de Bravo, apagar el celular, detener el tiempo. Pero en medio de la catástrofe, al final, encontró un resquicio de dignidad y se mantuvo firme, qué clase de hombre sería si no.

Todo empezó con la intempestiva llamada de la dirección general en Toronto: Inuit Mining Corporation estaba siendo víctima de una adquisición hostil. Los agresores, una minera china: Sichuan Energy.

Con mentiras y datos falsos sobre la inoperancia de Sonora Lithium, habían logrado convencer a la mitad de los accionistas de venderles sus valores. En cuestión de una semana, la mayor parte de los miembros de la junta directiva actual sería desplazada por los chinos.

Lo sorprendente aquí era que Sichuan Energy tenía en su poder toda la información relacionada con la exploración del litio en Sonora. Datos que Inuit Mining Corporation jamás había hecho públicos.

Jonathan Ironwood se convirtió en el principal sospechoso de la fuga de información. Tuvo que emprender una investigación exprés. No le llevó mucho tiempo dar con un ingeniero mexicano, un imbécil llamado Raúl, que se había dejado engañar por el hijo de puta de Marc Pierce, quien ha huido a Venezuela. Despedir al empleado mexicano no aplacó su ira. Rastrear con la ayuda de la Secretaría de Gobernación el paradero de Pierce, un país sin acuerdos de extradición con Canadá, solo hizo aumentar su humillación.

Inuit Mining Corporation, esa aplanadora insensible, herida de muerte, dejaría de tener control total sobre el proyecto del litio, por lo tanto, buscaba un chivo expiatorio: él, enclaustrado a treinta mil pies de altura, volando hacia su decapitación inmediata.

Siente la necesidad de pasear por el pasillo de primera clase del vuelo de Air Canada Ciudad de México-Toronto. De inmediato se le acerca una azafata para sentarlo: ¿no ha visto el letrero encendido de abrocharse el cinturón de seguridad? Están atravesando por una zona de turbulencias. No, no le he visto, de ser así no me hubiera levantado. Siéntese, por favor. Váyase a la mierda. Que se siente, si no, llamo al oficial de vuelo.

Todas las miradas de reproche y desprecio de los pasajeros, ejecutivos que regresan a su país a pasar las vacaciones de Navidad, se posan sobre él como halcones peregrinos. Les dice que son una pandilla de buitres carroñeros, pero el día menos pensado les cortarán las alas, los sacrificarán, prescindirán de ustedes, imbéciles.

La firmeza de la azafata, una mujer entrada en años con bastante experiencia en manejar histéricos prepotentes como el señor del 6A, termina por aplastarlo en su asiento.

Ironwood se abrocha el cinturón y observa por la ventanilla el cielo azul, alfombrado de nubes blancas. De golpe le entra un profundo sentimiento de desolación.

De Toronto viajará a Vancouver, justo a tiempo para la Nochebuena. Con el desastre se le olvidó comprar los regalos para sus hijos. Si logra conservar el empleo, si no lo echan con una patada en el culo, salvará la Navidad, evitará que sea el funeral de todos sus sueños.

Una nube allá abajo adquiere la forma del rostro de su mujer: la decepción con que lo contempla le congela los huevos. La posibilidad de que la nave se vaya a pique, se estrelle en un lugar perdido del Middle West y nunca encuentren su cadáver, de repente, le parece lo mejor que podría sucederle.

Cierra los ojos de nuevo. A duras penas reprime un sollozo. Los ejecutivos de alto perfil no lloran.

Los cables que brotan del cuerpo de Ramón lo hacen ver como una especie de cíborg. Angelina, sentada a un lado de la cama, estudia su respiración. El pecho sube y baja con una lentitud exasperante. Los intervalos entre latido y latido son eternos silencios, como si el músculo estuviera a punto de renunciar y, en el último suspiro, se acordara de bombear la sangre por los órganos heridos.

Se encuentran en el hospital CIMA de Hermosillo, el mejor y el más caro.

Si no hubiera sido por el helicóptero que envió de inmediato la Secretaría de Seguridad del Estado, Ramón estaría muerto. A pesar de todo, debe reconocer que Cipriano reaccionó rápido, con sangre fría. Le disgusta la deuda que ella y Ramón, si es que logra sobrevivir, aún no está claro, acaban de adquirir con el alcalde.

Siempre le desagradó ese hombre. Presentía que sus contubernios terminarían costándole un disgusto a su marido.

Los médicos no dejan de decir esa maldita fórmula que los salva de cualquier responsabilidad: pronóstico reservado.

Y luego está la culpa, toda esa inmensa culpa como un mar de lava quemándole por dentro.

Entra Cipriano, exultante, desperdigando su perfume caro y su don de mando, la vida como un permanente acto de voluntad. A Angelina la agota. Trae noticias del oficial Gálvez: se encuentra estable, tal vez pierda una pierna. Y de la pinche loca. Hace un par de horas ingresó en la prisión de Cananea. La pinche loca confesó todo. La pinche loca saldrá de la cárcel con setenta años, calcula Cipriano. Acto seguido frena la euforia, se da cuenta de que nada de eso cambia el hecho de que la vida de Ramón pende de un hilo.

—Hay algo que no me deja en paz, que no me deja dormir —dice Angelina—, que me acosa todas las noches. Si no hubiera intercedido por ella, ahora Ramón estaría tan campante.

—Eso que hiciste —la consuela Cipriano— habla bien de ti, mi estimada, era tu amiga, no podías saber. No te sientas mal, esa vieja lunática es la única culpable y va a pagar por lo que hizo, como me llamo Cipriano.

Actúa, ese hombre siempre actúa ante una audiencia imaginaria de multitudes enloquecidas por su grandeza. Angelina tiene la sensación de que en la mañana escribe un discurso para cada momento del día. Ese hombre, a pesar de las circunstancias, no puede (o no quiere) ocultar la satisfacción que le provoca el curso de los acontecimientos. Ese hombre cada noche sueña con su lugar en la Historia de ese olvidado pueblo escondido en la sierra, cuyo futuro se construye sobre sangre blanca.

Angelina desea que se vaya. Por alguna razón que no termina de entender, percibe al alcalde como el mayor responsable del estado vegetal de su marido. Y eso le molesta. Le enfurece que, por más esfuerzos que haga, no consiga odiar a

María Antonieta. Como si la exculpara de ese acto irracional y asesino.

Ese cuerpo moribundo en la cama, ella misma sentada a su lado, ese hombre hediondo a Adolfo Domínguez, Náutica o Paco Rabanne, cómo saberlo, deberían estar sentados en el banquillo de los acusados.

Quisiera escupirle a la cara a su amiga. Pero no tiene saliva suficiente, como si la culpa le chupara al ritmo de los signos vitales de Ramón todo el líquido que guarda su cuerpo.

Piensa en sus hijos huérfanos. Aprieta el brazo inerte de su marido y le susurra: tienes que vivir, cabrón, a ver cómo le haces.

Cipriano, flotando en medio del cuarto como un globo de helio, dice: primero Dios, así será.

Después de todo, no es tan terrible. Tal vez necesitaba el anonimato burócrata al que la han condenado. Los primeros días los vio como un castigo. Eso es, por supuesto. Pero con el paso del tiempo ha empezado a gozar del tiempo libre, de las bondades de un horario fijo y la falta de responsabilidades.

De momento, la arrinconaron en un escritorio sin una tarea específica, sin un cargo concreto, sin nada que hacer. Al principio esto le provocó una intensa zozobra. Era una mujer acostumbrada a mandar, a ejecutar, a navegar por aguas turbulentas, a tomar decisiones arriesgadas. Y de pronto las horas muertas frente a una mesa vacía, la inútil laptop viajando por páginas irrelevantes, un té tras otro, el minutero como un enemigo mortal.

Tuvo episodios de insomnio, noches de una angustia que la consumía hasta que el sol caía sobre sus ojos y un cansancio espeso la arrastraba al edificio del Ministerio de Relaciones Exteriores. Se instalaba en su puesto, cabeceaba, sucumbía al duermevela atroz, rehén del horario inalterable.

Pensó en protestar, en exigir, pero se ha tornado invisible. Nadie le dirige la palabra más que para intercambiar mundanas cortesías.

Entonces decidió volverse descarada. No iba a ser cómplice de esa simulación. Empezó con *Oryx y Crake* y continuó con *El cuento de la criada*. Sin disimulos, abre la novela donde se ha quedado el día anterior y lee buena parte de la mañana, frente a sus compañeros ajetreados por las exigencias ministeriales, indiferente a las laboriosas hormigas dispuestas al sacrificio en nombre de la comunidad. Deja la oficina sin avisar y camina hasta un café cercano para almorzar, en donde continúa leyendo.

Así lleva varias semanas. Hoy es el último día antes de las vacaciones de Navidad. Se siente liviana. Una caradura. Una estafadora. Este nuevo estatus, frente al estricto sentido del deber al que se apegó durante toda su carrera, la hace levitar de una manera que aún ahora le provoca vértigo. Es también una forma de vengarse de la institución que la traicionó, por la que dejó la vida entera.

En estas últimas semanas se ha convencido de que el cinismo le sienta bien. Hundida en el fondo del barranco, observa cómo el resto empuja la gran roca hasta la cima para que ruede cuesta abajo cada vez. En ocasiones siente que el vacío trata de succionarla a oscuros lugares de flagelación y arrepentimiento, pero solo dura unos minutos, se repone gracias a esa desvergüenza convertida en su bien más preciado.

Aceptó la invitación de su hermana para pasar las fiestas en Vancouver.

Su hermana, mayor que ella, se jubiló hace un año. Era médica de familia. Su cuñado, un reconocido comentarista deportivo de una televisora local, se resiste al retiro y disfruta de su posición de decano de los deportes. Sus dos sobrinos se mudaron a Seattle hace algunos años, están en el negocio de la música, no sabe muy bien qué hacen. Se encontrarán todos en la cena de Nochebuena, cree que también las mujeres de los niños que ya no son niños, aunque los siga viendo como tales. Debe reconocer que al principio le hizo ilusión, pero a medida que se acerca la fecha, siente el alma entumida. La perspectiva de convivir unos días con esos seres desconocidos a los que llama familia, encerrados en una casa, ha empezado a deprimirla.

Sabe que se lo debe a su hermana. Tantos años fuera del país, tantas navidades, cumpleaños, aniversarios de llamadas presurosas, olvidos, mensajes acartonados que enviaba su secretaria en turno.

Tuvieron una infancia y una juventud apacibles y amorosas. Gracias al carácter de su hermana, bonachón, temperado, no vivieron pleitos ni desavenencias notables. Sus padres, liberales de pura cepa, las educaron para la época en un régimen de total libertad. Sus padres no viven para atestiguar lo que a todas luces considerarían un rotundo fracaso. Es un alivio. Su hermana posee ese maravilloso don que muy poca gente exhibe: nunca juzga a nadie. A veces eso la exaspera, en este caso, se lo agradece.

Llega por fin la hora de la salida. Como todos estos días, espectro sin luz, se va sin despedirse. Algo escuchó de un brindis navideño, pero lo que menos quiere es forzar una alegría entre gente tan pacata que rehúye de ella como la peste.

Atraviesa el estacionamiento del ministerio, se sube al Prius que compró no bien se instaló en Ottawa, y se dirige a su coqueto departamento en Somerset Street.

Va pensando en lo que empacará para el viaje, en las cuentas que debe pagar, en las plantas que debe regar, cuando suena el celular conectado al equipo de sonido del auto. Es Thomas. El manso y analgésico Thomas. El hombre indiferente a todas las tragedias, incluida la de su propio divorcio. No cambió ni un ápice el tono de voz ni el gesto de su cara cuando le anunció vía Skype que iniciaría los trámites en cuanto aterrizara en Canadá. Sin entrar en detalles, le contó de su nueva situación.

Thomas el imperturbable, tan narcisista que lo único que lo alteró apenas fue que ya no estaría casado con una embajadora.

Algo le tiene que agradecer después de todo: su total disposición a que el divorcio se ejecute en buenos términos. Entiende que, sin el boato del cargo, solo es una mujer vieja que le estorba. De todas formas no contesta, no desea hacerlo, deja que el timbre del teléfono se canse de sonar. Si hay un aspecto de su nueva situación que aprecia es que ya no tiene que hablar ni con Thomas ni con nadie que no se le antoje.

Se siente liviana, una levedad sin nombre ni máscaras ni identidad que le permite desde ese margen volátil contemplar cómo el mundo se va al carajo, espectadora privilegiada.

La sierra se abre ante sus ojos en todo su esplendor invernal. El tiempo por el que transita carece de asidero y el espacio surge nuevo, innombrado. No recuerda la última vez que dejó El Tazajal. Han pasado años, muchísimos, tal vez todos. Sí recuerda con total claridad ese mismo recorrido pero en sentido contrario, en otra pick-up, con otro hombre a su lado, joven y pendeja, recién casada, rumbo a una vida que, en aquel momento, hace cincuenta años, le despertaba terror. Un terror que poco a poco fue diluyéndose en la cotidianidad junto con Zacarías.

Una buena vida. Una vida de trabajo, sin vacaciones, sin descanso, sin lujos ni banalidades, una vida en la que nada se daba por hecho, porque en un rancho las certidumbres pueden matarte. Una vida en la que el nacimiento de un becerro era todo un acontecimiento y el de una hija, una sentencia.

Cochi viaja en la batea, también Luna, y tres perros feísimos que nunca ha visto, pero no Mery. Mery viaja hacia un destino inevitable, hacia una rendición de cuentas con su propio pasado.

Nada podrá detenerla.

267

De todas formas, hace ya algún tiempo que perdió a su hija en las brumas de la memoria. Está y no está, es y no es. Al igual que ese hombre que conduce. En ese instante sabe que se trata del bueno de Heri, otra manera de maternar en la que los afectos se forjaron a través del sudor y los esfuerzos. Pero tal vez en unas horas le parecerá un desconocido, una amenaza, una incógnita. Cuando has pasado casi toda tu existencia entre reses y un pequeño puñado de personas, la gente se vuelve un arma dispuesta a dispararse a la menor provocación.

No sabe a dónde se dirige. Le aseguraron que con la prima Jesusa. Pero la prima Jesusa está muerta. ¿O no? Viaja a su pasado. Uno que borró de su cuerpo en cuanto puso un pie en El Tazajal. Dicen que siempre termina por alcanzarte aquello de lo que huyes. No olvida que se fugó de una vida sórdida y anodina. No olvida que Zacarías, ese príncipe azul de modales toscos, al principio fue una vía de escape.

Tiene miedo de encontrarse, allá a donde va, con los rostros de la niñez y la adolescencia. Que sea este un tránsito no solo por el espacio sino por el tiempo. Que al bajar de la pick-up, esté esperándola el tío que la violó a los catorce, la tía que la acusó de puta, los padres que la escondieron, los primos que la despreciaron.

Ah, qué bonitos recuerdos los del ejido.

La niebla se vuelve cada día más espesa. Y entre la niebla vagan los espectros de su infancia. La sierra se oscurece, los cerros lloran su suerte, los árboles son mecidos por un viento recio que parece nacer de su vientre. Tiene miedo. Se siente sola. Para, le dice al hombre que conduce. Detente, aquí me quedo.

El hombre la mira extrañado, le pregunta qué le sucede, por qué quiere bajarse, pero no se detiene, continúa avanzando por la carretera sinuosa.

Para, vuelve a decir, para, para. Por fin el hombre le hace caso y frena en un pequeño claro al costado de la ruta. Desciende, camina hacia el monte. El hombre, indeciso, no sabe si seguirla o no. Siente la yerba y las zarzas arañar sus tobillos. Frente a ella, un túnel que poco a poco va cerrándose hasta sumirla en la total oscuridad. Unas manos la toman de los hombros y la guían a través de la negrura. Una voz lejana la tranquiliza. Le cuenta un cuento: el de lo felices que se pondrán todos cuando la vean después de tantos años.

¿Pero quiénes son todos? ¿Quiénes son ellos? ¿Quiénes? ¿Quiénes?